MILLENNIAL

Maximilian S. Arnhold

Email: max.seb.arnhold@gmail.com

ISBN: 9798866064380

Vorwort

Was ist eigentlich mein Ziel?

Eine Frage, auf die ich keine Antwort habe. Ich beobachte dabei immer mehr, dass es nicht nur mir so geht. Ich habe das Gefühl, dass meine Generation irgendwie zwischen den Stühlen steht. Wir Millennials, wie wir von der Forschung benannt werden, sind in beiden Welten aufgewachsen. Wir kennen noch die ‚alte' Welt. Die unserer Eltern. Als es das absolute Highlight war, sich am Kaugummiautomaten im Dorf zu treffen. Wir uns noch gegenseitig anrufen mussten, um sich zu verabreden. Als solche Versprechen und Verabredungen tatsächlich noch eingehalten wurden.
Wie es war, bevor die Smartphones und Social-Media Formate ihren Siegeszug begonnen haben und sich die Welt plötzlich für jeden etwas schneller drehte. Unsere kleine Welt wurde riesengroß. Gefühlt wie nach einem Augenblick, standen uns alle Türen offen. Wir haben diese digitale Revolution aktiv erlebt und mitgestaltet. Schleichend registriert, wie wir miteinander immer unpersönlicher wurden und wie der Drang zur Selbstdarstellung immer stärker wurde. Jeder konnte sich nun mit einem geeigneten Licht vor die Kamera setzen und sich für immer archiviert innerhalb von Minuten der ganzen Welt zeigen.

Wir waren fasziniert von diesem Schauspiel und nicht wenige wollten diesen schnellen Ruhm ebenfalls für sich erleben. Nachhaltigen Erfolg hatten hierbei die wenigsten. Das Internet vergisst nie. Einige von uns mussten das über die Jahre schmerzhaft lernen. Diejenigen von uns, die den Prinzipen unserer Erziehung folgend weiter treu und fleißig den Weg der Bildung und der Arbeitswelt gegangen sind, finden sich mit einer Vielzahl von Herausforderungen konfrontiert. Einige verspüren den Drang, vieles von dem, was sie über die Zeit an unseren älteren Mitmenschen beobachtet haben, unbedingt anders machen zu wollen. Dabei verzweifeln sie oft an den angestaubten Strukturen und dem Unverständnis, mit denen ihnen begegnet wird. Am Ende fügen sie sich erschöpft in eben diesen

Strukturen ein.

Als wäre das nicht schon belastend genug, kommt plötzlich mit der ‚Generation Z‘ eine weitere Variable dazu, der gegenüber auch wir zunehmend kritischer eingestellt sind. Diese Generation, die nichts anderes kennt als diese immer schneller und kälter werdende Welt. Eine Welt voller Krisen und schlechten Nachrichten – die doch selbst so sehr nach Bedeutung und Identifikation sucht - die ziellos durch eine Welt manövriert, die Eigenarten bestraft und das Potenzial hat, zarte Wesen mit der unbeschreiblichen Härte des Internet-Mobbings in irreparable Trümmer zu legen. Ich habe das Gefühl, dass wir diese zarten Wesen zunehmend im Stich lassen, da wir zu sehr auf uns selbst fokussiert sind. Wir hier nicht einen Deut besser sind als die, über die wir uns doch selbst so gerne beschweren, dass sie uns nicht verstehen. Wir flüchten uns lieber in Sachen, die uns eine vermeintliche Ablenkung versprechen. Jeder von uns hat hier einen anderen Trigger und ist für eine andere Sache anfällig, die uns diese Ablenkung verspricht. Wir beschäftigen uns mit ihnen, um unsere Wahrnehmung zu betäuben. Einen Ausgleich zu den vielen Problemen und Krisen zu schaffen, mit denen wir doch täglich beschäftigt sind. Nicht bei jedem ist es so einnehmend, dass wir von einer Sucht sprechen sollten. Für die meisten von uns ist es, auch wenn temporär extrem, ein wichtigstes Instrument, uns für einen Augenblick aus der harten Realität herauszunehmen. Doch manch einer verliert sich in ihnen komplett, ohne eine Chance auf Wiederkehr. Allein schaffen sie es oft nicht hinaus. Vor allem die junge Generation verfällt den ‚neuen‘ Süchten mehr und mehr. Diese Menschen brauchen unsere besondere Unterstützung, auch wenn sie Experten sind, uns ein perfektes Bild abzuliefern. Wir sollten nicht wegschauen und uns wie gewohnt nur um uns selbst kümmern. Schon das kleinste Zeichen von Verständnis für ihre Lage kann den Damm zum Platzen bringen und die Genesung einleiten. Ein langwieriger Prozess, zu deren Bewältigung sie uns mehr brauchen denn je.

Das kann belastend sein und uns selbst an den Rand der

Verzweiflung bringen. Doch braucht nicht jeder von uns einmal Hilfe? Ob nun selbstverschuldet oder durch externe Einflüsse: Eine helfende Hand kann den Unterschied zwischen Rettung und dem Untergang ausmachen. Diesen Aspekt unserer Menschlichkeit sollten wir uns bewahren. Denn am Ende kommen wir alle mal an den Punkt, an dem wir eine Abrechnung machen. Wir halten einen Moment inne und reflektieren unsere Entscheidungen. Es ist der Augenblick, um erwachsen zu werden. Doch etwas blockiert uns noch davor. Noch habe ich das Gefühl, dass wir uns vor der Verantwortung drücken. Dabei haben wir aus meiner Sicht doch alles in der Hand, die Welt besser zu machen. Sind das Bindeglied zwischen den Generationen. Wenn wir uns doch nur selbst verstehen würden.

Prolog

Es ist wieder passiert

Es ist immer dasselbe. Wieder einmal musste ich mich ihm komplett ergeben. Ich konnte nicht ohne ihn leben und habe den bitteren Preis gezahlt. Dabei hatte ich mir wieder vorgenommen, nur ein kleines Stück zu kosten. Nur das Nötigste, damit ich endlich wieder bei ihm sein könnte. Doch hat es mich nach nur kurzer Zeit wieder in Gänze in den so dunklen Sturm befördert. Ich kann es einfach nicht kontrollieren. In den Momenten nach dem Sturm, nachdem der Lärm verstummt, die Aufregung sich gelegt und sich der Wind beruhigt hat, erlebe ich einen Augenblick der Stille. Ebenen der Ruhe, denen ein Taubheitsgefühl einhergeht. Der schwarze Punkt innerhalb eines weißen Raumes, auf den sich meine Gedanken fokussieren. Sie beginnen unkoordiniert zu tanzen, zu drehen und zu kreisen, auf der Suche nach einem Ziel.

Der krampfhafte Versuch, danach sich neu zu orientieren und das soeben durchlebte zu ordnen. Es zu interpretieren und nach einer Erklärung zu suchen, wie ich mich einmal mehr in dem Sturm wiedergefunden habe. Zuvor noch den Kräften des Schicksals ausgeliefert und an den Felsen der Hoffnung festgekrallt, stehe ich nun da: durchgepeitscht von den Wendungen der Ereignisse. Durchdrungen von den eigenen manipulativen Gedanken, die zur Tat verführten. Durchgekaut von der kalten Maschinerie, die mit Effizienz und der Präzision eines Uhrwerks vorgeht. Wo sich zuvor mein Bewusstsein noch mit begrenztem Sichtfeld durch den dunklen und warmen Raum des Schicksals bewegte, finde ich mich nun verwirrt und allein in einer neuen Realität wieder. Der letzten Energie entnommen, wurde ich aus dem Sturm hinausgeschleudert. Hilflos war ich den rhythmischen Bewegungen des Schicksals ausgeliefert, die mich mit großem Schmerz und Lauten der Qual in den hellen und kalten Raum der Wirklichkeit ausgespuckt haben. In diesem einsamen und hilflosen Moment öffnen sich meine Augen zum ersten Mal nach einer langen Zeit.

Sie werden geblendet von der erbarmungslosen Härte und uninspirierten Ehrlichkeit der Realität. Ich möchte laut aufschreien doch ist keiner hier der ihn vernehmen würde. Ich bin komplett allein.

Hier stehe ich nun und versuche meine Gedanken zu ordnen, nach der Erklärung zu suchen. Die oberste Prämisse dabei stets im Blick. Jede Begründung ist erlaubt, solange ein Auseinandersetzen mit der eigenen Gedankenwelt vermieden wird. Bevor die Schuld bei sich gesehen oder die Selbstreflexion in den Gang gesetzt wird. Es ist die Suche nach dem einfachen Ausgang. Nach den Mechanismen, die die Intensität des Geschehens wieder einmal betäuben und den Ursprung weiterhin verschleiern. Sodass ich daraufhin weiter machen kann, während die eine offene Frage immer bleibt und mich wie ein Gespenst verfolgt. Wann wird es das nächste Mal passieren? Oder ist es nicht vielleicht doch endlich mal an der Zeit in den Spiegel zu schauen und deinen Geistern entgegenzutreten? Ich merke wie es in mir arbeitet.

Die Abrechnung beginnt.

Kapitel 1

Taubheit

Ich kann mich nicht spüren. Ich verharre auf dem Punkt, während die Welt mit immer schnelleren Schritten an mir vorbeizieht. Ich möchte mich mit ihr bewegen, doch darf ich nur beobachten. Ich werde auf der Stelle gehalten von einer Stimme, die mir sagt, dass das hier doch alles keinen Sinn mehr hat. Ich möchte aufschreien, doch verstummt mein Klang in ihrem. Wann hat das alles nur ein Ende.

Mit Pappbechern und belegten Brötchen in ihren Händen stehen meine Kollegen wieder beisammen. Das muntere Treiben in dem sonst so hektischen Raum wurde für einen kurzen Moment unterbrochen. Es gibt schließlich etwas umsonst, da ist jeder sofort dabei. In kleinen Gesprächskreisen stehen sie sich in der Meeting-Ecke unseres sonst so trostlosen und kalten Großraumbüros gegenüber und schwatzen einander aus ihrer Sicht spannende Themen vor. Ich kann zwischen ihnen fast keine Unterschiede ausmachen. Sie wirken alle so austauschbar in ihrer Art der Kleidung und wie sie sich verhalten. Als würden ein weißes Hemd und eine lockere Chino-Hose bereits ausreichen, um sich für einen Job in einem Büro zu qualifizieren. Platz für Individualität wird selten eingeräumt. Dies ist, wenn überhaupt, nur den Kollegen aus dem Marketing vorbehalten – die sind ja eh schon merkwürdig genug. Ich habe mich diesen Normen auch angepasst. Zumindest dürfen wir inzwischen wenigstens die Krawatten weglassen.

Meine Kollegen wirken so uninspiriert auf mich, dass ich mich wieder dabei erwische in meine Gedanken abzuschweifen. Das Einzige, was sie für mich aktuell besonders macht, ist ausgerechnet das, was sie in ihren Händen halten. Denn die knallroten Billigservietten aus dem 250-Stück Paket gehen eine fast schon bezaubernde Symbiose mit der Remoulade ein, die aus dem leicht abgestandenen Brötchen quillt. Von ihren warmen und zugleich leicht schwitzigen Händen umschlossen, werden sie rhythmisch zum Takt des gesprochenen Wortes meiner Kollegen geschwungen. Die ganze Szenerie wirkt fast hypnotisch auf mich. Ich bin nahezu von diesen tanzenden roten Servietten bezaubert. Alle Altersklassen bunt durchmischt, versuchen meine Kollegen den kleinstmöglich gemeinsamen Nenner in ihrer Konversation zu finden. Übertriebendes zustimmendes Nicken kompensiert diesen Druck, während es sich dabei mit der gefühlt wahllos zusammengewürfelten Varianz abwechselt, mit denen die fast schon künstlich wirkenden Gespräche geführt werden. Ab und zu nehme ich Fetzen ihrer Gespräche wahr. Es dreht sich stets um dieselben Themen, als hätten sie sich alle einen Katalog an belanglosen Inhalten genau für solche Veranstaltungen bereitgelegt, gierig darauf, sie endlich abzuspielen. Doch stets darauf bedacht, sobald beim letzten Drittel ihres Brötchens angekommen, es eifrig noch während des Gesprächs zu verschlingen.

Vorher noch so diszipliniert bei jedem Bissen Stück für Stück gekaut, geschluckt, kurz gewartet und erst dann gesprochen, verfallen meine Mitmenschen beim letzten Drittel des Gratis-Brötchens in ein für mich beeindruckendes Mangelverhalten. Während das gute Stück Drittel in Gänze in den Mund geschoben, dabei gekaut und selbstverständlich unbedingt noch der eigene Gesprächspunkt abgesetzt wird, bewegen sie sich bereits zielstrebig zur Platte zurück, um nach der nächsten Kostbarkeit zu greifen. Das Schmatzen und Schlingen bereitet mir jedes Mal eine solche Gänsehaut, dass ich diesen Momenten am liebsten nur entfliehen würde. Es wundert mich immer wieder, dass sie in diesem mechanischen Prozess nicht noch ein Stück von der roten Serviette abbeißen. Das wäre wahrlich mal etwas Neues. Ich frage mich, ob ich in diesem durchaus amüsanten Moment ihnen gegenüber einmal etwas empfinden würde.

Ab und zu sehe ich kleine Stücke aus ihren Mündern fliegen, wenn das Gespräch in eine hitzige Phase gerät. Das finde ich nur widerlich. Ich sehe sie dann auf ihren Hemden landen und sich dort für den Rest des Tages festkrallen. Sie springen mir sofort ins Auge und schreien nach meiner Beachtung. Von meinen Kollegen bleiben sie zumeist unbemerkt, da sie zu sehr mit ihren Diskussionen beschäftigt sind. In genau diesen hitzigen Phasen versuchen sie nämlich, sich einander mit einer noch spannenderen, noch besonderen oder kuriosen Anekdote zu übertrumpfen. Mit zunehmender Geschwindigkeit wird Zusatz um Zusatz an das Gespräch geklebt, bis eine unerkennbare Masse entsteht. Ich kann es an ihren Gesichtern und ihrer Körperhaltung sehen; diese angespannten Ausdrücke und ihr eifriges hin und her wippen mit ihren Beinen. Wie stark dieser Druck für sie doch sein muss. Als würde jeder dasselbe Ziel verfolgen, als Sieger aus dieser Geschichte herauszugehen. Sie treiben dieses Spiel meist so weit, dass an dessen Ende sich niemand mehr erinnern kann, was nun das eigentliche Thema war oder wer von ihnen nun die unterhaltsamste Geschichte erzählte.

In diesen Augenblicken scheinen meine Kollegen diesem Teufelskreis regelrecht für einen kurzen Moment der Klarheit zu entfliehen. Momente dieses gegenseitigen Erwachens werden mit kostbarer Stille umhüllt, sofern sie länger als einen Augenblick dauern. Zumeist schauen sie sich dann nur fragend an. Danach überbrückt einer von ihnen diese Stille mit einem weiteren Brötchen oder einem Schluck aus ihren Bechern. Die jüngeren unter ihnen wählen zumeist die Alternative, sich mit ihrem Telefon zu beschäftigen. Ich beobachte, dass das meist die Älteren erzürnt. Es erscheint mir, als würden meine Kollegen in eine regelrechte Starre verfallen. Nachdem sie ihre gelernten Programme ohne Aussicht auf den nächsten Schritt komplett durchlaufen sind, stehen sie nach deren Ende komplett hilflos da. Sie kennen ihr Gegenüber größtenteils nicht genug, um das Gespräch weiter am Laufen zu halten. Ich denke, dass die drohende Offenbarung ihres eigentlichen Desinteresses füreinander für sie die größte Befürchtung in diesen Situationen ist. Ich meine, diese Angst in ihnen zu erkennen. Für einen kurzen Moment kann ich sie in ihrer Hilflosigkeit verstehen. Ein Funken der Hoffnung breitet sich in mir aus, dass es so ist, denn dann würde ich mich in ihnen wenigstens für eine Sekunde erkennen. Sie würden sich in derselben kognitiven Lähmung befinden, aus der ich so gerne entfliehen würde. Während sich diese Hoffnung immer weiter in mir ausbreitet, fühle ich mich fast schon zu ihnen hingezogen. Ich möchte bei ihnen sein und mit ihnen diese Stille und diese Lähmung bewusst fühlen, das volle Spektrum des Unwohlseins aufnehmen, in dem ich bisher meine Heimat empfunden habe.

Doch kurz darauf schlägt die soziale Konditionierung meiner Kollegen mit unbarmherziger Härte zu und reißt mich aus meinem Traum heraus. Für meine Kollegen kaum zu ertragen, wird die so kostbare Stille mit dem standardmäßigen und zugleich uninspirierten „Hach ja" gefüllt. Anschließend sehen sie sich wieder schweigend an, in der Hoffnung einer der anderen würde sogleich die Initiative ergreifen und das Gespräch am Laufen zu halten. Wie eine Aufforderung stehen diese Worte nun im Raum und der Druck steigt ins Unermessliche. Geschieht dies nicht, wird in der Regel ein anderer Kollege von ihnen ein verzweifeltes „So ist das" hinterher schieben – ein weiterer Hilferuf, dass doch endlich jemand diesen Ball aufnimmt. Das oberste Ziel dabei stets im Auge, dass doch dieser Kelch bloß an ihnen selbst vorbeigehen möge. Ist auch dies nicht erfolgreich, wird nach einem Moment des höflichen Wartens stets die Gruppierung aufgelöst. Sollte ihnen das allerdings als Einzelhandlung zu unangenehm sein, wird mit der alles entscheidenden Phrase „ich schaue mal eben dort rüber" der eigene Rückzug eingeläutet, um die vollends spürbar unangenehme Situation nacheinander zu verlassen. Dieses muntere Treiben finde ich meist sehr amüsant, sodass ich es gerne beobachte. Meine Kollegen bestätigen mich darin, dass auch sie nur eine Maske tragen.

Ich habe diese standardisierten Verhaltensweisen seit meiner Ausbildung beobachten können. Happenings dieser Art, früher noch etwas kühler ‚Mitarbeiterveranstaltung' genannt, wurden zu verschiedenen Anlässen anberaumt. Geburtstage, Jubiläen, Abschiede oder aus dem Drang „Wir-müssen mal wieder etwas für die Stimmung tun". Es gibt immer einen Grund für diese feierlichen Bankette der Büroklasse. Meine Kollegen sehnen sie meist herbei, da sie ihnen kleine Inseln der Abwechslung in ihrem immer gleichen und trüben Büroalltag bieten. Im

Laufe der Jahre ist mir bei der Ausgestaltung dieser aber eine signifikante Veränderung aufgefallen. Wurde früher vor allem bei von unseren Chefs organisierten Happenings das Team oder die Abteilung umfassend auf Speisen und Getränke eingeladen, so wandelt es sich inzwischen zu einer „lass uns doch ein gemeinsames Frühstück machen“-Mentalität. Jeder bringt hier etwas mit; die Verantwortung zum Erfolg der Veranstaltung wird sozial umverteilt. Das Konzept geht auf. Meine Kollegen übertreffen sich vornehmlich gegenseitig mit ihren mitgebrachten Speisen. Es ist für sie eine Möglichkeit, den anderen ihre Hobbys oder Interessen nahezulegen und ihnen oftmals unangenehme Gespräche über sie aufzuzwingen. Ich halte mich gerne aus diesen auf die Art raus, dass ich bei diesen Veranstaltungen nichts esse. Ich bin eh lieber für mich beim Essen. Da möchte ich ungestört sein und nicht noch nebenbei sprechen müssen. Ich finde das unangenehm.

Mir wäre es weitaus lieber, die Chefs würden ehrlicher sein und sagen, dass sie keine Lust darauf haben, das Essen zu bezahlen. Man muss aber durchaus der Leitungsebene für diesen Kulturwandel seinen Respekt zollen. Das Ganze ist ein cleverer Schachzug, das Team auf der einen Seite unterschwellig in mehr Verantwortung zu nehmen und auf der anderen Seite mit einer vermeintlichen Demokratisierung der Teamorganisation ein spürbares Mitbestimmungsrecht vorzugaukeln. Mich selbst stört das Ganze ungemein. Denn mit dem Grad ihres Einsatzes, mit dem sich meine Kollegen bei der Ausgestaltung des Essens oder der Organisation dieser Happenings einbringen, könnte man sicherlich auch das ein oder andere Projekt weiter nach vorne bringen. Doch dabei vermisse ich dann überwiegend ihren Support. Am Ende bleibt die Arbeit wieder an mir kleben, während sie sich hier ihre Brötchen genüsslich hineinschieben. Das sehen meine Chefs dann nicht. Für sie zählt eher der positive Effekt, den das Ganze auf die Masse hat.

Während meine Gedanken immer mehr abdriften und ich dabei meine Kollegen beim heiteren ‚Socializing‘ beobachte, sehe ich immer mehr dieser kleinen Bröckchen aus ihren Mündern fliegen. Mich schüttelt es bei der Vorstellung, eines dieser ‚Objekte‘ könnte jemals auf mir landen. Ich würde mich davor ekeln, sie wieder von mir abstreifen zu müssen. Aber am schlimmsten finde ich immer noch die Gerüche, die sich im Rahmen dieser Zusammenkünfte im Büro ausbreiten. Ein schwerer Dunst aus Eiern, Zwiebeln und schwitzender Salami breitet sich aus. Eine schreckliche Mischung, die man für den Rest des Tages nicht mehr aus dem Raum bekommt. Das absolute ‚No go‘ für mich ist noch immer, wenn einer meiner Kollegen die Spezialität des gemeinen Mannes mitbringt – denn Zwiebelmett ist für mich persönlich das Schlimmste auf der Welt. Ich kann verstehen, warum Menschen es mögen. Es ist durchaus mit einem gewissen Geschmack versehen, doch ist es meiner Meinung nach vor allem im Büroalltag absolut unangebracht. Diesen Geruch bekommt man für Tage nicht mehr aus dem Raum. Ich kann mich dann nicht mehr konzentrieren, wenn mir dieser Geruch den ganzen Tag in meiner Nase liegt. Auch im Miteinander bleibt einem dieser Geruch nicht erspart. Er geht dabei fast schon so perfide vor, dass er mit einer an Respektlosigkeit angrenzenden Intensität beim Ausatmen in mein Gesicht springt.

Allein deshalb halte ich mich bei solchen Happenings eher auf Abstand und versuche so unbemerkt wie möglich zu agieren. Hier trage ich eine Maske aus zögerlichem Lächeln und wachen Augen, die mich zugleich offen, aber auch so unterschwellig merkwürdig macht, dass ich als zufälliger Gesprächspartner für meine Kollegen unterbewusst eher nicht infrage komme. Ich habe es geschafft, mir für diese Gelegenheiten Verhaltensweisen anzueignen, mit denen ich unter dem Radar fliegen und ‚Smalltalk‘ effektiv aus dem Weg gehen kann. Sie meiden mich größtenteils und lassen mich zum Glück in Ruhe. Es hilft dabei ungemein, dass ich mich ihnen auch von der Kleidung her angepasst habe. So wirke ich nicht wie ein störendes Objekt in ihrem Gesamtbild. Zumindest funktioniert dies bei solchen lockeren Veranstaltungen, die auch keine große Interaktion von mir erfordern und die ich einfach nur über mich ergehen lassen muss. Aber heute ist es leider nicht so einfach. Die Grundstimmung ist nämlich etwas angespannt.

Die Firma hatte in den letzten Jahren eine Reihe von Umstrukturierungen hinter sich. Kleine Puzzleteile in einem Prozess, der bereits knapp Zehn Jahre andauert. Fast zeitgleich zu meinem Einstieg in die Ausbildung ging auch diese stürmische Phase für das Unternehmen los. Zehn Jahre, in denen ich durch verschiedene Teams und Organisationseinheiten geschleust wurde und mich in wiederholt unbekannten Gruppen wiederfand. Meist wurde ich aufgrund meines jungen Alters in wechselnde Teams mit überwiegend älteren und erfahreneren Kollegen eingesetzt. Ich sollte ihnen wohl neue Impulse und Denkweisen vermitteln, um ihre eingestaubte Welt aufzulockern. Das funktionierte allerdings eher schlecht als recht. Willkommen, waren meine Ideen eher selten. Vor allem ganz zu Beginn meiner Karriere wurde ich doch eher als ‚das Küken' belächelt. Für meine Ideen war einfach aufgrund meines niedrigen ‚Standings' kein Platz. Somit habe ich mich bei ihnen stets als Fremder gefühlt. Gemeinsamkeiten habe ich nie gefunden. Dafür waren wir einfach zu weit auseinander. Natürlich hätte ich mir hier auch mehr Mühe geben und einen Schritt auf sie zugehen können, aber warum sollte ich das tun, wenn sie mir und meinen Ideen doch nicht zuhören wollen und ich wahrscheinlich eh bald wieder nach der nächsten Umstrukturierung weg wäre. Mit dieser Einschätzung sollte ich schließlich Recht behalten, denn nun ist wieder eine erfolgt.

Die jüngste Umstrukturierung war mal wieder ein Glanzstück von kognitiver Leistung unserer Führungsebene. Ich kann die Hintergründe dafür nicht nachvollziehen, denn die Beschaffungsabteilungen der einzelnen Regionen haben bisher gut für sich allein gearbeitet. Abstimmungen haben regelmäßig stattgefunden und jede Einheit war Spezialist für ihren Bereich. Alles hat in Summe gut funktioniert. Doch wenn wir in Unternehmen etwas können und lieben, dann ist es funktionierende Strukturen negativ zu optimieren. Häufig versuchen hier junge oder ambitionierte Führungskräfte dem Unternehmen ihren Stempel aufzudrücken – alle in der großen Hoffnung, diesen einen großen Wurf zu tätigen, der sie in die obersten Ebenen katapultiert. Gewöhnlich sind die dann schon längst fort, wenn die negativen Auswirkungen dieser hastigen Entscheidungen an das Tageslicht kommen. Mit der Zeit habe ich eine Vorlicbe für dieses Theater entwickelt. So ist auch dieses Mal wieder der Drang entstanden, alles umzuwerfen und das funktionierende System nachhaltig zu beschädigen. Unsere Chefs hatten die Idee, die einzelnen Abteilungen alle zusammenzulegen und einen einzigen lahmen und großen Apparat zu erschaffen. Als wäre diese Idee nicht schon unpraktisch genug und zugleich schwer umzusetzen, wurde sie durch die mir wohl unbeliebteste Art von Menschen, die ich im Corporate Umfeld jemals kennenlernen durfte, befeuert. Sie wurde von ihnen als große ‚Synergie' verkauft und mit den heißesten Versprechungen versehen. So verführerisch, dass sich unsere Chefs diesen glänzenden Versprechen nicht mehr entfliehen konnten.

Ich spreche von Unternehmensberatern. Ich frage mich ernsthaft, warum Menschen, zumeist frisch von der Uni, mit Mitte 20 und nahezu keiner praktischen Erfahrung eine so gravierende Glaubwürdigkeit zugesprochen wird. Ihr Auftreten treibt mich regelrecht zur Weißglut, wenn sie mit ihren schicken Anzügen und der Mentalität zum Skalieren durch unsere Gänge stolzieren. Nur ein paar Wochen sind sie anwesend, doch schaffen sie es in dieser Zeit den größten Schaden anzurichten. Vorwiegend stumpf und ohne einen Moment der Abwägung wird ihren auf schicken Power-Point Folien verpackten Empfehlungen zugehört und nahezu blind gefolgt. Jede durch sie angepriesene ‚low-hangig fruit' wird gierig und ohne Rücksicht auf bestehende, funktionierende Strukturen nachgegangen. Wenn es dann mal wieder schiefgeht, sind sie längst verschwunden. Wir müssen dann mit den Konsequenzen leben, die ihre professionelle Skalierung angerichtet hat. Was ist es nur, was sie doch so viel glaubhafter macht als mich? Es muss wohl ihr professioneller Haarschnitt sein.

Ich richte meine Aufmerksamkeit wieder für einen Moment von meinen kreisenden Gedanken auf das Hier und Jetzt. Noch immer befinde ich mich bei dem heutigen Happening. Heute trägt es den einprägsamen

Titel: ‚Get-together Kick-Off Meeting'. Ich bin begeistert, ob der schier unbegrenzten Möglichkeiten des Neologismus neue Namen für Mitarbeiterveranstaltungen zu finden. Es handelt sich um das erste gemeinsame Zusammentreffen der neuen verschmolzenen Beschaffungsabteilung. Hier sollen sich nun also drei zuvor völlig fremde Gruppen von Menschen kennenlernen und in kurzer Zeit Vertrauen zueinander aufbauen. Eckpfeiler, wie das funktionieren soll oder was die gemeinsamen ersten Ziele sind, gibt es dabei nicht. Wir sind komplett uns selbst überlassen und sollen schnellstmöglich den Grundstein dafür legen, ‚die Synergien zu heben'. Ich halte dies einmal mehr für eine schlecht durchdachte Vorgehensweise. So etwas braucht Zeit und vor allem strukturierte Führung. Aber mir hört wie gewohnt keiner zu. Ich bin es langsam nur noch leid meine Ideen und Gedanken zu teilen. Also behalte ich sie eher für mich. Es ist für mich nur noch lächerlich.

Um diese für wahrlich niemanden angenehme Situation erträglich zu machen, haben sich die Youngsters der ehemals getrennten Teams für heute allerdings etwas Besonderes und für sie vermeintlich ‚super witziges' ausgedacht. Wenigstens ein fest geplantes Element für heute – neben den Brötchen. Es ist nur leider etwas, was ich mit großer Abneigung begegne. Ein Trend, der sich inzwischen auch in unseren Büros durchgesetzt hat. Etabliert von den Kolleginnen und Kollegen der neuen Generation, die nach meinem Empfinden wohl ein paar Coaching-Videos zu viel gesehen haben. Es ist ‚die berühmte Frage', die sich durch Unternehmen im anglikanischen Bereich schon seit Jahren durchfrisst und nach deren Antworten sich die blanke Einfallslosigkeit und Tristesse meiner Mitmenschen offenbart. Ihre unfassbar belanglosen Antworten rufen in mir regelrecht ein Gefühl der Übelkeit hervor. Als wäre das nicht schon schlimm genug, werden sie mit einem teilweise unangenehmen Stolz von meinen Kollegen vorgetragen. Doch auf die Spitze treibt es für mich die Scheinheiligkeit der Chefs, mit der sich am Ende des Happenings ‚ja so sehr mit uns über den Erfolg' gefreut wird – über die vielen neuen Impulse, die ‚wir doch miteinander geteilt' haben. Sich selbst klopfen sie stolz auf ihre eigene Schulter, mal wieder etwas ‚für den Team-Spirit' gemacht zu haben. Diese eine Frage ist für mich der Inbegriff des Übels:

„Verrate uns einen ‚Fun Fact' von dir!"

Hey, Sharon – hier ist mein Fun Fact: Du gehst mir echt mega auf den Sack mit deiner Negativität und dem pausenlosen Geläster über die Büroromanze von Tim und Cayenne, mit dem du versuchst, deine kriselnde Ehe zu kompensieren.

Wie gerne würde ich dies allen mitteilen. Mir entkommt ein leichtes Lächeln bei diesem Gedanken, den ich aufgrund meiner Konditionierung durch Gesellschaft, Erziehung und Karrierehoffnung natürlich nicht laut ausspreche. Aber mal sehen, vielleicht haben sie mich ja eines Tages einmal so weit, dass auch ich mich nicht mehr kontrollieren kann. Das wäre wohl der Augenblick der größtmöglichen Ehrlichkeit, den ich ihnen gegenüber erbringen würde. Für den Moment werde ich mich aber lieber wieder hinter meine gewohnte Maske zurückziehen. Eben diese, die mein Leben und das meiner Mitmenschen weitaus erträglicher macht. Ich glaube, Sharon würde das auch nicht überstehen, da sie so kurz vor der Rente steht und sich schon so sehr auf ein hasserfülltes letztes Quartal ihres Lebens mit Jack zu Hause freut. Obwohl ich nicht über sie nachdenken möchte, bleibe ich mit meinen Gedanken dann doch wieder bei ihr hängen.

Sharon ist eine etwas größere, aber doch auch dickere Frau Mitte 60, die ihre über 40-jährige Nikotinsucht wahrlich nicht mehr verbergen kann. Sie wandert stets mit einem so verkniffenen Gesicht durch das Büro, dass es einfach nur abschreckend wirkt. Man möchte ihr nur aus dem Weg gehen, damit man nicht in ihren Fokus gerät und einen Teil ihrer Negativität abbekommt. Das macht Sharon nämlich gerne. Nichts ist ihr lieber, als zu einem zu kommen und sich über Gott und die Welt zu beklagen. Als würde ihr einziges Ziel im Leben sein, sämtliche Freude ihrer Mitmenschen auslöschen zu wollen; So sehr, als dürfte es niemandem in der Welt anders gehen als ihr. Wirklich beschweren kann ich mich über sie aber auch nicht, da sie schon so lange dabei ist und so kurz vor der Rente nahezu eine Narrenfreiheit besitzt. Wenn ich über sie so nachdenke, werde ich wütend. Ich finde es schrecklich, dass sie wohl niemals wirklich erfahren wird, wie ich über sie denke. Ich finde es ungerecht, wie viel Rücksicht ich ständig auf meine Mitmenschen nehmen muss. Sharon hat auf mich nie Rücksicht genommen, wenn sie versucht hat, ihre Negativität über alles in ihrem Leben auf mich zu übertragen. Ich weiß gar nicht, ob ihr Mann wirklich Jack heißt, aber so klischeehaft wie sich Sharon in meiner Realität darstellt, gibt es für mich keine Alternative als Jack. Was wohl ihr Fun Fact ist? Ich wette etwas im Garten. Menschen ihres Schlags, der Generation ‚Hallo, ich benutze WhatsApp' machen immer etwas im Garten. Ob sie dort wohl irgendwann nach einem Streit den guten Jack verbuddelt? Ich würde es ihr zutrauen.

Wieder entkommt mir ein Lächeln. Doch leider mit einer Konsequenz. In meinen Gedanken habe ich nicht gemerkt, dass ich plötzlich bei jemandem im Fokus stand.

„Hey Liam, du strahlst ja so. Freust du dich schon, deinen Fun Fact vorzutragen?" – Scheiße. Auf eine Unterhaltung habe ich nun echt keine Lust.

„Na klar, ich bin aber auch echt gespannt, was die anderen so sagen. Da lernt man sich noch ein Stück besser kennen! Die meisten kennen wir ja noch nicht", erwiderte ich Clara. Meine Stimme und mein Gesicht führen dabei ein Theaterstück auf, das ich für solche Momente einstudiert hatte. Es ist nicht so, dass ich komplett emotionslos wäre. Ich habe nur einfach keine Muße für Menschen oder Situationen, die mir nichts bedeuten, mehr Energie als nötig zu investieren. Nein, nicht, wenn ich diese Energie doch selbst im Moment so dringend für mich brauche. Nach der Antwort gehe ich allerdings kurz in mich. War das eventuell dieses Mal etwas zu viel? Zu viel einstudiert? War es zu offensichtlich? Kann ich nicht einfach einmal ein paar Stufen herunterkommen und eine normale Konversation auf Augenhöhe führen, ohne mein Gegenüber die offensichtliche Abneigung für den Moment spüren zu lassen? Was stimmt nicht mit mir? Meine Gedanken fangen wieder an, unkontrolliert zu kreisen. In diesen Situationen habe ich sie nicht im Griff und verfange mich in unzähligen Handlungssträngen und Möglichkeiten. Das hat das Potenzial, mich zu blockieren. In dieser Situation treffe ich meistens die Entscheidungen, die mir nachhaltigen Schaden zuführen können. Doch dieses Mal ist das Schicksal wieder gnädig zu mir.

„Da hast du recht! Ich würde meinen am liebsten jetzt schon sagen, aber da werde ich mich wohl lieber noch etwas zügeln müssen“. Gott, du kannst den Zwinkersmiley wahrhaft in Claras Worten spüren. Wenn auf eines Verlass ist, dann die Belanglosigkeit meiner Kolleginnen und Kollegen hier. Aber auf eine mir nicht erklärliche Art mag ich Clara. Ihr kann ich das verzeihen.

Clara ist eine junge Kollegin mit Ende 20. Sie hat auch schon einige Veränderungen im Unternehmen durchgemacht und hat sich an das Theater hier gut gewöhnt. Sie versprüht eine interessante Mischung an Erfahrung und Zuversicht für die Zukunft. Das mag ich an ihr. Doch hat sie meiner Meinung nach etwas Besonderes an sich. Sie ist die Art von Person, die es schafft, mit ihrer freundlichen Art die Atmosphäre in einem Raum nicht unbedingt schöner, aber etwas leichter werden zu lassen. Ja sogar in Summe eher angenehmer ertragen zu lassen. Sie ist wahrlich ein Gewinn für jeden Raum, in dem sie sitzt. Auch nachdem ich die anderen neuen Kolleginnen und Kollegen kennengelernt habe, ist sie die einzige, für die ich ein gutes Gefühl verspüre. Für mich ist sie der einzige Hoffnungsschimmer in diesem tristen Umfeld hier. Ich rede gerne, ab und zu mit ihr. Das schöne dabei ist für mich, dass sie versteht, wenn man nicht mehr weiterreden möchte und einen mit einem angenehmen Gefühl aus dem Gespräch entlässt.

Nicht so wie ich es bei vielen anderen Kollegen erlebt habe, die einen schon fast nicht mehr loslassen wollen. Diese Situationen sind für mich besonders belastend. Selbst wenn man sich bereits in einem Rückwärtsgang immer weiter versucht ihren Fängen zu entfliehen, halten sie weiter intensiven Blickkontakt und fahren mit ihren Themen fort. Ein Thema nach dem anderen wird von ihnen mit einer solchen Intensität hinausgeschossen, dass es mir manchmal die Kehle zusammendrückt. Am liebsten würde ich in diesen Momenten einfach ausbrechen, doch die eigene soziale Konditionierung steht einem zu sehr im Weg. Man möchte nicht unhöflich sein. So erträgt man die Situation eher und versucht sich so weit von seinem Gegenüber zu entfernen, dass das ‚Signal hoffentlich schon bei ihm ankommt'. Das ist bei mir manchmal so weit gegangen, dass ich erst, als ich nahezu am anderen Ende des Raumes stehend, von ihnen gnädig aus dem unangenehmen Gespräch entlassen wurde. Vor allem diese Großraumbüros helfen dabei nicht. Hier kann über einen weiten Weg offen gebrüllt werden. Sharon ist leider so jemand. Sie sitzt auch noch so zentral im Raum, dass man an diesen Gesprächen selten vorbeikommt. Das macht sie gerne.

Wieder erwache ich für einen Moment aus diesen Gedanken in die Gegenwart. Sofort bemerke ich, wie lange ich schon wieder in ihnen verbracht habe. Meine Kollegen sind gerade dabei, ihre Fun Facts vorzutragen. Die meisten habe ich davon nicht mitbekommen – als ob sie mich auch interessiert hätten. Was mich eher beschäftigt, ist, dass ich mich in letzter Zeit immer öfter in meinen Gedanken verliere. Zwar hatte ich schon immer einen Hang dazu wie in einem Sog in sie hineingezogen zu werden, doch geschieht dies in den letzten Monaten immer häufiger. Ich tauche dabei immer tiefer in sie hinab, bis ich teilweise mein Gefühl für Raum und Zeit verliere. Als würde mein Unterbewusstsein nach Aufmerksamkeit schreien. Willig gebe ich mich ihm hin. Bietet es mir doch einen Raum, in den ich in unangenehmen oder für mich überflüssigen Momenten aus der Realität entfliehen kann und mir eine eigene Welt erschaffen, in der ich mit immer schneller werdenden Takt Gedanken, Meinungen, Szenarien und Bewertungen durcharbeite. Hier habe ich es mir eingerichtet. Einen Raum für mich und meinen Geist gebaut. Dieser Raum gibt mir Sicherheit, er beruhigt mich. Er gibt mir Stille.

„Liam, du bist dran!" – Mist. Ich erwache wieder aus dem Sog. Wie lange war ich da jetzt schon wieder gefangen?

„Das waren ja echt schon coole Beiträge hier!" – sage ich locker, mit einem frechen Grinsen auf meinem Gesicht, während ich absolut keine

Ahnung habe, was bisher von meinen Kollegen vorgetragen wurde. Ist aber auch egal, denn ich komme eh damit durch.

Der Rest des Tages verlief zu meinem Glück unspektakulär. Nachdem das Happening endlich beendet war, habe ich mich sofort zu meinem Platz begeben. Für heute hatte ich noch einiges zu tun, einige Aufgaben vor mir, die sich über die Tage und Wochen angesammelt hatten und nach Erledigung schrien. Meinen neuen Arbeitsplatz habe ich noch nicht großartig eingerichtet. Dazu habe ich auch keinen großen Bedarf. Dekorationen haben mir persönlich noch nie viel bedeutet. Ich mag es eher übersichtlich und einfach. Daher habe ich den Platz so angenommen, wie er mir zugewiesen wurde. Meine Kollegen sind da anders eingestellt. Ich beobachte sie dabei, wie sie ihre Arbeitsplätze mit unzähligen kleinen Objekten individualisieren. Kleine Figuren, Bilderrahmen, Postkarten oder andere für mich unbedeutende Gegenstände werden sorgfältig von ihnen platziert. Es ist wohl ihr dringendes Bedürfnis, die persönliche Note in diesen sonst so grauen Raum zu bringen. Für mich wirkt das nur ablenkend. Denn für mein Wohlbefinden ist es nur vorteilhaft, wenn sich meine Augen für einen Moment ausruhen können. Wenn meine Augen ruhen, gibt es einen Grund weniger für meine Gedanken, sich zu drehen. Ich begann, an meinen dringenden Aufgaben zu arbeiten. Natürlich hatte ich sie bis zum letztmöglichen Zeitpunkt der Erledigung heute aufgeschoben. Andere würde das massiv unter Druck setzen, doch nur so komme ich zu wirklich guten Ergebnissen. Nur so kann ich mich überhaupt dazu motivieren, meine Arbeit zu machen. Das war bei mir schon immer so. Von Anbeginn der Schulzeit bis jetzt. Das hat meine Eltern wahnsinnig gemacht. Sie versuchten über all die Jahre ihrer Erziehung dagegen zu arbeiten und mir die Konsequenzen aufzuzeigen, die aus diesem Vorgehen passieren können. Das, wenn ich meine Aufgaben alle aufschiebe, es eines Tages mit potenzierter Härte auf mich zurückkommen würde. Ich habe noch die Worte meines Vaters dazu im Ohr: „Liam, das geht vielleicht in vier von fünf Fällen gut. Doch das eine Mal hat das Potenzial alles zu verschlimmern." Ja Vater, keine Sorge. Ich habe das hier alles schon im

Griff.

Während ich eine Aufgabe nach der anderen erledige, frage ich mich dabei tatsächlich, wie lange das alles wohl noch gut gehen mag. Immer wieder frage ich mich: „Hey, das muss dir doch eines Tages um die Ohren fliegen. Das muss doch jemandem mal auffallen. Das muss doch irgendwann einmal vorbei sein. Alles im Leben hat doch eine Konsequenz. Du kannst ihr nicht entfliehen. Du wirst eines Tages aufwachen und dann stehst du vor dem Scherbenhaufen deiner Existenz". Gut, soweit wird es schon nicht kommen. Da sorge ich für. Aber ich bin schlau genug, um zu wissen, dass ich den Konsequenzen nicht auf ewige Zeiten entfliehen kann. Irgendwann könnte ich diese eine wichtige Aufgabe oder Entscheidung tatsächlich zu weit vor mich hinschieben. Ich hoffe nur, dass ich sie vorher rechtzeitig erkenne, bevor sie mich komplett zerstört.

Doch warum sollte ich irgendetwas ändern, wenn es doch immer funktioniert? Wieder konnte ich meine dringenden Aufgaben mit einer solchen Effizienz erledigen, dass ich sie schließlich alle vorzeitig abgeschlossen habe. Nun sitze ich hier herum und habe nichts mehr zu tun. Zum Gehen wäre es aber noch zu früh. Also blicke ich gedankenversunken zu beiden Seiten und erspähe meine eifrigen Kollegen. Wie sie an ihren Plätzen arbeiten und dabei ihre To-do-Listen erledigen. Fleißig erfüllen sie ihre von unseren Chefs gesetzten Tasks, bewältigen einen Call nach dem anderen und sind vollständig von ihren Monitoren eingenommen. Ich merke, wie gestresst sie sind. Das kann ich nicht so recht nachvollziehen, da aufgrund der Umstrukturierung aktuell eher weniger los ist. Da ich weiß, dass sie nicht alles aufschieben, sollten sie hier etwas entspannter arbeiten können. Doch scheint es wohl die Art und Weise zu sein, wie sie mit ihrer Arbeit umgehen. Ich sehe, wie sie stundenlang in irgendwelchen Calls oder Meetings sitzen. Fast den ganzen Tag verbringen sie damit, über Dinge zu diskutieren. Wenn sie dann endlich mal wieder an ihren Arbeitsplätzen angekommen sind, versuchen sie ihre Mails zu bearbeiten und nach der letzten freien Lücke in ihrem vollen Kalender suchen.

Wirklich zuhören werden sie dabei wohl nicht, das tun sie nämlich selten. Sie könnten meiner Meinung nach ebenso nebenbei einfach Bügeln, dabei würden sie sogar noch etwas Produktives machen. Nein, lieber beschweren sie sich bei der kleinsten Aufmerksamkeit, die ihnen geschenkt wird, wie viel sie doch zu tun haben. Ich frage mich wirklich, ob sie tatsächlich nach diesem Tag etwas geschaffen haben. Ich zweifle nicht so sehr an ihrer Leistung, die ist in Summe durchaus erkennbar. Die Frage ist eher, ob sie tatsächlich etwas geschaffen haben. Ich wage es zu bezweifeln, ob die von ihnen eingesetzte Energie, die nach der dritten Abstimmung zum selben Thema vergeudet wurde, tatsächlich einen Mehrwert erbracht hat. Wann wird hier wirklich mal etwas erledigt? Etwas erschaffen? Einen tatsächlich spürbaren Mehrwert? Das ist das, was mich tief im Innern antreibt. Was ich ersehne. Ich schaffe es jedenfalls nicht. Ich bin gefangen in für mich belanglosen Tätigkeiten. Bis heute habe ich keinen Bezug zu den Ergebnissen meiner Arbeit. Ich fülle Listen aus, erstelle Präsentationen, verhandle mit Menschen auf internationaler Ebene, und dennoch habe ich nichts in der Hand, worauf ich tatsächlich stolz sein kann. Nichts Wertvolles habe ich für diese Welt geschaffen. Das macht mich fertig.

Ich bin der einzige in meiner Familie, dem es wohl so geht. Denn meine Familie bestand schon immer aus Handwerkern. Ich war der Erste, der diesen Kreis unterbrochen hat und im Großraumbüro gelandet ist. Das meine ich dabei durchaus nicht abfällig, das würde ich niemals meinen. Im Gegenteil. Eher bewundere ich sie für ihre Arbeit. Sie erschaffen einen wirklichen Mehrwert. Nicht nur das. Sie werden auch wirklich gebraucht. Ohne sie würde unser Leben nicht funktionieren können. Wir hätten nichts zu essen und würden nicht in Häusern leben können und hätten noch nicht einmal die Möglichkeit, auf die Toilette zu gehen. Doch der Sektor ist in Schwierigkeiten. Denn der Nachwuchs fehlt. Mein Vater berichtet mir oft davon, dass er Schwierigkeiten hat, Stellen in seinem Betrieb nachzubesetzen. Seine Aussagen passen auch sehr gut zu dem Gefühl, das ich diesbezüglich habe. Ich glaube, dass wir uns nicht mehr allzu gerne die Hände schmutzig machen wollen. Nicht mehr die Energie für körperliche

Arbeit haben oder uns überhaupt mit ihr beschäftigen wollen. Ich könnte das jedenfalls nicht. Ich bin nicht für körperliche Arbeit gemacht. Scheinbar habe ich das Talent dafür nicht von meinen Eltern geerbt. Wirklich versucht hatte ich es allerdings auch nie. Mir fehlt der Antrieb dazu. Tief im Innern habe ich bereits beschlossen, dass ich das nicht kann. Daher will ich es auch gar nicht versuchen. Eine Unfähigkeit mehr, mit der ich mich vollends identifizieren kann. In dieser Wahrheit fühle ich mich wohl. Sie ist eine Wahrheit, die ich kenne. Eine Wahrheit, die mich vor weiteren Enttäuschungen bewahrt. Etwas Neues zu versuchen, ist ein Risiko. Eine aus ihr resultierende Niederlage wäre ein weiterer Beweis für die Stimme in mir, die mich sonst schon lähmt. Das möchte ich unbedingt verhindern. Sie haben das Potenzial, mich für eine bestimmte Zeit zu Boden zu reißen.

Eine dieser Niederlagen hatte ich zuletzt, als ich versuchte, zu malen. Ich wollte es schon so lange einmal ausprobieren, hatte mir wochenlang Videos darüber angeschaut und mich sogar in Techniken eingelesen. Voller Zuversicht habe ich mich dann an meinen ersten Versuch gemacht. Doch das Ergebnis war eine totale Katastrophe. Es war nicht besser, als der Versuch eines Zweitklässlers, einen Fisch zu zeichnen. Für einen kurzen Moment fällt mir jedoch ein, dass es doch eigentlich nicht so schlimm war. Es war durchaus ausbaufähig. Schließlich war es mein erster Versuch. Das wäre vielleicht doch alles über die Zeit besser geworden? Hätte ich doch nur dranbleiben sollen? Ein kurzes Gefühl der Reue kommt in mir auf. Doch bevor ich es bewusst ergreifen kann, schießt mir das Feedback meiner Mutter in den Kopf. Ich hatte hier stolz mein erstes ‚Werk‘ präsentiert und war absolut gespannt auf ihre Meinung. Ihr Urteil hätte für mich nicht schlechter ausfallen können. Das Feedback war eindeutig. Das werde ich nie vergessen. Mein Werk hat mich daraufhin angewidert. Ich habe es voller Wut und Enttäuschung verbrannt. Danach habe ich nichts Neues mehr versucht. Fast schon wie gelähmt lasse ich die Tage seitdem an mir vorbeiziehen.

Mich lässt der Gedanke an diese Lähmung seit einiger Zeit nicht mehr los. Ich merke, dass es nicht nur mir so geht. Ich sehe das in meinem Umfeld. Ich habe das Gefühl, dass der Tag für uns schon unerträglich wird, nachdem wir nur aufgestanden sind. Direkt nach dem Aufwachen kommen unsere Sorgen und Gedanken wieder, vor denen wir zuvor versucht haben im Schlaf zu entkommen. Doch sie lassen sich nicht so einfach austricksen. Sie melden sich zu gerne mit einer solchen Intensität zurück, sodass auch der womöglich kleinste Funken des Ansporns sofort im Keim erstickt wird. Mir geht es bereits seit einigen Jahren so. Ich habe das Gefühl, dass mich alles einfach nur noch belastet. Dass der Druck zu groß wird etwas machen zu müssen, etwas sein zu müssen. Was genau ist der Gesellschaft dabei egal. Du darfst nur nicht stehen bleiben. Ich habe das Gefühl, dass ich zerdrückt werde durch die äußeren Einflüsse, denen wir pausenlos ausgesetzt sind. Bedingt durch unsere Familien, die Gesellschaft und unseren eigenen Wünschen befinden wir uns in einem konstanten Spannungsverhältnis. Noch schlimmer machen es Influencer und ihr vermeintlich besseres Leben. Sie vermarkten ihren glänzenden Alltag, die vielen Traumreisen und ihre sonstigen Erlebnisse so sehr, dass wir am Ende alle auf die eine oder andere Art auch danach streben. Die Wahrheit bleibt dabei zunehmend auf der Strecke. Mehrfachfilter und gesponserte Elemente verzerren das Bild so sehr, dass wir diese alternative Realität in Wahrheit niemals erreichen können. Doch manch einer von uns versucht es. Mit dem folgenden Scheitern kommen allerdings nur die wenigsten zurecht. Ich lasse mich davon eher weniger beeindrucken. Mein Problem ist eher, dass ich nicht weiß, was mein eigentliches Ziel im Leben ist. Vor dieser Frage graut es mich auch am meisten. Ich kann sie nicht beantworten. Es interessiert mich aber auch nicht. Im Grunde arbeite ich nur dafür, dass ich mir nachher die nächste Tiefkühlpizza leisten kann, die ich mir emotionslos vor dem Computer reinziehe. Nach mehr strebe ich nicht. Ich habe mir mein warmes und sicheres Nest gebaut. Ich komme auch so durch.

Doch eins weiß ich allerdings sicher, die fünfte Tabelle für den heutigen Tag werde ich sicher nicht mehr anfangen. Das hat noch genug

Zeit. Auf diese Entscheidung hin verlasse ich meine Gedanken und stehe auf. Ich greife nach meiner Jacke und mache mich auf den Weg nach Hause. Ich halte es hier nicht mehr aus. Ich habe jetzt bis zu dem frühestmöglichen Zeitpunkt gewartet, bis ich gehen kann. Es stinkt nämlich noch immer nach der schwitzenden Salami und den Eibrötchen von heute Morgen. Von dem Zwiebelmett will ich gar nicht anfangen. Es wurden noch nicht einmal die Fenster geöffnet, da es draußen bereits langsam kalt wird. Da hatten einige Kollegen etwas gegen, man könnte sich ja erkälten. Mich hat das so rasend gemacht, dass ich sie am liebsten sofort angebrüllt hätte. Aber auch dieses Gefühl habe ich wieder nur geschluckt. Auch diesen furchtbaren Geruch habe ich nun ausgehalten. Auf meinem Weg blicke ich noch einmal in das noch zur Hälfte gefüllte Büro und versuche Clara zu erspähen. Sie scheint aber wohl schon gegangen zu sein. Im Vorbeigehen grüße ich meine restlichen Kollegen und wünsche ihnen allen einen schönen Feierabend. Ohne dabei zuzuhören, was sie mir erwidern, fühle ich mich bei jedem Schritt Richtung Ausgang etwas leichter. Ich kann es kaum erwarten, endlich raus zu sein. Endlich angekommen, schwinge ich mich erleichtert durch die Eingangstür. ‚Einfach nur noch raus hier' denke ich mir, als ich endlich frische Luft einatme.

Draußen regnet es. Die Sonne ist schon längst hinter den Protzbauten im Businessviertel verschwunden. Dazu kommt, dass es um diese Jahreszeit schon wieder früh dunkel wird. Das schlägt mir sehr auf mein Gemüt. Der erhoffte Effekt des Feierabends stellt sich nicht ein. Das negative Gefühl aus meinem Büro begleitet mich auch auf meinem Weg nach Hause. An meiner Bahnstation angekommen, kommt mir auch schon die nächste Botschaft entgegen. Die Bahn verspätet sich um 20 Minuten. Diesen Fakt nehme ich ohne Emotionen hin. Da ich eine Pünktlichkeit der Bahn sowieso schon nicht mehr erwarte, ist mir das egal. Ich schüttle nur verwundert den Kopf, als ich jemanden erblicke, der sich tatsächlich noch darüber aufregt. Diese Energie spare ich mir. Ich stelle mich unter das Dach und schütze mich vor dem Regen. Dicht gedrängt mit den anderen stehe ich hier und warte darauf, dass die Bahn endlich eintrifft. Die Zeit kann ich gut mit meinen Gedanken verbringen. Als die Bahn schließlich nach fast 30 Minuten eintrifft, kann ich ein weiteres interessantes Verhalten beobachten. Meine Mitmenschen, inzwischen zu einer Art Seegurke verschmolzen, tänzeln und drängen hier den Türen des einfahrenden Zuges hinterher. Alle mit dem Ziel, bloß als Erste in die Bahn einsteigen zu können. Ein Nährboden für allerhand Aggressionen und Stress. Im Grunde wollen doch alle das gleiche: schnell und sicher nach Hause kommen. Ich halte Abstand und versuche mich von der kollektiv latenten Anspannung nicht einnehmen zu lassen. Nachdem sie sich alle in die Bahn gepresst haben, steige auch ich entspannt ein.

Wenig später sitze ich auf meinem Platz und versuche während der Fahrt die an mir vorbeiziehende Welt zu beobachten. Die Bahn ist voll. Die Heizung ist viel zu warm eingestellt und die Menschen zu dick angezogen. Sie atmen schwer, was dazu führt, dass die Scheiben beschlagen. Der Regen versperrt mir zugleich von außen die Sicht, sodass ich von der Welt draußen absolut nichts mehr erkennen kann. Nur die nahe Reflexion eines Menschen, die mir erwartungsvoll und sehnsüchtig in die Augen sieht, springt mir entgegen. Ich kann mit diesem Bild nichts anfangen und doch bin ich in ihm gefangen. Wer ist das, der mich dort erblickt? Was ist sein Ziel in seinem Leben? Ich kann es nicht beantworten. Während der Fahrt kreisen meine Gedanken weniger. Der feste und einstudierte Ablauf der Bahnfahrt gibt mir einen Moment, in dem ich durchatmen kann. Für jeden in meiner Umgebung ist dieser Moment ebenfalls etwas Besonderes. Etwas nahezu Magisches verbindet uns mit ihm, in dem auch sie zur Ruhe kommen. Ich glaube, ich weiß warum. Er ist nämlich im Kern unveränderbar. Einmal für die Bahn entschieden, beschränken sich Chancen und Risiken auf weiche Faktoren wie Pünktlichkeit oder ob ich einen Platz bekomme. Aber die eigentliche Struktur bleibt gleich. Das entspannt die Menschen. Die Entscheidung, ein Mal getroffen, muss im Kern nicht mehr optimiert werden. Sie können für den Moment einfach ruhen.

Je näher ich meiner Station komme, merke ich, dass mein

Gedankenkarussell wieder schneller wird. Die alles überstimmende Frage ist hierbei, was ich heute noch machen soll. Ich habe darauf keine sinnvolle Antwort. Als ich mir diese Antwort gebe, wird mir zunehmend unwohl. Ich vernehme eine leise Stimme, die das Unbehagen in mir noch weiter befeuert. Sie beginnt mir in mein Ohr zu flüstern. Aus einem Flüstern wird ein vernehmbarer Ton. Sie sagt mir, dass ich ‚in meinem Leben doch nur von einer Leere in die andere wandere'. Nervös von der Aussagekraft dieses Gedankens verwische ich diesen aufkeimenden Schatten, bevor ich ihn interpretieren kann. Ich begrabe ihn tief in mir und entscheide mich gleich noch einkaufen zu gehen. Dann habe ich etwas zu tun. Fast täglich finde ich mich im Einkaufszentrum wieder. Besuche dort die Drogerie oder den Supermarkt, um wenige Produkte zu erwerben. Natürlich könnte ich auch einen einzelnen Großeinkauf erledigen, dabei wahrscheinlich auch etwas sparen. Aber dann hätte ich ja nichts mehr zu tun. Nein, das kommt für mich nicht infrage. Lieber bezahle ich etwas mehr dafür, wenn ich alles einzeln kaufe. Dann habe ich wenigstens etwas zu tun. Als ich von meiner Station Richtung Einkaufszentrum gehe, erinnere ich mich daran als es damals eingeweiht wurde. Damals vor 15 Jahren war es der große Hit. Die Jugend hatte endlich einen Fixpunkt, der uns ein Stück Großstadt nähergebracht hatte. Endlich konnten wir uns auch ‚cool' fühlen und den Nachmittag dort zusammen abhängen. Wir mussten nun nicht mehr weit wegfahren, um viel zu teure angesagte Klamotten zu kaufen, fast an den Kugeln im Bubble Tea zu ersticken und dabei einfach nur Leute zu beobachten.

Doch inzwischen ist nicht mehr so viel los. Einige Läden von damals sind verschwunden, stehen leer oder wurden modernisiert. In Summe ist doch für mich auch einfach der Glanz von früher etwas verloren gegangen. Das anfängliche Gewusel hat sich fast schon in eine normale Atmosphäre verwandelt, in der man sich auch etwas entspannter bewegen kann. Das ist für mich auch ein positiver Aspekt an dieser Veränderung. Ich kann mich aber nicht davon losreißen, dass das Gesamtbild für mich nicht mehr zusammenpasst. Wie kleine Nadelstiche fallen mir die

Unterschiede und die Feinheiten auf, die meine Augen tanzen lassen. Dieser Ort gibt mir nicht die Beruhigung, die einem die Normalität verspricht. Es zwingt Menschen wie mich, die anfällig für diese Warnsignale sind, einen stetigen Drang zur Vorsicht auf. Dennoch begebe ich mich fast täglich hier her, um mir eine Konstante in meinem Leben zu geben. Es wirkt für mich hier aber alles zunehmend heruntergekommen. Für einen Moment kommt hier in mir ein bekanntes Gefühl auf. Es scheint mir, als hätte man sich hier auch der neuen lähmenden Wahrheit einfach ergeben. Derselben Lähmung, die ich ebenfalls verspüre. Vielleicht sind andere Dinge für die Menschen inzwischen einfach viel interessanter geworden als sich dort zu treffen. Da ist dieser Ort nichts Besonderes mehr und nur noch eine Station von vielen. Dazu kommt, dass soziale Interaktionen doch inzwischen eh primär über Smartphones und das Internet laufen.

Im Supermarkt angekommen, fahre ich selbst jedes Mal eine feste Routine ab. Ich laufe stets dieselben Wege und kaufe nur dieselben Dinge ein. Ich fühle mich in dem Moment wie einer von vielen. Diese Momente sind die seltenen Augenblicke in meinem Leben, in denen ich mich meinen Mitmenschen zugehörig fühle. In ihnen gibt es für meine Gedanken wenig Platz, das Verhalten der anderen zu bewerten oder es selbst besser machen zu wollen. Das wirkt auf mich sehr beruhigend. Ich denke, das ist mit einer der Gründe, warum ich mich hier so oft wiederfinde. Nach einigen Gängen stehe ich schließlich vor den Kühlregalen. Mehrere Schränke stehen vor mir und warten gespannt auf meinen nächsten Schritt. Ich erblicke die gefühlt zahllosen Möglichkeiten, die uns der funktionierende Kapitalismus bei Tiefkühlpizzen gewährt. Eine schiere Auswahl von verschiedenen Formen, Sorten, Preisen, Herstellern und Verpackungen entfaltet sich vor mir. Unzählige Versprechungen, eingehüllt im kühlen Neonlicht der Deckenlampe werden mir zum Kauf präsentiert. Sie bewerben sich bei mir. Sie führen einen Balztanz um meine Gunst auf, der durch den Supermarkt durch kleine rote Schildchen wie ‚Sonderangebot‘ oder ‚Nur hier dauerhaft günstig‘ befeuert wird. Ich bilde mir ein, mich nicht davon beeinflussen zu lassen. Unbewusst lasse ich mich von der Szenerie bezaubern. Für einen kurzen Moment fühle ich mich besonders, als ob ich tatsächlich in diesem Augenblick eine Wahl habe. Bereitwillig lasse ich mich komplett von diesem Gefühl einnehmen. Ein Jahrzehnt vergeht in meinem Unterbewusstsein. In der Realität eine Sekunde. Ich greife daraufhin zielstrebig nach der Packung, die ich immer kaufe und gehe weiter. Ich möchte keine weitere Enttäuschung in meinem Leben. Ich möchte es nicht riskieren.

Im Supermarkt ist es voll. Ich kann mir erst darauf keinen besonderen Reim machen. Warum sollte hier so viel los sein, es ist erst Donnerstagabend. Dann fällt es mir ein. Ich hätte gleich draufkommen können. Am Samstag ist Feiertag. Das bringt die Ordnung der Leute komplett durcheinander. Ich halte wieder einen Moment inne und beobachte meine Umgebung genauer. Menschen mit Gesichtern voller Panik stürmen durch die Gänge. Geleitet vom Drang, heute bloß alles einkaufen zu müssen, bevor sie das Risiko eingehen, am Wochenende vor Hunger zu sterben. Schweiß breitet sich auf ihren Stirnen aus, da sie hier auch viel zu warm angezogen sind. Untermalt wird dieses groteske Schauspiel von dem lähmenden Gedudel der ‚Supermarkt-Greatest-Hits' aus den Lautsprechern. Aus dieser Szenerie erkenne ich Parallelen aus dem Büro von heute Morgen. Dieses schnelle Herunterwürgen des Vergänglichen, das mit dem Drang einhergeht, sich doch schnellstmöglich das nächste zu sichern. Die leichte Panik in ihren Gesichtern, eventuell ein Schritt zu langsam am Buffet sein zu können. Vielleicht ist es das, was uns seither antreibt. Das Greifen nach dem Nächsten. Das nicht zufrieden, mit dem Vorhandenen zu sein und stetig nach vorne zu streben. Der kontinuierliche Hunger auf mehr. Für mich erscheint dieser Gedanke logisch. Doch belastet es mich. Denn ich verspüre diesen Hunger nicht. Im Gegenteil. Etwas in mir zwingt mich dazu, im Hier und Jetzt verharren zu wollen. Ohne Antrieb weiterzugehen, da sich mir der größere Sinn im stetigen Fortschritt nicht offenbart. Ich kann ihn nicht erkennen. Ich kann ihn nicht schmecken. Ich kann ihn nicht hören. Ich kann ihn nicht vernehmen. Ich kann ihn nicht fühlen. Ich kann ihn nicht erklären. Seit jeher versuche ich mich anzupassen und den Normen gerecht zu werden. Seit jeher ohne Erfolg. Mit der Zeit entwickelt es sich mehr zu einer Einbahnstraße für mich und meinen Geist. In diesen Momenten verliere ich mich lieber in meiner alternativen Gedankenwelt.

Nach einiger Zeit des Wartens an der Kasse bin ich endlich an der Reihe. Die Schlange war wieder viel zu lang. An sich stört mich das nicht, ich versuche ja meine Zeit zu vertreiben. Was mich allerdings stört, ist die Tatsache, wie sie entstanden ist. Zum einen haben wir da die für mich unverständliche Menge an Nahrung, die bedingt durch die vermeintliche Mangelsituation am Wochenende auf das Fließband gestapelt wird. Ich bin mir nämlich sicher, dass davon die Hälfte verderben wird. So etwas finde ich schrecklich. Essen verderben zu lassen, wo es doch für viele Menschen schwer zu bekommen ist. Hier zeigt sich einmal mehr diese Unbekümmertheit in der Gesellschaft. Dazu kommt als zweiter Punkt diese Sturheit, mit der sich gegen technische Neuerungen gestellt wird. Vollends unwillig, sich ihnen anzupassen, halten sie hier den ganzen Verkehr auf. Wie effektiv das alles doch sein könnte, wenn sie endlich mal mit ihren Telefonen oder Karten bezahlen würden. Nein, lieber zählen sie mit schleichender Präzision ihre Münzen zusammen. Das ist halt das, was sie kennen. Für sie zählt nur diese eine Wahrheit. Ich hoffe einfach, dass ich nicht eines Tages genauso sein werde.

Als wäre das nicht schon schlimm genug, werde ich wiederum von ihnen wie ein Alien beobachtet, wenn ich innerhalb von ein paar Sekunden per Smartphone zahle. Als ich meinen Einkauf bezahle, hat die Frau hinter mir, wohl gepflegt in ihren besten Jahren, nichts Besseres zu tun als mir ihre Gedanken zu offenbaren.

„Wie Zahlen sie denn da?“, fragte sie in einem Ton, den ich nicht einordnen kann. Nur die pure Skepsis konnte ich ihn ihrem Gesicht ablesen. Sie ist mir nahezu entgegengesprungen.

„Ich habe meine Karte auch auf meinem Handy, da geht das etwas schneller“, erwidere ich freundlich mit einem Lächeln. Ich versuche mich hier unter Kontrolle zu halten, um die Situation schnell verlassen zu können.

„Na, für mich wäre das ja nichts", antwortete sie mit einer nun für mich klar verständlichen Abneigung. Gepaart mit einem Stirnzucken und geneigtem Kopf, der mich in ihrer Ansicht eindeutig als verrückt abstempelt. Nebenbei greift sie schon nach ihrer Geldbörse und stößt mich leicht zur Seite, nicht willens noch ein paar Sekunden warten zu wollen, bis ich meinen Einkauf fertig eingepackt hatte.

Was, verdammt nochmal, stört sie denn daran? Wieso sollte ich mich ihnen anpassen und genauso sein wie sie? Soll sie doch ihr Leben einfach so führen, wie sie möchte. Warum wird mir es verwehrt und mir ihre Meinung aufgezwungen? Und warum kann sie nicht einfach warten, bis ich fertig bin? Hat sie Angst, hier im Gang zu sterben? Ich spüre, wie die Wut bei dieser Menge an Gedanken in mir aufsteigt. Ohne etwas zu erwidern, wende ich mich mit leicht rotem Kopf und unangenehmen Lächeln ab, packe meinen Einkauf zusammen und gehe meinem Heimweg nach. Ich wünsche ihr sogar noch einen schönen Tag. Meine Eltern haben mich wohlerzogen. Doch meine Wut nehme ich ebenfalls aus dem Supermarkt mit. Wenigstens ist der Heimweg aus der Stadt angenehm zu gehen. Er führt dabei durch diverse Seitenstraßen und an einigen Parks vorbei. Es tut mir gut, aus der Stadt herauszukommen und nicht direkt in der Innenstadt zu wohnen. In den Momenten, in denen ich merke, dass das Gewusel, die Geräusche, der allgemein brummende Grundton der Aktivitäten langsam mehr und mehr verstummt, kann ich durchatmen. Ich merke, wie mit jedem Schritt die Last ein Stück weiter von mir fällt. Irgendwann wird es ruhig. Die letzten verbliebenen Vögel in den Bäumen singen ihr Lied, bevor auch sie vor der sich immer mehr ausbreitenden Kälte fliehen. Ich bleibe kurz stehen und versuche einen Moment diese friedliche Atmosphäre für mich zu behalten. Es hat inzwischen auch aufgehört, zu regnen. Ein leichter Wind kitzelt um meine Nase, als ich tatsächlich für diesen Augenblick etwas Ruhe empfinde. Die Luft ist nach dem Regen immer so angenehm frisch. Ich beginne mich zu entspannen und fast schon die Dame aus dem Supermarkt zu vergessen. Doch dann werde ich alsbald durch meine Nachbarn in die Realität zurückgeholt. Eine aggressive Geräuschkulisse breitet sich aus. Die gerade noch so friedliche Atmosphäre wird durch ein Orchester aus blechernen und rumpelnden Geräuschen überlagert. Untermalt wird sie dabei durch leichtes Stöhnen und dem widerlichen Klang von hochgezogenen Nasen. Absolut verwirrt von dieser plötzlichen Kulisse, suche ich nach dem Ursprung. Er ist so banal wie nervig, denn meine Nachbarn haben offensichtlich vergessen heute Morgen die Mülltonnen herauszustellen. Morgen wird der Müll abgeholt, da muss ich jetzt noch schnell gehen. Ich kann mir vorstellen, wie es in diesen Häusern läuft.

„Schatz, du musst noch den Müll rausbringen! Der wird morgen früh abgeholt!“.

„Oh stimmt! Du hast recht. Gut, dass du es sagt. Ja, ich gehe sofort runter“.

So wird es wohl gemeinhin ablaufen. Problem angesprochen und gelöst. Doch ich wünsche mir eher einen anderen Verlauf. Ich stelle mir vor, wie dieser Appell das Fass zum Überlaufen bringt. Dass dies der letzte Tropfen in einer Reihe von Entscheidungen, Situationen und Auseinandersetzungen ist, der die Grundlage für den einen, alles entscheidenden Streit birgt. Das letzte Ventil, mit dem die eigene Unzufriedenheit über die häusliche Situation dazu führt, dass sich Ehepartner am Ende gegenseitig umbringen. Vielleicht wird das auch der Grund sein, warum Sharon ihren geliebten Jack eines Tages im Garten vergraben wird. Dieser Gedanke fasziniert mich. In diesen negativen Vorstellungen kann ich mich sehr gut einleben. Doch warum kann ich mich nur mit dem Negativen so gut beschäftigen? Das Positive wiederum findet in meinem Leben keinen Platz. Vielleicht liegt es daran, dass ich so viele negative Erfahrungen gemacht habe? Habe ich denn wirklich nie etwas Schönes erlebt? Achte ich da eventuell nicht genug drauf? An meiner Erziehung kann es eigentlich nicht liegen. Meine Familie war zwar einfach gestrickt, aber sie waren im Kern glückliche Menschen. Sie haben mir eine aus ihrer Sicht einfache, aber glaubhafte

Version eines schönen Familienlebens verkauft. Das einzig negative, woran ich mich dort erinnern kann, ist das wir so oft umgezogen sind. Das hat mich jedes Mal fertig gemacht. Ich habe keinen Anschluss gefunden. Das hat sich erst nach meinem Schulabschluss und dem Beginn der Ausbildung geändert, als ich in die Stadt gezogen bin. Seitdem lebe ich hier und habe gute Freunde gefunden. Superschön finde ich es hier zwar nicht, aber wenigstens ziehe ich nicht mehr so oft um. Das war mein erstes Ziel, als ich hier ankam.

Während ich weiter über meine Jugend und die Zeit mit meiner Familie nachdenke, merke ich für einen Moment, dass ich zu Hause angekommen bin. Meine Gedanken haben mich wieder gut unterhalten. Ich habe den Weg nahezu kaum gemerkt. Ich stehe vor dem Mehrfamilienhaus, in dem ich nun schon seit knapp zehn Jahren zuhause bin. Es ist keine allzu besondere Umgebung hier, doch liegt es in einer ruhigen Umgebung. Das war mir am wichtigsten. Während ich die vielen Treppen zu meiner Wohnung erklimme, kann ich es kaum noch erwarten, endlich nach Hause zu kommen. Mein Herz fängt an, schneller zu pochen. In meinem Stockwerk angekommen, lasse ich meinen Schlüssel mit beherzter Kraft in das Türschloss gleiten. Ein Druck breitet sich in meinem Körper aus, während ich ihn langsam umdrehe. Noch kann ich mich und meine Taten ein Stück kontrollieren. Sobald ich die Tür geöffnet hatte, werfe ich mich durch meine Eingangstür und gehe hinein. Dann merke ich, wie der Spannungsbogen reißt. Ich verliere plötzlich die Kontrolle über mich und schmeiße mit einem lauten Knall die Tür hinter mir zu. Ich halte einen Moment inne, lasse mich mit dem Rücken an sie fallen und atme das erste Mal für heute richtig durch. Stille. Endlich.

Kapitel 2
Sehnsucht

Unausweichlich, ohne Vorwarnung ergreift sie mich und entreißt mich der dunklen Realität. Sie umhüllt mich und flüstert mir dabei verführerische Versprechungen in mein Ohr. Von einer besseren Welt, einer Welt, die ich zu kennen glaube. Ich müsste mich ihrer nur ergeben. Den Preis schließlich willig zahlend verliere ich mich in ihr. Sie verschlingt mich, ohne Wiederkehr.

Als ich für einige Momente an meiner Tür lehne, fangen meine Gedanken wieder an wild zu kreisen. Ich blicke dabei auf meinen leeren Flur, die Lebensader meines Safe Spaces. Von hier geht es in alle Zimmer meines wohlbehüteten Rückzugsorts. Nur selten lade ich jemanden hier ein. Fremde Menschen schon einmal ganz ausgeschlossen. Sie würden es hier, denke ich auch nicht besonders einladend finden. In all den Jahren habe ich es mir nicht besonders zu Hause eingerichtet. Ich ziehe eine etwas spartanische Einrichtung vor. Eher kühl und modern soll es sein, ohne eine Ablenkung durch zu viel Dekoration. Das würde das Gesamtbild für mich nur stören. Es wären dann zu viele Punkte der Beachtung, bei denen meine Augen anfangen würden, unkoordiniert zu tanzen und mich wieder in meinen Sog zu begleiten. Das versuche ich schon in meinem Alltag so gut es geht zu verhindern. Da möchte ich zumindest hier meinen Frieden finden. Ich brauche Orte der Ruhe, Orte der Entspannung für meinen Körper und Geist. Ich fange mich langsam wieder und beginne mich wieder zu bewegen. Augenblicklich wird die nächste mir bekannte Routine sofort abgespielt. Ich lasse meine Jacke auf den Boden fallen, werfe meine Tasche und den Einkauf in eine Ecke des Flurs und gehe zielstrebig Richtung Badezimmer. Es ist ein kleiner Raum mit einer Duschwanne und kleinem Fenster. Das Fenster war mit das Einzige, was mir hier wichtig war. Die Wanne habe ich, seitdem ich hier wohne, nur einmal benutzt. Das war damals mit ihm. Seitdem konnte ich mich nicht wieder dazu bewegen, sie allein zu benutzen. Im Badezimmer angekommen, ziehe ich sofort meine Hose aus und lasse mich direkt auf die Toilette fallen. Ich habe das Gefühl, als würde ich gleich platzen. Doch als ich völlig bereit auf der Toilette sitze, dauert es plötzlich bis etwas passiert. Ich spüre den Druck in mir aufsteigen, der danach schreit, endlich losgelassen zu werden. Aber etwas in mir scheint daran festzuhalten. Ich kann irgendwie noch nicht loslassen. Etwas blockiert mich. Ich zwinge mich daraufhin zu entspannen. Ich verkrampfe meinen Bauch und gebe einen Appell an meinen Geist.

‚Lass los!', sage ich mir in Gedanken auffordernd. Die ersten Tropfen kommen langsam, doch dann wieder eine Pause. Es fängt an zu schmerzen.

‚Lass' bitte los!', ein letzter Druck, ein weiterer Appell. Dann kommt endlich der Strahl. Erst schwächer, dann aber zunehmend stärker. Die Anspannung in mir löst sich endlich, der Druck entweicht. Für diese Blockade habe ich keine Erklärung. Ohne weiter zu überlegen, sacke ich erschöpft in mich zusammen und lasse es geschehen.

Der Rest des Abends verlief völlig normal. Nachdem ich mich noch etwas von meinem Tag ausgeruht hatte, habe ich mich an meinen Computer gesetzt und ein Spiel angeworfen. Eines von vielen in meiner Bibliothek, die sich über die Jahre angesammelt haben. Ich habe mir wieder eines ohne eine gewisse Story ausgesucht. In ihm geht es eher darum, etwas Neues aufzubauen und im Verlauf es immer besser und größer zu machen. Neue Technologien zu erforschen, die mir wieder neue Möglichkeiten zur Optimierung geben. Ohne ein von den Entwicklern oder der Story gesetztes Ziel. Das muss ich mir selbst geben. Eigene Geschichten ausdenken – hier kann ich mich stundenlang drin verlieren. Meinem Bedürfnis nach Kreation nachkommen, etwas für mich erschaffen. In ihnen kann ich das Streben nach vorne für mich etwas greifbarer machen. Meine Gedanken konzentrieren sich vollkommen auf das Spiel, das Karussell kommt dabei nahezu zum Stillstand. Während ich spiele, lasse ich nebenbei gerne Videos laufen, die mir ein gewisses Grundrauschen vermitteln. Ich habe mich so sehr daran gewöhnt, dass ich dieses Rauschen auch zum Einschlafen brauche. Bei meiner Auswahl der Videos achte ich gar nicht so sehr darauf, was für ein Thema, das ist. Eher geht es mir hier rein um das Gefühl, in diesem Moment nicht allein zu sein. Hauptsache es wird nicht zu laut gesprochen oder irgendetwas erschreckt mich dabei. Videos von ausländischen Creatorn mag ich dabei am liebsten. Hier vermeide ich das unangenehme Gefühl, das mir Creator in meiner Landessprache vermittelt. Ich finde, es passt nicht, wenn sie bei ihren Videos zu sehr versuchen, besonders unterhaltsam zu sein oder neue angesagte Dinge auszuprobieren. Das macht sie für mich so lächerlich, dass ich mich dann auf sie konzentrieren muss. Genau das möchte ich ja vermeiden. Also habe ich mich auch heute wieder für eine knapp zweistündige Dokumentation über Meerestiere entschieden. Das wirkt unfassbar beruhigend. Während ich mein Spiel spiele und mir Buckelwale bei ihren Rufen anhöre, wird die Tiefkühlpizza aus dem Supermarkt, vorher noch mit extra viel Käse verfeinert, von mir emotionslos vor dem Bildschirm in kurzer Zeit verschlungen.

So verbringe ich die weiteren Stunden des Abends allein vor meinem Computer. Ab und zu sehe ich währenddessen mein Smartphone aufblitzen. Nachrichten von meinen Freunden kommen rein. In unserer Chatgruppe wird wohl eifrig diskutiert, das kann ich im Augenwinkel sehen. Aber noch beachte ich es nicht bewusst. Ich möchte noch etwas in der Welt, die ich mir aufbaue, verweilen. Noch etwas die Ruhe genießen, ehe ich dazu bereit bin, mich um etwas anderes zu kümmern. Es könnte für mich noch stundenlang so weiter gehen. Doch nach einer gewissen Zeit greife ich dennoch zum Smartphone. Ich bekomme plötzlich das Gefühl, ich könnte vielleicht etwas verpassen. Etwas könnte an mir vorbeigehen und dann hatte ich keine Chance dabei zu sein oder meine Meinung dazu zu sagen. Hinterher würde ich mich dann sicher ärgern. Dem muss ich unbedingt vorbeugen. Als ich mein Telefon in der Hand habe, achte ich besonders darauf, die Nachrichten bloß nicht direkt zu öffnen. Ich möchte den Sperrbildschirm auf keinen Fall entsperren oder sogar verlassen. Dann würde man ja sehen, dass ich ihre Nachrichten gelesen habe und sie würden eine Antwort von mir erwarten. Nein, vielmehr versuche ich anhand der Mitteilungen zu entschlüsseln, wohin die Diskussion führt. So bekomme ich einen guten Eindruck, wohin die Reise geht, bevor ich mich entscheide, mich an dem Gespräch zu beteiligen. So wähle ich mich durch die Mitteilungen und sehe die verschiedenen Statements meiner Freunde. Sie diskutieren über Orte, in denen man Morgen etwas unternehmen könnte. Sie scheinen sich sowohl darüber als auch über die Zeit noch nicht einig zu sein. Ich denke, ich habe hier noch etwas Zeit, bevor ich mich aktiv einschalten müsste. Vielleicht kann ich das auch komplett ignorieren und sage dann einfach, ich hätte es nicht mitbekommen. So könnte ich mich dem Abend gut entziehen. Während ich noch versuche den Faden zu erkennen und zu ergründen, wann der richtige Zeitpunkt für meinen Beitrag sei, passiert etwas, was wie ein Blitz durch meinen Körper fährt und mich in Panik versetzt.

Ich werde plötzlich angerufen.

Rasmus ruft mich an. Eine meiner längsten Freundschaften. Als ich seinen Namen auf dem Bildschirm sehe, muss ich mich schnell entscheiden. Nehme ich den Anruf an? Lasse ich es durchklingeln und rufe zurück, wenn ich bereit dafür bin? Ist es jetzt wirklich so wichtig, dass ich mein Spiel und die Ruhe dafür unterbreche? Wird mich das Telefonat belasten? Während ich versuche eine Entscheidung zu treffen übernimmt mein Unterbewusstsein und führt meinen Daumen zielsicher zum grünen Kreis.

„Hey, du“, platzt es aus mir heraus. Ungeplant, nahezu automatisch, mit freundlicher Stimme. Ich möchte ihm kein Gefühl geben, dass ich mich nicht über seinen Anruf freue.

„Hi Liam, wie schaut es aus bei dir? Hast du einen schönen Abend?“, fragt Rasmus mit seiner unfassbar positiven Art. Ich weiß, dass Rasmus diese Frage aus seiner sozialen Konditionierung herausstellt. Er weiß ganz genau, dass er die Wahrheit von mir in diesem Fall nie erfahren wird. Dennoch gibt er die Hoffnung auf eine ehrliche Antwort von mir nicht auf. Ich mag ihn sehr dafür.

„Och, soweit ist bei mir alles ruhig. Ich sitze vor dem Computer und spiele ein wenig. Ich bin auch gerade mit dem Essen fertig geworden. Was machst du so?“, frage ich ihn. Ich kalkuliere mit dieser Frage ein, dass dieses Gespräch nun mindestens eine halbe Stunde dauern könnte. Das werde ich dann einfach ertragen. Ob ich jetzt Meerestiere oder ihn höre, während ich spiele, ist mir dann auch egal. Während ich auf seine Antwort warte, befinde ich mich bereits wieder in meinem Spiel.

„Ja bei mir ist auch alles gut. Ich habe gerade an dich gedacht und wollte dich fragen, ob wir am Wochenende etwas unternehmen möchten?“. Natürlich geht es darum. Der Zeitpunkt seines Anrufes hat einfach gepasst.

„Was stellst du dir denn dabei vor?“, frage ich Rasmus. Ich möchte erst einmal genau wissen, was mich erwartet, bevor ich mich in einer Vereinbarung wiederfinde, die mir im Nachhinein ein ziemliches Unbehagen bereitet. Wenn es nämlich dazu kommt, neige ich dazu, dass ich aus ihr entfliehen möchte und sie in letzter Sekunde vorher absage. Außerdem kann ich mit der Frage auch gut überspielen, dass ich ja schon etwas in den Mitteilungen gestöbert habe. Das kommt mir gelegen.

„Wir hatten überlegt, dass wir uns ja mal wieder zusammen in der Gruppe treffen könnten und morgen weggehen. Was hältst du davon?“ Ich merke, wie Rasmus gespannt auf eine Antwort auf seinen Vorschlag wartet.

„So wie früher?“, frage ich.

„Ja, so wie früher“, erwiderte Rasmus mit einer ruhigen Stimme.

„Ok“. Ein Wort. Emotionslos. Ohne Erwartung. Ich habe nicht viel darüber nachgedacht. Meine Gedanken sind auf das Spiel nebenbei konzentriert. Mit dem Ziel, schnellstmöglich wieder Zeit für mich zu haben, werde ich einfach teilnehmen. Vielleicht wird es mir guttun. Zur Not kann ich immer noch vorher absagen.

„Da freue ich mich aber! Ich bin mir sicher, das wird dir guttun mal wieder alle zu sehen!“ Der Klang in Rasmus Stimme wird nun wieder sanfter. Etwas fröhlicher: Die Antwort scheint ihn zu erleichtern.

„Wann wollt ihr euch denn treffen?“, frage ich daraufhin. Ich hoffe dabei, dass sie sich nicht zu früh sehen wollen. Morgen ist ein wichtiger Tag für mich.

„Ich denke so gegen 20 Uhr, was hältst du davon?“ Ich merke, wie Rasmus bei dem Vorschlagen wieder etwas angespannter wird. Ich habe in den Mitteilungen zuvor gelesen, dass sie sich selbst noch nicht ganz sicher waren. Ich denke, ich könnte hier die entscheidende Stimme sein. 20 Uhr ist mir auf jeden Fall lieber als uns früher zu treffen.

„20 Uhr sollte ich schaffen. Ich muss vorher zwar noch etwas erledigen, aber das sollte gehen. Seid mir aber nicht böse, wenn ich vielleicht dann etwas zu spät kommen sollte“, erwiderte ich. Ich möchte mir hier so viele Freiheiten wie möglich einräumen. Diese Verabredung soll mich morgen nicht belasten. Meine Gedanken sollen sich morgen einzig und allein nur auf eine Sache konzentrieren. Als ich meine Sätze beendet hatte, folgte eine kurze Phase der Stille.

„Wirst du ihn besuchen, Liam?“, ich merke, wie bei Rasmus nach dieser Frage nun sämtliche Fröhlichkeit in seiner Stimme entwichen ist. Er klingt ernst. Ich kann mir vorstellen, warum er so reagiert. In mir kommt leichte Anspannung hoch.

„Ja“, erwiderte ich zögerlich.

Wieder folgt eine kurze Phase der Stille. Die beginnt, mich zu zerreißen. Seine bevorstehende Antwort macht mich nervös.

„Grüß ihn von mir, Liam.“

„Das werde ich.“

„Nun gut“, fährt Rasmus fort. „Ich schreibe dir dann noch einmal genauer, wo und wann es losgeht. Wir sehen uns morgen. Ich freue mich!“

„Ich mich auch.“ Wir legen daraufhin auf.

Nachdem ich aufgelegt hatte, denke ich kurz über das Gespräch nach. Meine Gedanken kreisen um die Fragen, ob ich die richtige Entscheidung getroffen habe, mich wieder einmal so früh festzulegen. Ob ich mir damit morgen nicht zu viel Druck für den Tag eingebrockt habe. Ob wohl morgen alles gut gehen wird? Während ich mir diese Fragen stelle, entsperre ich mein Telefon und öffne die Nachrichten in der Gruppe.

Jetzt wissen sie ja, dass ich mit Rasmus darüber gesprochen habe. Meine Einschätzung war korrekt, es ging einzig und allein um das Treffen morgen. Sie wollen etwas zusammen trinken und im Anschluss feiern gehen. Rasmus hat es wieder einmal geschickt gemacht. Er weiß, dass er mich direkt ansprechen muss, damit er mich zu Greifen bekommt und ich eine Entscheidung treffe. Natürlich kennen sie mich und wissen, dass es die gewisse Chance gibt, dass ich mich nicht wohlfühle und kurz vorher absage. Aber das kalkulieren sie mit ein. Ich wundere mich, dass sie das über so lange Zeit mitmachen. Das habe ich in der Vergangenheit schon oft gemacht und für Enttäuschung gesorgt. Aber meine Bedürfnisse gehen hier einfach für mich vor. Rasmus weiß und akzeptiert das. Es hat scheinbar keine Konsequenz für mich. Ich komme auch hier wieder damit durch.

Als ich mein Telefon wieder sperre, sehe ich die Zeit auf ihm aufblitzen. Es ist schon wieder viel zu spät geworden. Das Spiel hat mir die Stunden und meine Wahrnehmung darüber genommen. Morgen wird ein anstrengender Tag. Ich sollte versuchen, etwas zu schlafen. Ich speichere meinen Stand ab, mache den Computer aus und starte meine Nachtroutine. Ich ziehe mich um, gehe ins Bad und putze mir die Zähne. Beim Zähneputzen schaue ich in meinen Spiegel und habe wieder dieses selbe Gefühl wie in der Bahn. Wer ist das, der mich dort anschaut? Wo möchte er hin? Was sind seine Ziele im Leben? Was für eine Bedeutung hat er in dieser Welt? Ich kann sie wieder nicht beantworten. Ich kann nur sicher sagen, dass ich mich mit diesem Bild nicht identifizieren kann. Wie gewohnt begrabe ich diese Gedanken wieder dort, wo sie aufgekommen sind, mache das Licht aus und gehe in mein Schlafzimmer. Das Schlafzimmer ist der einzige Ort in meiner Wohnung, wo ich so etwas wie eine Dekoration habe. Neben Bildern von meinen Freunden an der Wand, ist mein Bett nämlich von Decken und Kissen überladen. Ich liebe es einfach, wenn ich mich in ihnen eingraben kann. Das gibt mir ein Gefühl der Wärme und Geborgenheit. Endlich in meinem Bett angekommen, denke ich noch kurz über den vergangenen Tag und meine Erlebnisse nach. Die übliche nächtliche Abrechnung mit mir in meinem Bett. Die

Beweisaufnahme und das anschließende Urteil über meine Performance des Tages. Ich überprüfe meine Entscheidungen und Verhaltensweisen auf Fehler und versuche bei ihnen Dinge zu identifizieren, die ich als Beispiel dafür nehmen kann, wie ich mich in vergleichbaren Situationen anders verhalten kann. Wie ich meinen Weg fortschreiten kann, um Konsequenzen weiter erfolgreich aus dem Weg zu gehen und den Status quo bewahren kann. Doch bei diesen Bestandsaufnahmen muss ich aufpassen. Manchmal driften sie in ihren Bewertungen weit über den vergangenen Tag hinaus. Irgendwann erwische ich mich dabei, wie ich über Fehler oder unangenehme Situationen nachdenke, die schon längst vergangen schienen. Nicht selten kommt es vor, dass auch plötzlich eine Erinnerung an einen peinlichen Moment in meiner Schulzeit mir den Schlaf rauben kann.

„Gott, war das dumm damals! Wie konntest du nur?“, sage ich mir dann oft dabei. Ich bekomme in diesen Situationen dann meist ein Gefühl der Scham, das mich für einen Moment in die Vergangenheit katapultiert. Ich glaube, dass ich wahrlich stundenlang in meiner Vergangenheit schwelgen könnte. Wieder einen Ort der Ruhe für mich schaffen, in dem ich meiner Realität entfliehen kann. Doch dieses Mal merke ich, dass ich mich wieder einmal verliere. Diesem fortgeschrittenen Prozess ausweichend, schließe ich die Beweisaufnahme für heute ab. Ich werde dieses Mal nicht zu einem Ergebnis kommen und es ist eh schon viel zu spät. Ich brauche jetzt dringend den Schlaf. Morgen wird ein anstrengender Tag. Als ich meine Augen schließe, denke ich nur daran. Ich freue mich und bin sehr aufgeregt. Denn morgen werde ich ihn besuchen.

Seit Stunden wälze ich mich nun schon in meinem Bett hin und her. Ich versuche rastlos meine kreisenden Gedanken verstummen zu lassen und Ruhe zu finden. Eine Decke mehr, eine Decke weniger. Ein Kissen mehr, ein Kissen weniger. Sämtliche Alternativen werden von mir versucht und alle mir bekannten Liegepositionen ausprobiert. Doch ich komme nicht zu dem von mir gewünschten Ziel. Ich schaue dabei immer mal wieder zum Wecker, nur um jedes Mal das sich verschlimmernde

Ausmaß des Grauens zu erblicken, 02:48 Uhr. Ich kann nicht schlafen. Nach weiteren erfolglosen Versuchen drehe ich mich auf den Rücken und atme lang und tief durch. Für diesen Moment akzeptiere ich bewusst diese Niederlage. Meine Augen, die sich schon längst an die Dunkelheit im Zimmer gewöhnt haben, habe ich dabei weit geöffnet. Ich starre an die Decke des Schlafzimmers und versuche etwas an ihr auszumachen. Ich versuche zu ergründen, was mich denn jetzt schon wieder daran hindert meinen Schlaf zu finden. Diese Phasen der Schlafstörungen habe ich immer mal wieder. Für mich ist das nichts Besonderes. Ich kann sie mir nach einer kurzen Zeit in der Regel relativ einfach erklären. Doch jetzt gerade kann ich es mir nicht begründen. Das Einzige, das ich vernehmen kann, ist Stille. Ich versuche daraufhin weiter nach einem Grund zu suchen. Anders als meine Freunde oder Bekannte weiche ich dabei nicht auf willkürlich gesuchte Erklärungen dafür aus. Wie oft höre ich von ihnen solche Klassiker wie, „hach, ich habe ja wieder so schlecht geschlafen. Das muss am Mond liegen“ oder „ich sollte abends einfach nicht so viel essen“. Sie machen sich gerne etwas vor und bilden sich ein, für ihr Schicksal nicht verantwortlich zu sein. Nein, man, du solltest dich einfach mehr bewegen und nicht so lange abends vor irgendwelchen Screens sitzen. Dann würdest du auch schneller und besser schlafen! Doch ertappe ich mich bei diesem Gedanken wieder selbst. Bis vor zehn Minuten vor dem Zubettgehen hatte ich selbst noch vor den Bildschirmen gehangen und meine Reize von ihnen durchfluten lassen. Mir wird sofort klar: Ein seltener Moment ist für mich eingetreten. Ich habe eine Konsequenz für mein Handeln erfahren. Nun erleide ich als Strafe für mein Verhalten diese Schlaflosigkeit. Diesen Gedanken fassend fange ich an, leicht zu lächeln. Es fühlt sich gut an. Dieses Mal konnte ich der Konsequenz nicht entrinnen.

Nachdem ich nun diese Erkenntnis für mich gewonnen hatte, greife ich die abgebrochene Beweisaufnahme von gestern Abend auf. Ich versuche an der Stelle weiterzumachen, bevor ich abgedriftet bin und schließlich abgebrochen habe. Nach einigen Abwägungen über mein

Verhalten beim Happening drifte ich dann allerdings doch wieder zunehmend mit meinen Überlegungen ab. Dieses Mal gipfelt es sogar in einer Art Jahresrückblick. Ich überlege dabei, dass das Jahr mal wieder wie im Fluge vergangen ist. Wir haben es nämlich schon fast Ende Oktober. Es dauert nicht mehr lange und dann ist wieder Weihnachten und darauf folgt auch schon wieder Silvester. Danach werden wir wieder ein neues Jahr begrüßen. 2020, was es wohl für mich so alles bringen mag? Normalerweise bin ich nicht optimistisch, was so etwas angeht. Doch ich habe Hoffnung, dass es etwas mit ihm zu tun haben könnte. Etwas in mir sagt mir, dass durchaus etwas Wichtiges passieren könnte. Etwas Gutes. Dabei starre ich noch immer an die Decke. Mich an diesen hoffnungsvollen Gedanken klammernd, schaue ich wieder vorsichtig zum Wecker. 03:34 Uhr. Mist, es wird nun tatsächlich Zeit, schlafen zu gehen. Denn morgen, ach was, heute wird ein anstrengender Tag. Daraufhin, quasi eine Art Vertrag, eine Verbindlichkeit mit mir fassend, entscheide ich mich nun bewusst, einzuschlafen. Ich drehe mich zur Seite und vergrabe mich wieder in meinen vielen Decken und Kissen. Unterstützend mache ich mir auf meinem Tablet ein Hörspiel an und lege es mir auf die Seite. In der Regel hilft mir das gut einzuschlafen. Dieses Grundrauschen, das ich auch beim Spielen so gerne als Begleitung erlebe. Meist schlafe ich hier bereits nach einer halben Stunde ein. Weiter habe ich es im Hörspiel bisher auch noch nicht geschafft. Als das Intro durchläuft, schließe ich langsam meine Augen und denke noch einmal kurz an ihn. Mein ganzer Körper entspannt sich dabei. Mir wird warm. Ich merke, wie meine Atmung langsamer wird. Bald wird es so weit sein, dann werde ich ihn endlich wiedersehen. Der Ton des Hörspiels verblasst, während ich ein letztes Mal an ihn denke.

Geschockt wache ich auf. Ich schrecke, wie nach einem, mit eiskaltem Wasser gefüllten Eimer übergossen, hoch. Es braucht einen Moment, bis ich in dieser Welt angekommen bin, bis ich verstehe, was hier vor sich geht. Als wäre ich nur eine Hülle, sitze ich aufrecht in meinem Bett und versuche auf dieser Welt klarzukommen. Mein Herz rast. Adrenalin breitet sich in mir aus. Ich bin bereit für einen Kampf um mein

Überleben. Dann schalten sich meine Sinne langsam scharf. Der kreischende Ton meines Weckers hat mich an den Rand eines Herzanfalls gebracht. Ich merke einen schlagartigen Anfall von Wut in mir aufkommen, während ich versuche ihn nicht gegen die Wand zu werfen. Ich schaffe es schließlich, mich unter Kontrolle zu halten. Doch war ich fast kurz davor. Ich verharre kurz in dieser Position und starre an die Wand. Ich fühle mich verkatert. Wie nach zwei Stunden Schlaf auf der Couch eines Freundes, nachdem man sternhagelvoll nach Hause getorkelt ist. Für einen kurzen Augenblick kommt in mir das Bedürfnis hoch, mich wieder hinzulegen. Es gut sein zu lassen und heute einfach mal die nächste Bahn zu nehmen. Meinen Job und das ganze Leben zu riskieren, für nur ein paar Minuten längeren Schlaf. Doch dann kommt die Stimme der Vernunft in mir auf. Das kann ich mir heute nicht leisten. Nicht heute. Heute wird ein anstrengender Tag und ich habe zu viel liegen lassen denke ich dabei. Diese Wahrheit schließlich widerwillig akzeptierend, schlucke ich meine Wut wie gewohnt herunter und stehe auf.

Meine Morgenroutine ist nicht von langer Dauer. Ich lege nicht allzu viel Wert auf mein Äußeres. Hauptsache, ich komme nicht gammlig rüber, ist meine Devise. Alles andere ist mir egal. Ich werfe mich also nach der Dusche direkt in mein Hemd und mache mir noch einen Kaffee für den Weg fertig. Abschließend verlasse ich meine Wohnung und kurz darauf auch das Treppenhaus. Als ich das Haus verlasse, werde ich von einem wirklich schönen Morgen begrüßt. Die Sonne scheint immer mal wieder leicht durch die Wolkendecke hindurch. Es weht ein frischer Wind und es sind noch immer ein paar Vögel da. Wieder versuche ich für den Moment diese Atmosphäre in mich aufzunehmen. Es wird nun spürbar kälter. Ich habe mich dementsprechend dick angezogen. Meine Haare sind noch etwas feucht, was bedingt durch den Wind nicht gerade angenehm ist. Ich erinnere mich in diesem Moment wieder an meine Mutter, die mir alsbald mit ihrer fürsorglich, aber durchaus keifenden Stimme in mein Ohr mahnt:

„Liam, du wirst noch krank!“. Das war immer ihre größte Sorge. Die Phasen, in denen ich krank war, waren für sie die schlimmste Zeit

überhaupt. In ihnen hatte sie mich stets mit ihrer Fürsorge überladen. Noch heute kommt sie mit Essen oder Alltagseinkäufen vorbei, wenn sie erfährt, dass ich krank sein sollte. Das war zeitweise für mich so erdrückend, dass ich Krankheiten zunehmend verheimlicht oder eine vermeintliche Besserung vorgetäuscht habe. Eine Erkältung würde mir aber gerade nicht ungelegen kommen. Ich könnte ein paar freie Tage wirklich gut gebrauchen. Während ich mich so langsam auf meinen Weg zur Bahnstation mache, sehe ich den Müllwagen an mir vorbeiziehen. Er nimmt sich den von meinen Nachbarn am Abend zuvor hektisch rausgestellten Eimern an. Ich lächle kurz auf, während sich in mir ein wohliges Gefühl ausbreitet. Denn wieder schließt sich für mich ein Kreis. Eine weitere Kurzgeschichte am Rande meines Lebens hat sich damit beendet. Diesen Gedankengang kann ich nun als
erledigt archivieren. Auf den Straßen ist es an diesem Morgen in Summe ruhiger als in den Tagen zuvor. Es mag wohl daran liegen, dass heute Freitag ist. Freitags sind die Menschen generell etwas entspannter. Es macht sich so eine positive Stimmung breit. Die Sorgen zu Hause oder auf der Arbeit scheinen dann immer etwas in den Hintergrund zu geraten. Viel mehr erzählen sie sich dann immer aufgeregt gegenseitig, was sie denn an ihrem Wochenende so spannendes vorhaben. Die meisten können es dann immer kaum erwarten, endlich den Computer auszumachen und direkt zu gehen. Als würden sie nach über tagelanger Arbeit endlich in die Freiheit entlassen werden. Diesen Druck kann ich nicht nachvollziehen. Schließlich arbeiten die meisten freitags nur bis Mittag oder gleich von zu Hause aus. Ich bin echt neidisch auf diese Menschen. In unserem Unternehmen ist diese Freiheit nämlich noch nicht so angesagt. Homeoffice ist bei unseren Führungskräften eher verpönt. Öffentlich geben sie stets vor, ‚dies prüfen zu wollen‘. Doch weiß jeder, dass sie nahezu unüberwindbare Bedenken haben. Mein Chef hat in einem schwachen Moment sogar einmal gesagt, dass dies ‚ja sowieso nur etwas für Drückeberger sei‘ oder Kollegen, die irgendwie seltsam sind. Also zum Beispiel für solche, die in Teilzeit arbeiten oder attestiert bekommen haben, dass der Arbeitsweg für sie

nahezu unzumutbar sei. Viele meiner Kollegen beschweren sich dauerhaft über diesen Umstand, mir ist das alles relativ egal. Ich bekomme so etwas Abwechslung am Tag. Nur am Freitag geht es mir da anders. Da würde ich auch lieber von zu Hause arbeiten, als im Büro zu sitzen.

Was bei uns in der Firma am Freitag auch nicht so angesagt ist, ist, dass man es an diesem Tag mal etwas ruhig angehen lassen könnte. Die für mich und meine Kollegen wohl schlimmsten Termine in der Woche, das wöchentliche Teammeeting und das individuelle 1:1 beim Chef, finden beide am Freitag statt. Ich weiß nicht, was mein Chef sich dabei nur gedacht hat. Ob er das vielleicht insgeheim sogar super amüsant findet. Für mich ist das jedenfalls ein Beweis mehr, dass Führungskräfte doch nur eine Ausgeburt der Hölle sein können. Wer macht so etwas und hält das ernsthaft für eine gute Idee? Immer wenn ich mit purer Fassungslosigkeit die Entscheidungen meiner Chefs beleuchte, denke ich nur allzu gerne an meine erste Chefin zurück, die ich in der Firma hatte. Bevor der ganze Mist mit den Umstrukturierungen und den vielen Wechseln losging. Sie war selbst noch relativ jung. Ende 30 war sie damals glaube ich. Ich kann mich noch immer an die Themen und Bands erinnern, über die wir uns oft unterhalten haben. Sie war so nahbar. Sie war für mich echt eine Ausnahme, was Führungsqualitäten betraf. Sie ist mir zu jeder Gelegenheit mit Respekt begegnet. Zu der Zeit wusste ich noch nicht, was für eine Ausnahme das doch in unserer Geschäftswelt ist. Vor allem hatte sie mir als Anfänger damals das Gefühl gegeben, dass man mir zuhört. Dass auch meine Vorschläge ernst genommen wurden, auch wenn sie zu dem Zeitpunkt noch nicht so ausgereift waren wie bei meinen erfahrenen Kollegen. Oft bin ich besonders am Anfang eher meinen Impulsen gefolgt, als mir einen Moment Zeit zu nehmen und über meine Vorschläge nachzudenken. Ich wollte halt sofort etwas verändern und in diesem Unternehmen bewegen. Das ist bei alteingesessenen Kollegen nicht so gut angekommen. Doch bei ihr konnte ich diese Ideen vortragen ohne sofort ein „ja, aber“ zu vernehmen. Eine wirklich angenehme Atmosphäre. Ich vermisse diese Zeit so sehr. Es ist immer so, dass man erst dann weiß, was man hatte, wenn es vorbei ist.

Dieser Wandel kam leider schnell. Schon fast zwei Jahre nach meinem Start in der Firma wurde ich Opfer der ersten Umstrukturierung. Ich wurde daraufhin mit einigen anderen Kollegen in eine andere Abteilung versetzt. Hier hatte ein Mann das sagen. Ein altgedienter Herr, Mitte 50, mit einer Ausstrahlung von einem Weißbrot. Sicherlich hatte er einiges für das Unternehmen geleistet und dafür könnte man ihm wohl auch dankbar sein. Doch war Führung nicht eine seiner Stärken. Ich habe bei ihm schnell gemerkt, wo für ihn mein Platz in der Abteilung ist. Man lässt sich eben nicht von einem Auszubildenden sagen, was man denn besser machen könnte. Das hat nicht in seine Welt gepasst. Ab dem Moment bin ich nach und nach stiller geworden, was meine Vorschläge betraf. Ich habe mich mehr und mehr in das System eingefügt. Seitdem hatte ich nämlich nur noch Männer als Chefs. Ich weiß nicht, ob das der Grund ist, warum ich mich unwohl fühle und ich mich deshalb so zurückhalte. Oder ob bei ihr damals wirklich alles besser war. Aber gesamthaft betrachtet wäre ich wirklich gerne wieder bei ihr. Ich kam mit Frauen als Bezugspersonen schon immer besser klar.

Ich hatte viel Zeit zum Nachdenken, denn die Bahn hatte mal wieder Verspätung. Knapp 35 Minuten waren es dieses Mal. An sich ist das kein Problem für mich, allerdings hat sich dadurch leider mein Anschluss verzögert und ich bin nun in Summe fast eine Stunde zu spät dran. Als ich an der Station in der Nähe des Büros endlich angekommen bin, habe ich mich ziemlich beeilt. Inzwischen hatte sich die Wolkendecke wieder zugezogen und es begann wieder leicht zu regnen. Ich bin bei meinem Spurt zum Gebäude einmal fast ausgerutscht. Das wäre jetzt die absolute Katastrophe gewesen. Wenn ich mir heute etwas gebrochen hätte, an dem Tag, wo ich doch nachher noch zu ihm fahre. Ich glaube, dass hätte ich mir einfach nicht verziehen. Am Ende komme ich zum Glück unversehrt, aber ziemlich durchnässt im Gebäude an. Nachdem ich die Stockwerke hoch gespurtet bin, machte ich mich in unserem Büro fix auf dem Weg zu meinem Tisch. Nach einem kurzen Check merke ich, dass ich fast der letzte bin, der heute im Büro eingetroffen ist. Die Verspätung macht mir bereits jetzt schon etwas zu schaffen, da ich für heute einfach zu viel Aufgaben anliegen habe. An meinem Platz angekommen, mache ich sofort alles bereit. Während ich meinen Computer hochfahre, hänge ich meine Jacke und den Schal über meinen Stuhl und lege mir die ersten Unterlagen parat. Natürlich musste der Computer erst noch ein paar Updates vom Vortag installieren. Während sich die Prozente viel zu langsam füllten, fragte ich mich, ob das alles nur ein großer Witz vom Universum ist. So viel Pech kann ich doch gar nicht haben. Als mein Computer dann endlich bereit war, habe ich mich sofort angemeldet und meine E-Mails gecheckt. Noch während ich mir eine schnelle Übersicht für die alten und neuen Aufgaben für heute mache, höre ich auf einmal diese keifende Stimme, die in diesem Moment das letzte ist, für das ich auch nur einen Ansatz von Energie habe.

„Na, die Spätschicht ist auch schon da, was? Wurde wohl etwas spät bei dir gestern Abend?“, schleudert mir Sharon mit ihrer süffisanten Art und Weise entgegen. Sie schaut mich dabei mit einer solchen Genugtuung an, dass ich ihr am liebsten meinen Tacker ins Gesicht werfen würde. Ich spüre, wie in mir wieder diese Wut aufsteigt. Diese Wut, wie sie mir in der letzten Zeit immer wieder in diesen Situationen aufkommt. Es ist dieselbe, die ich auch gestern aus dem Supermarkt mit nach Hause nahm. Was will die Alte von mir? Kann sie nicht einfach ihre Gedanken und Meinungen für sich behalten? Was zum Teufel hat sie davon, wenn sie ihre Kollegen so anfährt? Fühlt sie sich überlegen, nur weil sie vor John fliehend hier schon seit 7 Uhr morgens sitzt? Ich werde immer rasender.

„Sharon, du glaubst es einfach nicht. Die Bahn hatte fast eine Stunde Verspätung. Ich bin nun endlich hier. Ich hoffe, dass ich nicht zu viel verpasst habe“. Ich bin von mir überrascht, wie ich diesen Text ohne ein Zeichen meiner Abneigung oder Wut ihr gegenüber aufsagen konnte. Innerlich zittere ich vor Ärger über sie. Doch ich schaffe es in diesem Moment nicht, zum Tacker zu greifen.

Sie erwidert: „Na, man kann ja auch einfach mal früher losfahren, ne?".

Ja Sharon. Man kann auch einfach mal die Fresse halten. Was hältst du davon? Innerlich stelle ich mir Szenarien vor, wie ich ihr meinen Kaffee ins Gesicht schütte oder ihr vor allen meinen Kollegen endlich mal meine Meinung sage. Ihr endlich einmal sage, was ihr doch auch so viele von ihnen gerne sagen würden. Doch meine Konditionierung hält mich weiter zurück:

„Du, ich schaffe das schon irgendwie. Ich arbeite das dann nachher einfach nach. Das wird schon klappen!", erwiderte ich ruhig und zuversichtlich.

Fast schon enttäuscht von meiner Ruhe und meinen glattgebügelten Antworten macht sich Sharon unter einem leichten "tze" vom Acker. Ich sehe noch, wie sie den Kopf leicht schüttelt, als sie weggeht. Was sollte das? Ich werde es nicht verstehen. Sie versteht es offenbar auch nicht, da sie sich nur ein paar Meter weiter direkt über die nächste Stellwand lehnt und dem nächsten Kollegen seinen Morgen vermiest. Ich denke, sie kann nicht anders. Sie muss es tun, damit es ihr selbst besser geht. Das Schlimmste dabei, Sharon ist schon fast so etwas wie eine Konstante für mich. Seit der dritten Umstrukturierungen schleppe ich sie mit mir mit. Das sind jetzt schon über drei Jahre. Eigentlich wäre das doch eine gute Grundlage dafür, sich in der Zeit doch etwas näherzukommen. Doch geholfen hat uns diese gemeinsame Zeit bisher nicht. Sharon regt mich schon auf, wenn sie auch nur atmet. In meinem ersten Team war das Miteinander mit meinen Kollegen echt anders. Da fühlte ich mich von niemandem so belästigt wie in den Teams danach. Es war alles entspannt und auf seine Art wohlwollend. Ich hatte sogar langsam begonnen, mich mit meinen Kollegen öfter zu befassen und ihnen näherzukommen. Warum nur ist diese Zeit so schnell vorbeigegangen? Ich versuche diese Gedanken von mir abzuschütteln, bevor ich anfange, traurig zu werden, denn ich muss durch die ganze verloren gegangene Zeit meine Arbeiten heute schneller erledigen. Ich möchte hier heute keine Minute länger als nötig sitzen. Ich habe noch etwas Wichtiges vor. Das darf sich nicht verzögern. Denn heute werde ich ihn besuchen.

Heute bin ich besonders produktiv. Im Laufe des Vormittags erledige ich, angetrieben durch die zuvor verlorene Zeit, meine Aufgaben und Tasks in besonderer Eile. Unterstützt werde ich dabei von inzwischen insgesamt drei Kaffee, die ich im Laufe des Vormittags bereits intus habe. Wie in einem Tunnel befülle ich meine zu erledigen Tabellen und Präsentationen. Dabei ignoriere ich die meisten Chatnachrichten von meinen Kollegen, die auf meinem Bildschirm aufploppen. Nur in absolut dringenden Fällen schenke ich ihnen etwas Beachtung. Auch Anrufe ignoriere ich komplett. Ich bin so sehr konzentriert, dass ich heute sogar die ganzen Menschen nicht bewusst wahrnehme, die an meiner kleinen Box vorbeilaufen. Sonst schrecke ich oft auf, wenn sie plötzlich hinter mir vorbeilaufen. Vielleicht hatte das alles sogar etwas Gutes heute. Seit langem war ich schon nicht mehr so fokussiert. Nicht ignorieren möchte ich allerdings die Nachricht von Clara, ob wir heute zusammen Mittagessen wollen. Normalerweise würde ich das Verneinen, ich bin nicht der Typ für die Kantine hier. Ich finde diesen Ort kalt und das Angebot ist nicht inspirierend. Vor allem stinkt die Kleidung dann nur nach Fett, wenn man zurück an seinen Platz kommt. Das Einzige, wofür es sich eventuell lohnen würde, ist die Lasagne. Die ist tatsächlich nicht so schlecht. Aber dafür ist das mir dann doch wieder nicht wert. Außerdem machen mich das Gedränge und die Geräusche einfach nur nervös. Nein, da warte ich lieber, bis ich zu Hause bin. Ich esse lieber in Ruhe und allein für mich. Doch heute ist Freitag und Clara schlägt vor, ob wir nicht zusammen im Bistro gegenüber, eine Kleinigkeit essen möchten. Da mir die Zeit mit ihr etwas bedeutet und ich heute tatsächlich etwas von ihrer Ruhe gebrauchen kann, sage ich ihr zu.

Ich fühle mich heute spürbar leichter als sonst. Mir fällt das auf. Mir fällt das besonders an den Tagen auf, an denen ich ihn besuchen werde. An diesen Tagen empfinde ich eine Gelassenheit, die mir die vielen Ärgernisse meines Alltags erträglicher erscheinen lassen. Meine Gedanken kreisen dabei zwar wie sonst auch, nur fühle ich mich weniger durch meine

Umgebung belastet. Ich habe das Gefühl, dass meine Gedanken an diesen Tagen einen Punkt haben, auf den sie sich konzentrieren können. Im sonst so leeren und kühlen Raum haben sie etwas entdeckt, auf das sie sich freuen können. Über das sie in Ruhe ihre Szenarien bilden und Pläne schmieden können, ohne ständig im Alarmzustand zu sein. Ich kann es kaum erwarten, ihn später endlich zu sehen. Wie ein Uhrwerk steht Clara pünktlich um 12 Uhr an meinem Tisch. Für sie ist es kein weiter Weg. Ihre Box ist nur ein paar Gänge weiter links. Sie hatte bei der Verteilung der Plätze nach der letzten Umstrukturierung Glück. Sie hat einen Fensterplatz erwischt, mit einer echt schönen Aussicht. Wo mir doch sonst alles egal ist, bin ich doch etwas neidisch ob ihres Glücks. Ich würde auch gerne während der Arbeit ab und zu einfach nur hinausschauen können. Leider sitze ich mitten im Raum und dann auch noch in der Nähe von Sharon. Als wenn das für mich hier nicht eh schon alles zu viel wäre. Clara schaut mich erwartungsvoll an und gibt mir mit einem Tippen auf ihre Uhr zu verstehen, dass es an der Zeit ist, zu gehen. Dabei lächelt sie mir sanft auf ihre charmante Art und Weise zu. Ich verspüre durch ihre Hinweise keinen Druck in mir aufkommen. Sie macht das einfach so lieb, dass ich ihr einfach nicht böse sein kann.

„Ich bin sofort bei dir! Ich muss nur eben noch diese paar Zeilen hier abschließen. Dann können wir sofort los“, werfe ich ihr mit einem kurzen Blick zu.

„Du, keinen Stress. Dann gehe ich nochmal eben kurz zu Tim rüber. Mach in Ruhe“, erwidert mir Clara. Kurz danach macht sie sich auch schon direkt auf den Weg zu ihm. Ich beneide sie dafür. Ich würde auch gerne einfach so ‚zu den anderen rüber‘ können. Bei ihnen stehen, mich lässig über die Stellwand lehnen und mich mit ihnen über allerhand Dinge unterhalten. Aber erst einmal wüsste ich gar nicht, was ich mit ihnen besprechen sollte, und zum Zweiten, würde ich mich dabei auch unwohl fühlen, wobei ich es durchaus einmal bei den neuen Kollegen versuchen könnte. Ich meine, belanglose Unterhaltungen über das Wetter oder ihren letzten Urlaub, bekomme glaube ich, auch ich hin. Aber ich denke, das würde bei mir einfach nur merkwürdig werden. Clara hat dafür einfach ein Talent, sie kommt gut und schnell mit Fremden zurecht. Eine wunderbare Gabe. Während sie sich mit Tim vergnügt, beende ich, wie angekündigt, die Arbeiten an den letzten Zeilen der Tabelle. Auf den letzten Metern habe ich hier einen Hang zum Schludern. Aber 100 % korrekt muss es jetzt auch nicht sein. Es ist eh eine Tabelle, über die noch mindestens zwei Kollegen drüber schauen. Von daher kann ich mich hier etwas entspannen. Ich habe eh keinen besonderen Bezug dazu. Schnell den Inhalt eingefügt, Feld markiert, Formel gezogen und abgespeichert. Für jetzt bin ich erst einmal fertig. Clara schaut kurz zu mir rüber, während ich aufstehe und meinen Benutzer sperre. Für sie das Zeichen, dass es nun endlich losgeht. Sie beendet ihre Kurzintervention mit Tim und kommt zu mir rüber. Tim winkt mir dabei ebenfalls kurz zu. Ich winke zaghaft zurück. Ich möchte nicht unhöflich sein, aber ich kann mit Tim nicht viel anfangen. Tim ist ein neuer Kollege. Er hat erst vor einem Jahr bei uns angefangen. Ein Vertreter der Generation Z. Einer, der wenigen hier bei uns. Frisch von der Uni hat er sich ausgerechnet unser Unternehmen ausgesucht. Viel bewegen kann er hier nicht. Dafür ist einfach alles zu angestaubt. Aber vielleicht war es genau das, was er interessant fand. Ihn hat wohl die Aussicht auf einen sichereren Job angezogen. Manchmal bekomme ich seine Interessen bei Randgesprächen nebenbei mit. In manchen Dingen könnte ich mich einmal mit ihm unterhalten, aber er hat diese dauernd gestresste Art an sich, die mir irgendwie missfällt. Wenn ich mich zu lange mit ihm unterhalte, habe ich die Gefahr, dass sie sich auf mich überträgt. Das möchte ich lieber verhindern. Als ich Clara auf mich zukommen sehe, greife ich nach meiner Jacke und komme ihr etwas entgegen. Wir treffen uns auf halber Strecke des Raumes und gehen dann gemeinsam Richtung Tür.

„Weißt du schon, für wofür du dich gleich entscheiden wirst?“, fragt mich Clara in erwartungsvoller Manier. Als ob ich darauf jetzt schon eine Antwort hätte. Ich nehme wahrscheinlich eh wieder nur das Gleiche wie immer. Dennoch versuche ich, ihr zuliebe, mir eine etwas kreativere Antwort einfallen zu lassen:

„Du, ich lasse mich einfach überraschen. Sie haben ja immer eine große Auswahl dort".

„Ja, da hast du recht!", antwortet Clara. Sie fährt fort: „Ich stehe dann auch immer vor dem Menü und weiß gar nicht, was ich als Erstes nehmen soll. Ich denke, es wird heute eher ein Salat. Ich habe heute Abend noch ein Date und wir wollen essen gehen!".

Oh nein.

Wie eine Welle durchflutet mich plötzlich eine aufkommende Anspannung. Deshalb wollte sie also mit mir die Mittagspause verbringen. Sie möchte sich mit mir auf ihr Date heute Abend vorbereiten. Mich ausfragen, nach meiner Meinung und Einschätzung bitten. Schlimmstenfalls noch Bilder von ihm zeigen und Fragen wie ‚was denkst du?' stellen. Ich werde zunehmend unruhiger, als wir uns zum Fahrstuhl begeben. Clara hat mich damit kalt erwischt. Das habe ich nicht kommen sehen! Als wir im Fahrstuhl stehen und sich die Türen vor uns schließen, beginnt in mir leichte Panik aufzukommen. Ein leiser Ton breitet sich mit immer stärker werdender Intensität in meinem Ohr aus, während wir in diesem kleinen Raum gemeinsam gefangen sind. Ich merke, wie ich mich vor lauter Panik ob der unvorhergesehenen Situation immer mehr im Sog verliere. Als wir das Gebäude verlassen, verliere ich mich mit jedem Schritt weiter in ihm, als Clara sich auf dem Weg Richtung Bistro in Einzelheiten vertieft. Ich habe mich wieder vollkommen in meine alternative Realität zurückgezogen, in der ich mein Bewusstsein vor dieser Belastung beschütze.

Je mehr ich in meinen Gedanken versinke, denke ich immer mehr an ihn. Wie es nachher wohl sein wird, wenn ich ihn sehe. Ich verspüre einen Anfall von Vorfreude in mir aufkommen. Wie geht es ihm heute? Worüber werden wir uns unterhalten? Was werde ich ihm erzählen? Was werde ich dabei empfinden, seine Hand zu halten und ihn anzulächeln? Ihn endlich wieder zu spüren? Genau diese Gedanken geben mir die Kraft, weiterzumachen. Sie sind mir wie ein Leuchtturm in dieser stürmischen Zeit. Mein Umfeld nehme ich immer weniger wahr. Ein warmes Gefühl breitet sich in mir aus. Nun versinke ich völlig im Sog. Der Rest ist mir nur noch egal.

„Liam?“, höre ich dumpf. Noch verspüre ich keinen Drang, zurückzukommen.

„LIAM?“, jetzt ist es klar für mich erkennbar. Ich komme für einen Moment in die Realität zurück.

„Ja?“, frage ich sanft.

„Sag mal, hast du mir überhaupt zugehört?“. Clara erwischt mich in meiner geistigen Abwesenheit mit einem Grinsen im Gesicht.

„Doch klar, ich habe dir zugehört und denke noch über den letzten Punkt von dir nach“. Ich riskiere viel mit dieser Aussage. Ich finde sie selbst ziemlich dünn. Es würde mich echt wundern, wenn sie das jetzt so durchgehen lassen würde. Daraufhin werde ich etwas nervös. Ich kann es mir nicht leisten, Clara zu verärgern. Meinen einzigen wirklichen Kontakt hier im Büro. Ich kneife meinen Daumennagel in meinen Zeigefinger vor Anspannung und hoffe, dass es nicht schiefgeht. Der Schmerz hält meine Nervosität etwas im Zaum.

„Schon gut Liam. Was meinst du denn? Sollte ich es machen?“, fragt mich Clara daraufhin auf meine Notlüge. Mist, das hilft mir nicht weiter, Clara. Warum kannst du mir nicht einfach einen Brocken mehr hinschmeißen, an dem ich mich orientieren kann? So habe ich keinen Anhaltspunkt, worüber du gerade sprichst. Aber es hilft nichts. Ich muss die Welle weiter reiten. Ich kann und möchte nicht auffliegen. In diesem Moment der Not greife ich auf mein Schicksal zurück. Ich werfe gedanklich eine Münze in stiller Hoffnung auf einen für mich guten Ausgang.

„Ich finde, du solltest es machen. Wann hast du mal wieder eine solche Gelegenheit?“, ich gehe ein noch größeres Risiko mit dieser Aussage ein. Jetzt muss es zusammenbrechen.

„Mh, aber beim ersten Treffen? Würde das nicht etwas zu weit gehen?“.

OH, COME ON, Clara. Ist das dein Ernst jetzt? Das kann alles bedeuten! Was soll ich hier denn jetzt antworten? Als letzten Strohhalm ziehe ich den absoluten Evergreen, in der Hoffnung so endlich aus dieser Situation herauszukommen: „Du, am Ende entscheide dich doch für das, was für dich am besten ist. Vertraue einfach auf dein Gefühl! Das wird schon alles gut gehen“

„Stimmt Liam. Das ist echt immer das Beste. Danke dir!“. Ich bin verblüfft. Clara ist dankbar. Das merkt man an ihrem Ton. Ich kann es nicht fassen. Ich bin wieder damit durchgekommen.

Im Bistro angekommen, setzen wir uns auf einen freien Platz am Fenster und schauen uns die Karte an. Clara und ich waren hier schon ein paarmal mittags essen. Ich finde es hier ganz nett. Es ist etwas rustikal gestaltet, versprüht aber auch ein wenig von diesem Hipster Charme. Das spiegelt sich leider auch im Preis wider. Doch ab und zu kann man sich das mal gönnen. Als ich die Karte durchstöbere, kann ich mich wieder nicht so recht entscheiden. Wieder liegen so viele Möglichkeiten vor mir ausgebreitet. Alle buhlen gleichermaßen um meine Aufmerksamkeit. Als die Bedienung kommt, geht es dann aber ganz schnell und wir bestellen unser Essen. Clara hat sich tatsächlich für einen Salat entschieden. Sie wird mit ihrem Date heute Abend auch noch einmal essen gehen und möchte dafür ‚noch etwas Platz bewahren‘. Ich wiederum habe mich für das Essen entschieden, was ich hier immer nehme. Keine Experimente. Das ziehe ich wieder durch. Ich weiß nicht was jetzt in dieser Situation noch alles vor mir liegt und von mir erwartet wird. Ich möchte vorbereitet sein und mir nicht noch Sorgen darüber machen, ob mir das Essen auch wirklich schmecken wird. Während wir auf unser Essen warten, erzählt mir Clara von ihrem Kandidaten für heute und wie sie sich kennengelernt haben. Natürlich haben sie über eine App Kontakt aufgenommen. Wie sollte es auch anders sein. Auf der Straße oder im Club spricht man eben heutzutage keinen mehr an. Das wäre auch für beide Parteien maximal unangenehm. Daher ist sie auch so aufgeregt. Sie sieht ihn heute zum ersten Mal. Sie beschäftigt die große Frage, ob er denn tatsächlich so aussehen wird wie auf den Fotos, die er verschickt hat. Ich kann das absolut nachvollziehen.

Ich habe schon ein paar Fälle durch, wo sich mein Date massiv von dem mir versprochenen Bild unterschied. Das war fast schon ein Fall für das Verbraucherschutz-ministerium, was da manchmal um die Ecke kam bei mir. Deshalb gilt bei mir die Regel: Nimm‘ das schlechteste Foto und ziehe ein Viertel davon ab, dann hast du eine Ahnung wie die Person in echt ausschaut. Die Filter machen uns einfach nur noch skeptisch.

Während sie nach diesem Thema wieder in die Tiefen der Aufregung abdriftet, merke ich wie ich mich wieder langsam von der Realität verabschiede. Diese Gespräche machen mich nervös. Ich freue mich natürlich für Clara und ihr Date heute. Ich wünsche ihr einen schönen Abend und viel Erfolg. Vor allem, dass es sich bei der Person heute um den handelt, den sie sich erhofft. Aber ich kann nicht anders als egoistisch zu denken. Ich kann mich diesem Gefühl nicht verwehren. Mein letztes Date ist schon viel zu lange her. Dazu kommt auch noch, dass die letzten Dates, die ich hatte, alle Katastrophen waren. Das war alles so schlimm, dass ich mich dann erst einmal für eine gewisse Zeit von Dates Abstand genommen habe. Inzwischen bin ich eher der Typ für einmalige Treffen geworden. Das läuft unkompliziert und du hast keine Erwartungen zu erfüllen bis auf die, worauf man sich am Anfang verständigt hat. Beide Partien wissen von vorneherein, was Sache ist. Man vereinbart sich für einen gemeinsamen intimen Augenblick, um für diesen Moment gemeinsam endlich diese Nähe zu fühlen. In ihm geht man so vertrauensvoll miteinander um. Offenbart sich gegenseitig seine tiefsten Geheimnisse, nur um sich danach gegenseitig hart zu ignorieren, wenn man sich mal im Club oder auf der Straße sieht. Wie viele schöne Nächte ich schon mit Typen hatte, nur um von ihnen danach in der Öffentlichkeit nicht mehr beachtet zu werden. Das verletzt mich mit der Zeit immer mehr. Doch man kann ohne diese Nähe nicht leben. Also macht man weiter. Vor allem in solchen Situationen wie diesen mit Clara merke ich, wie sehr ich das doch vermisse. Wie sehr ich diese Nähe brauche. Vor allem, nachdem das mit ihm passiert ist. Ich bin nicht der beste Gesprächspartner für so etwas. Aktuell kann ich ihr da keine guten Ratschläge oder Tipps geben.

Ich bin zu sehr mit mir und vor allem mit ihm beschäftigt.

Aber ich habe gelernt, es zu ertragen, diese Sehnsucht nach Nähe und echter Liebe. Ich versuche sie mit diesen One-Night-Stands und meinen Erinnerungen, in denen ich gern an meine letzte Phase der ehrlichen Nähe und Bindung zurückdenke, zu überbrücken. Ich merke, wie es mir auch jetzt wieder danach gelüstet. Ich mache einen kurzen Realitätscheck: Für einen Augenblick komme ich zurück und mache eine Bestandsaufnahme. Ich sehe dabei Clara weiterreden. Sie redet in einer Art und Weise, die nicht mehr als ein Kopfnicken von mir als Antwort erfordert. Das bedeutet für mich, dass ich in Ruhe weitermachen kann. In mir kommt sogleich ein Gefühl der Wärme auf, als ich an diese Zeit zurückdenke, in der meine Gedanken leichter waren und sie nicht an jeder Ecke eine Bedrohung für mich vermutet haben. Als ich mich der einen Person gegenüber öffnen konnte und mich vollends geborgen gefühlt habe, bei der ein Lächeln ausgereicht hat, um meine Welt strahlender zu machen. Die mich so erfahren hat, wie ich bin und bei der ich so sein konnte, wie ich wollte. Ich spüre Aufregung, ich spüre Freude. Denn nachher werde ich ihn wieder besuchen.

Ich schaue auf meine Uhr. Bereits 12:35 Uhr. Wir sollten langsam zurück ins Büro gehen. Ich habe noch einiges zu tun und am Nachmittag werden die Ressourcen von den Terminen blockiert, die schon seit Anbeginn des Tages meinen Brustkorb vor Anspannung zusammendrücken. Diese Zeit wird mir fehlen. Ich muss noch immer meine Verspätung von heute Morgen aufholen. In einem kurzen Moment erwische ich mich, wie ich mich über die Bahngesellschaft aufrege, dass sie mir mit ihrer dummen Verspätung jetzt so einen Stress verursacht. Warum kann sie nicht auch einmal pünktlich sein? Auf mich wartet sie auch nicht, wenn ich mich mal verspäte. Ich erwische mich wieder selbst. ‚Jetzt bist du auch einer von denen, die du gestern noch so verspottet hattest‘, werfe ich mir gedanklich vor. Aber jetzt ist alles egal, wir müssen hier los. Ich darf mich heute Nachmittag nicht verspäten.

„Wollen wir dann mal los?“, frage ich leicht bestimmt.

Offensichtlich schaffe ich es nicht, auch nur einen Funken der Freundlichkeit in diesen Satz zu bringen. Ich kann es nicht. Denn dieses Mal meine ich es ernst.

„Äh, ja klar. Ist ja auch schon spät. Ich fand es aber echt schön mit dir. Schön, dass es wieder mal geklappt hat!", erwiderte Clara auf meinen zugegeben unfreundlichen Appell. Ich verstehe nicht, warum Clara mir diese Art durchgehen lässt und dann auch noch die Zeit mit mir anscheinend so genießt. Wir bezahlten schnell und machten uns wieder auf den Weg zurück ins Büro.

Die Zeit haben wir dabei mit Smalltalk versehen. In erster Linie ging es darum, was sie wohl heute Abend anziehen könnte. Dieses Mal habe ich ihr etwas bewusster zugehört und mit ihr interagiert. Mir tat die unsanfte Aufforderung zum Gehen noch immer etwas leid. Da wollte ich mich bei ihr revanchieren. Ich habe ihr bezüglich des Outfits geraten, zwei Sachen anzuziehen. Dann kann sie immer noch während des Abends wechseln, wenn sie merkt, dass sich die Stimmung in eine gewisse Richtung dreht. Das ist doch für sie auch das Einfachste. Clara stimmte mir zu und hatte sich daraufhin bei mir für mein ganzes Feedback bedankt. Es wäre ihr eine große Hilfe gewesen, meinte sie nur. Wenn ich sie nicht besser kennen würde, hätte ich dabei eine Lüge vermutet. Aber sie meinte es tatsächlich ernst. Ich habe Clara noch zu ihrer Box begleitet und mich dann fix zu meiner begeben. Während ich durch das Büro gehuscht bin, wollte Tim anscheinend mit mir noch ein Gespräch anfangen. Aber das habe ich freundlich auf später verwiesen. Das geht heute nicht.

An meinem Tisch angekommen, arbeite ich weiter an meinen Tasks. Die Zeit vergeht dabei wie im Flug. Mit jedem abgeschlossenen Arbeitsschritt komme ich meinem Ziel für heute immer näher. Mit jeder Zeile und jedem Präsentationschart bin ich näher bei ihm. Ich komme gut durch. Nur die Müdigkeit, bedingt durch die viel zu kurze Nacht, macht sich mit immer größeren Schritten bemerkbar. Das üppige Mittagessen hat es dabei nur noch schlimmer gemacht. Ich kann überbackenen Dingen nicht widerstehen und jetzt liegt es mir schwer im Magen. Ich verfalle mehr und mehr in das Mittagskoma. Es fällt mir zunehmend schwerer, meine Augen offenzuhalten. Ich merke, wie ich langsamer werde und immer genervter werde. Als meine Augen zu schmerzen beginnen, mache ich mich sofort auf in die Teeküche. Im Versuch der sich ausbreitenden Müdigkeit entgegenzuwirken, mache ich mir meinen vierten Kaffee für heute. Während ich darauf warte, dass der Kaffee durch den Filter läuft, lehne ich mich für einen Moment der Ruhe gegen die Wand. Die Teeküche in unserem Büro ist im Vergleich zu den sonstigen Räumen hier farbenfroh. Als hätten die Verantwortlichen sich hier einmal durch die komplette Farbpalette im Baumarkt durchgearbeitet. Alle Wände haben unterschiedliche Farben und bei den Möbeln geht dieser Spaß weiter. Nichts passt hier zusammen. Ich bin mir sicher, das wurde ihnen von einem Berater auch als Instrument für irgendeine Verbesserung verkauft. Wahrscheinlich, um die Kollegen davon abzuhalten, irgendwann vor lauter Grau aus dem Fenster zu springen. Ich bin inzwischen so müde, dass mich dieses wilde Spektrum hier schon fast nicht mehr stört.

Als ich mit meinem frischen Kaffee zu meinem Platz zurückkehre, steht Tim bereits dort und wartet auf mich. ‚Mist', denke ich mir. Dieses Mal kann ich ihm nicht aus dem Weg gehen. Während ich Platz nehme und beginne meinen Kaffee zu trinken, beginnt Tim von irgendeinem neuen Creator zu sprechen, den er gerade toll findet. In diesem Moment habe ich mich nur noch gefragt, ob das jetzt sein Ernst ist. Ausgerechnet heute kommt er an und muss mir von diesem Zeug erzählen. Nachdem ich ihm für eine kurze Weile zugehört hatte, habe ich unser Gespräch dann ziemlich schnell beendet. Er ist dann wieder mit einem ‚war cool – lass uns das mal öfter machen!' von Dannen gezogen. Aber das hat mich nicht interessiert, denn ich muss jetzt meine Müdigkeit und die nicht enden wollenden Aufgaben bekämpfen. Als wäre das alles nicht schon Belastung genug, sehe ich mit dem Fortschreiten des Tages im Augenwinkel wieder immer mehr Nachrichten meiner Freunde auf meinem Smartphone aufblitzen. ‚Auch das noch' denke ich absolut genervt. Ein kurzer Blick auf den Bildschirm verriet es mir: meine Freunde sind dabei den nähernden

Abend aktiv vorzubereiten und zu planen. In mir steigt die Sorge, dass die Planungen in eine Richtung gehen, die mir nicht gefallen könnten. Instinktiv möchte ich sofort eingreifen und zur Not den von ihnen getroffenen Entscheidungen gegensteuern. Aber ich kann mich jetzt noch nicht daran beteiligen. 15:00 Uhr. Die Deadline. Hier liegt der erste Termin des Grauens, das Teammeeting. Hier darf ich nicht fehlen. Das wäre ein Fest für Sharon. Bis dahin muss ich mit allem fertig sein. Ich schaue auf die Uhr, 14:27. Ich muss mich beeilen. Ich darf mich nicht verspäten. Mit letzter Kraft stürze ich mich in die noch offenen Tasks.

15:00 Uhr. Meine Kollegen stehen auf und begeben sich in die Meeting-Ecke. Schnell erledige ich die letzten Klicks, speichere ab und warte kurz auf die Rückmeldung. Passt, ich habe es geschafft. Jetzt noch schnell den Benutzer sperren und hin zu den anderen. Ich schaue auf die Uhr, während ich den letzten freien Platz besetze. 15:03. Der Chef ist noch nicht da. Ich atme tief durch. Die Anspannung löst sich etwas in mir. Merklich sacke ich in meinen Stuhl zurück. Ich habe es tatsächlich alles noch geschafft. Sharon hat mich dabei beobachtet und kann sich daraufhin einen Seitenhieb nicht verkneifen:

„Liam, du siehst so gestresst aus. Hast du noch alles geschafft, was du wolltest?“. Sie hat dabei wieder diesen widerlichen Ausdruck in ihrem Gesicht. Insgeheim erhofft sie sich wohl, dass ich ihre Frage verneine und sie mir wieder einen ihrer wertvollen Lebenstipps geben kann. Als ob sie mir wirklich helfen wollen würde.

„Ich habe alles geschafft! Danke dir, dass du dir Gedanken gemacht hast“, antworte ich nur knapp. Keine Reaktion von ihr daraufhin. Sharon lehnt sich nur ihn ihren Stuhl zurück und lässt es damit gut sein. Clara schaut mich von der Seite an und zwinkert mir zu. Sie weiß, dass Sharon nicht gerade zu meinen Lieblingen hier zählt. Die anderen Kollegen haben diese Aktion nicht besonders beachtet. Sie reden quer durcheinander und tauschen sich über ihre Pläne für das Wochenende aus. Nach dem kurzen Intermezzo mit Sharon kommt nun endlich unser Chef angestapft. Ein Herr mittleren Alters, gepflegt, aber nicht besonders aus der Menge stechend. Seine Ansichten liegen irgendwo zwischen späten Achtzigerjahre und New Economy. Eine wilde Mischung. Ich ertrage ihn weitestgehend. Von allen meinen bisherigen Chefs würde ich ihn eher so im Mittelfeld sehen. Nicht besonders schlimm, aber auch nicht besonders angenehm. Das Einzige, was ich ihm wirklich übelnehme, ist, diese Runden auf einen Freitag zu legen.

Das heutige Teammeeting verläuft so wie immer. Ein weiteres Element in meinem Leben, das vor Normalität nur so strotzt. Wir sitzen dabei immer in einer Art Stuhlkreis. Die Tische schieben wir dafür zur Seite. Laut meinem Chef soll uns das ‚etwas näher zusammenbringen'. Im Ablauf geht es um aktuelle Herausforderungen, Performancemessungen, das Review der Monatsergebnisse und weitere Themen, für die ich nichts empfinde. Systematisch wird dabei jeder Kollege um einen kurzen Beitrag über seine Arbeitsleistung in dieser Woche gebeten. Während meine Kollegen nacheinander ihre Arbeit preisen und nur selten von Herausforderungen oder gar Fehlern berichten, merke ich, dass mein Chef heute etwas angespannter ist als sonst. Vor allem, als es um die Durchsprache der Performance unseres Teams geht. Denn noch ist nicht viel von den Synergien zu sehen, die Justus, Benedikt und Natalia von der Beratungsfirma mit solcher Inbrunst für den Change verkauft haben. Die ‚low-hangig fruit' ist noch nicht gepflückt, die Synergien in Gänze noch nicht gehoben. Mein Chef steht unter Druck, er muss langsam liefern. Das Jahr neigt sich dem Ende zu und dann wird auch er bewertet. Das wirkt sich auf seine Bezahlung und sein Standing hier aus. Da hilft es ihm nicht, wenn wir ja so gut aufgrund Stuhlkreis und Happening miteinander auskommen. Am Ende zählen wie immer nur die blanken Zahlen. Das wird immer so sein und genau das macht ihn auch nervös. Das kann ich spüren. Gerade noch ihrer entledigt, steigt in mir wieder diese Anspannung hoch. Seine heutige Stimmung ist eine unglückliche Ausgangslage für mich. Nach diesem Termin hier ist mein 1:1 bei ihm dran. Ich bin einer der letzten, mit denen er heute spricht. Ich frage mich, ob dies eine Bedeutung hat. Für das Gespräch hoffe ich nur, dass er seinen Druck nicht auf mich abwälzt. Dafür habe ich heute keine Energie. Besonders heute wollen sich meine Gedanken um einen anderen Ort als hier drehen. Ich kann sie nicht hier hin zurückholen, das würde zu sehr schmerzen. Sie wollen einfach viel zu gerne dort sein. Tapfer ertrage ich den Rest des Meetings. Wohl darauf bedacht, so wenig wie möglich aufzufallen. Das funktioniert auch ganz gut. Meinen Beitrag gebe ich kurz und knapp zur Güte. Ich bin so weit im Plan und habe besonders durch meinen Spurt heute ordentlich performt. Meinem Chef reicht das für das erste aus. Der Rest des Meetings verläuft anschließend so, dass ich nicht mehr groß aufpassen müsste. Eher beschäftige ich mich damit, währenddessen die Nachrichten meiner Freunde vom Tag nachzuholen und mit ihnen Memes auszutauschen. Mein Telefon kann ich dabei gut hinter dem Rücken eines Kollegen verstecken. Ich beteilige mich an der Diskussion um heute Abend und tausche das inzwischen fünfte Hundevideo mit Rasmus aus. Manchmal kommuniziere ich nur mit Memes oder kurzen Clips mit meinen Freunden. Das kann den ganzen Tag so laufen. Damit kommt aber nicht jeder zurecht, als ich in einem schwachen Moment dies bei uns im Abteilungschat versucht hatte, ist mir blankes Unverständnis von den älteren Kollegen entgegengekommen. ‚Verstehe ich nicht', ‚Soll das witzig sein?', und andere schöne Antworten von ihnen haben dann dazu geführt, dass dies auch der einzige Versuch in der Richtung blieb.

In den letzten Zügen des Meetings rutsche ich nervös auf meinem Stuhl hin und her. Ich möchte endlich, dass es aufhört. Das Meeting wird jetzt schon fast um 15 Minuten überzogen. Meine Kollegen können sich nicht kurzhalten. Jeder möchte hier unbedingt noch seinen Punkt machen und um die Aufmerksamkeit unseres Chefs buhlen. Ich bekomme hier zunehmend eine Krise. Am liebsten würde ich einfach aufstehen und mit einem lauten „So" und einem Hinweis auf die Zeit die ganze Runde hier beenden. Ich werde immer nervöser, während ich versuche, mich zusammenzureißen. Hoffentlich ist das hier gleich alles vorbei. Nach weiteren quälenden Minuten wird das Meeting endlich durch meinen Chef beendet. Während meine Kollegen hastig aufstehen und sich teilweise in den Feierabend verabschieden, schaut mein Chef mich sofort auffordernd an, mitzukommen. Es geht direkt weiter mit meinem 1:1.

„Liam, kommst du?“, fügt mein Chef trocken seiner nonverbalen Aufforderung hinzu. Er möchte wohl auch bald hier raus. Tja, sein Pech. Er hat doch selbst alle Runden auf einen Freitag gelegt. Da muss er mit rechnen, dass sie sich verzögern und er hier auch länger festklebt als es ihm lieb ist. Wir begeben uns sofort in den einzig privaten Ort hier. Sein Büro. Dazu eine kleine Anekdote am Rande, die ich einfach zu komisch finde: Als die Büroräume hier gestaltet wurden, wurde ein neuer Ansatz der Büroraumplanung versucht. Das übergreifende Motto dafür lautete dabei <Transparenz>. Transparenz sollte das Miteinander fördern und so die Produktivität nachhaltig steigern. Das war wieder eines dieser verführerischen Versprechen der Optimierer. Das Ergebnis davon sind nun diese sterilen Boxen im Großraumbüro, in denen wir unsere Arbeitsplätze haben. Wirklich eine bahnbrechende Idee. So etwas hat es noch nie gegeben. Ich habe es einfach abgehakt. Daran hätte ich eh nichts ändern können. Was aber wirklich unterhaltsam ist, war die Entscheidung, dass die Führungskräfte hier zwar einen eigenen abgetrennten Bereich bekommen haben, er allerdings in die Mitte des Raumes gesetzt wurde. Als Krönung wurde diese ‚Chefbox‘ auch noch voll verglast und für alle einsehbar gestaltet. Damit waren dann auch unsere Führungskräfte nicht einverstanden. Ihre Gesichter dazu waren köstlich. Zu jeder Zeit sollten die Kollegen die Transparenz spüren, die ihnen versprochen wurde. So weit, so gut. Doch dann kam mein neuer Chef zu uns und es wurde richtig lustig. Denn kurz, als er nach der Umstrukturierung hier übernommen hatte, begann er sofort damit, die Wände zu drei Viertel mit weißer undurchsichtiger Folie bekleben zu lassen. Ein absoluter Kracher. Meine Kollegen haben sich hinter seinem Rücken bitterlich darüber beschwert. Ich hingegen habe ihn verstanden. In dem kurzen Moment habe ich so etwas wie Nähe zu ihm verspürt und Verständnis für sein Verhalten empfunden. Ich würde mich auch am liebsten von allen hier abschotten und meine Ruhe haben. Diese Nähe zu ihm ist dann aber schnell wieder verflogen, sobald wir das erste Mal danach miteinander gesprochen hatten.

Wovor sich mein Chef nicht drücken konnte, war die vom Vorstand kollektiv angeordnete Ansprache beim Vornamen. Auch dies sollte, gestützt durch zahlreiche Studien und Umfragen, das Miteinander und damit einhergehend die Produktivität steigern. Für meinen Chef ist das spürbar eine Herausforderung. Noch immer sehe ich das zarte Zucken in seinem Auge, wenn jemand seinen Vornamen benutzt. Auch ich hatte meine Schwierigkeiten zu Beginn damit, meine Vorgesetzten mit Vornamen anzusprechen. Schließlich wurde mir das jahrelang anders beigebracht. Aber ich habe mich relativ schnell angepasst. Doch mein Chef scheint damit nicht klarzukommen. Vor allem bei jüngeren Kollegen reagiert er verstört. Ich wüsste zu gern, was er in diesen Augenblicken denkt. Als mich mein Chef schließlich in seinem Büro begrüßt, steigt die Anspannung in mir immer weiter an. Nach einem kurzen Smalltalk nehmen wir an seinem Tisch Platz. Sein Büro ist nicht mehr als ein kleiner Ecktisch, ein Schrank und ein Flipchart umgeben von vier Glaswänden. Wirklich nicht einladend gestaltet, hat mein Chef mit einem kleinen Kaktus einen persönlichen Akzent gesetzt. Natürlich ist es ein solches Gewächs, das muss man ja schließlich nicht großartig pflegen. Wir sitzen uns schräg gegenüber und schauen uns kurz an. Dieses Mal kann ICH die Stille nicht ertragen. Ich möchte unbedingt, dass es losgeht. Ich kann nicht noch eine weitere Verzögerung heute hinnehmen. Er wartet auf mich. Mich aus meinen Ängsten erlösend beginnt mein Chef endlich mit dem Gespräch:

„So Liam, da sind wir ja heute wieder. Wie geht es dir denn?“, typischer Beginn von ihm. Wie aus dem Lehrbuch. So nichtssagend wie seine Frage wird auch meine Antwort lauten.

„Soweit gut! Ich habe diese Woche einiges geschafft“, antworte ich ihm. Das Gespräch droht für mich in Banalität zu versinken. Doch dieses Mal habe ich einen Plan. Ich fahre fort:

„Ich habe auch bereits ein Review meiner Ergebnisse sowie eine Übersicht mit den Tasks und Meilensteinen für die nächste Woche vorbereitet. Möchtest du ihn sehen?“

Natürlich bin ich heute besonders vorbereitet. Denn je schneller ich ihn davon überzeugen kann, dass ich hier alles im Griff habe, umso schneller kann ich hier auch wieder raus. Hoffnungsvoll erwarte ich die Antwort meines Chefs.

„Die Übersicht kannst du mir gerne hierlassen, Liam. Ich würde heute aber gerne etwas anderes mit dir besprechen“. Dieser Satz löst in meinem Körper eine Kältewelle aus. Ausgehend von meiner Brust breitet sie sich schnell in meinem ganzen Körper aus. Dabei bekomme ich eine Gänsehaut. Ich bin total unter Schock. Der Stress nimmt mich ein. Was meint er nur damit? Was möchte er mit mir heute besprechen? Darauf bin ich nicht vorbereitet. Kein Szenario dafür durchdacht, denn ich war den ganzen Tag zu sehr abgelenkt, habe nur an später und an ihn gedacht. Ich bekomme Angst. Was wird jetzt nur passieren?

„Liam“, fährt mein Chef fort.

„Liam, wo siehst du dich denn in zehn Jahren?“.

Nun übernimmt die Panik vollends meinen Körper. Wie ein Bus rast diese Frage ungebremst auf mich zu. Ich sehe ihn kommen, möchte ihm ausweichen, doch kann ich mich nicht vom Fleck rühren. Ein pfeifender Ton in meinem Ohr wird dabei immer lauter. Ich bin wie gelähmt. Immer näher kommen die Scheinwerfer des Busses auf mich zugerast. Die beiden grellen Punkte verschmelzen dabei schließlich zu einem. Noch ein kurzer Moment. Dann wird es dunkel.

„Ich würde gerne etwas bewegen, mehr Verantwortung übernehmen. Ein eigenes Projekt nach vorne bringen und die Firma damit zukunftssicher machen. Vielleicht dabei sogar die Leitung eines kleinen Teams übernehmen? Auf jeden Fall möchte ich mit meinen Kollegen etwas gestalten“. Mein Unterbewusstsein fährt ein Programm ab. Absolut unfähig einer Reaktion oder einer durchdachten Antwort hat es die Kontrolle über mich übernommen. Es möchte mich vor mir selbst beschützen. Ich schaue hier nur noch zu.

„Was genau bedeutet das für dich, Liam?“, erwidert mein Chef interessiert.

„Weißt du, ich hatte schon immer den Wunsch, etwas zu erschaffen. Ich glaube, dass wir hier wirklich gute und viele Möglichkeiten haben, mit neuen Projekten oder neuen Denkanstößen langfristig etwas zu bewegen. Die Grundlagen sind hierfür vorhanden. Ich denke, es braucht nur jemanden der die Chancen greift und sich ihnen annimmt“, kommt es wie unter Druck aus mir herausgesprudelt.

Wie ein stiller Beobachter sehe ich dieser Person zu, die dort so engagiert und überzeugt spricht. Wer ist das? Sie versetzt mich in Erstaunen. Für einen Moment habe ich das Gefühl, plötzlich auf der anderen Seite des Spiegels zu stehen. Ist das die Reflexion im Spiegel, die dort spricht? Ist das die Person, die mich oft so fragend anschaut und für die ich keine Antworten habe? Woher weiß sie das alles über mich und vor allem, warum erzählt sie meinem Chef so offenherzig meine tiefsten Wünsche? Ich habe darüber im Vorfeld mit nur wenigen Menschen gesprochen. Nur Rasmus und meiner ersten Chefin habe ich davon einmal erzählt. Nur diese beiden Personen kennen dieses dringende Bedürfnis von mir. In diesem Moment erkenne ich mich selbst nicht wieder. Eine Stimme in mir sagt mir, dass ich sofort eingreifen sollte. Den Wahnsinn sofort stoppen muss, um den Status quo nicht zu gefährden. Doch ich möchte die Situation lieber noch etwas weiter beobachten.

„Das hatte ich mir erhofft.“, führt mein Chef fort.

„Hör zu Liam, wir machen uns intern gerade Gedanken über potenzielle Kandidaten für Koordinationsfunktionen von Projektteams. Da stehen konkret zwei Positionen im Raum und ich würde dich gerne für die Kandidatenliste melden. Dazu benötige ich allerdings deine Zustimmung. Was meinst du? Könntest du dir das vorstellen?“.

Wieder schießt diese Kälte durch meinen Körper. Sie versetzt mich in einen Schock. Das alles hier ist eine absolute Stresssituation für mich. Ich halte daraufhin einen Moment inne. Für dieses Szenario habe ich nichts vorbereitet. Keinen vorher einstudierten Text oder eine Entscheidungshilfe parat. Ich sehe mich selbst fragend an. Auch mein Unterbewusstsein hat auf diese Frage nun keine Antwort parat. Absolut verloren in den vielen

Möglichkeiten und Szenarien habe ich noch immer nicht die Ressourcen zur Verfügung, schnell eine Entscheidung zu treffen. Noch immer kreisen meine Gedanken primär um den Ort, an den ich später gehen werde. Wieder stehe ich vor einer Situation, für die ich einfach keine Lösung habe. Ich greife zu meiner Notlösung. Ich übernehme wieder die Kontrolle und werfe eine Münze, in stiller Hoffnung auf einen guten Ausgang. Zum zweiten Mal an diesem Tag. Gerade als ich auf die Frage meines Chefs antworten möchte und den Mund öffne, werde ich von ihm unterbrochen:

„Ich sehe, ich habe dich damit etwas überrumpelt. Ist nicht schlimm. Das musst du nicht jetzt entscheiden, Liam. Nimm es mit und denke etwas darüber nach. Es wäre klasse, wenn du mir dazu bitte bis zum Ende nächste Woche etwas sagen könntest. Danach würden wir gerne die finalen Listen zusammenstellen."

Ich atme tief durch. Die Anspannung löst sich etwas. Ich bin wieder einmal davongekommen. Durch mein Zögern konnte ich mir etwas Zeit erkaufen. Bedingt durch die Entspannung komme ich langsam wieder zur mir. Ich bedanke mich höflich bei meinem Chef für diese Chance und verspreche ihm, bis zu unserem nächsten Gespräch eine Antwort auf seine Frage zu haben. Wir sprechen danach noch lose über das Wochenende und beenden daraufhin unser Gespräch. Als ich aufstehe, übergebe ich meinem Chef noch meine zuvor eifrig ausgearbeitete Themenliste für die nächste Woche. Sie war für diesen Termin zwar nicht notwendig, allerdings könnte ich mir so etwas Wohlwollen und Vertrauen für zukünftige Ereignisse erkaufen. Wer weiß, vielleicht könnte mir dieser Beweis meiner Arbeitsleistung später noch einmal zugutekommen. Als ich das Büro meines Chefs verlasse, schaue ich auf meine Uhr. 16:04 Uhr. Es wird höchste Zeit. Durch meine Zusage an Rasmus gestern Abend habe ich gleich nur ein knappes Zeitfenster zur Verfügung. Zum Glück haben meine Freunde nichts Grundsätzliches an den Abendplanungen von gestern verändert. Noch steht die Startzeit mit 20:00 Uhr fest. Ich denke, ich werde hier etwas später kommen. Ich möchte meine Zeit mit ihm gleich nicht zu stark begrenzen und mir die Freiheit lassen länger bei ihm zu sein. Mein

Herz beginnt zu pochen bei diesem Gedanken. Das wird mir augenblicklich bewusst. Es ist jetzt endlich so weit. Ein Strahl von Freude und Euphorie durchfährt mich. Endlich sehe ich ihn wieder. Wie in einem Tunnel ziehen die Ereignisse an mir vorbei. Ich stehe neben mir und beobachte mich, wie ich meine Sachen packe und das Gebäude verlasse. Jedem den ich auf dem Weg begegne, wünschte ich automatisch ein schönes Wochenende. Ich möchte meiner Umgebung absolut verständlich machen, dass ich für sie nicht mehr länger erreichbar bin. Als ich das Gebäude verlasse, fokussiere ich mich nur noch auf die Bushaltestelle, die mich endlich zu ihm führt. Meine Wahrnehmung beschränkt sich immer mehr auf den einen Gedanken. Bald bin ich wieder bei ihm. Ich kann es kaum erwarten.

Es sind zum Glück nicht viele Stationen zu ihm. Das schaffe ich noch. Während der Fahrt kreisen meine Gedanken immer schneller. Die Geräusche in meiner Umgebung verblassen mit zunehmender Intensität. Ich sehe nur noch die Tür, vor der ich stehe. Meine Brust platzt nahezu vor Aufregung. Ich fange leicht an zu zittern. Ein Schwall der Kälte durchfährt mich in regelmäßigen Abständen. Die Aufregung und Vorfreude haben mich nun vollends im Griff. Ich kann an nichts anderes mehr denken als an diesen baldigen Moment. Gleich bin ich da. Als der Bus endlich bei der Station vorfährt, kann ich mich fast nicht mehr zurückhalten. Meine Nase drückt schon fast an die Scheibe der Tür, als sie endlich unter dem lauten Zischen der Hydraulik aufgeht. Es ist das erste Geräusch, was ich seit Verlassen des Büros wirklich wahrnehme. Ich stürze sofort aus dem Bus und renne geradezu in das Gebäude. Dort angekommen, gehe ich zielsicher die Gänge ab. Ich kenne den Weg zu ihm. Nichts bekomme ich von meiner Umgebung mit. Für mich zählen nur noch diese Augenblicke. Mit jedem Schritt werde ich schneller. Mein Herz beginnt zu rasen. Nach jedem Stockwerk, nach jedem Gang bin ich an dem Punkt vor Aufregung zu platzen. Dann erreiche ich endlich den letzten Flur. Ich werde daraufhin langsamer. Fast schon schleichend komme ich ihm immer näher. Gleich bist du dort, gleich siehst du ihn wieder. Meine Wangen kneifen meine

Augen vor Lächeln so stark zusammen, dass sie dabei langsam feucht werden.

An seiner Tür angekommen, halte ich für einen kurzen Moment inne. Ich sammle alle meine Kräfte zusammen und hole meine Gedanken in die Realität zurück. Ich möchte ab jetzt jede Sekunde für mich bewusst erleben. Jeden Moment abspeichern und für später bewahren. Ich hole tief Luft, als ich die Tür dann schließlich öffne. Endlich bin ich hier. Ich gehe hinein. Im Augenwinkel sehe ich dabei sein Schild am Rahmen vorbeiziehen.

Zimmer 0451. Patient: Mads Eriksson.

Kapitel 3

Erinnerung

Sie trägt mich hinfort. Hinfort von dieser kalten Welt voll der Angst und Unsicherheit. Zu Orten aus längst vergangenen Tagen. Zu einer vermeintlich besseren Zeit, einer Zeit voller Wärme und Glück. Die Warnungen über sie nicht vernehmend klammere ich mich süchtig an ihr fest. Bis zu dem Punkt, an dem ich sie vollends als meine Wahrheit annehme.

Eine friedliche Atmosphäre umgibt diesen Ort. Leicht gedämmtes Licht versprüht eine besondere Ruhe, ohne jegliche Aufregung zu erzeugen. Verschiedenfarbige Blumensträuße, wöchentlich gewechselt, sorgen für etwas Abwechslung und Farbe. Matte Vorhänge sind an den Fenstern angebracht, die dem Raum eine wohnliche Atmosphäre verleihen. Die Fenster sind leicht geöffnet. Ein frischer Luftzug weht durch den Raum. Wenig Gegenstände oder Möbel sind sonst in ihm zu finden. Es wurde eine Komposition erschaffen, die einzig und allein nur dem einen Grund dient. Der Fokus konzentriert sich auf die einzig wichtige Sache, die jetzt noch zählt. Es ist ein Ort der Hoffnung. Als ich die Tür hinter mir langsam zuzog, verharre ich für einen Moment an ihr. Ich blicke in den Raum und lass die Atmosphäre auf mich wirken. Schnell habe ich mich auf das Bett an der Wand fokussiert. Dort sah ich ihn. Mads lag friedlich und leicht angelehnt in seinem Bett. Als ich ihn erblicke, scheine ich sämtliche Gedanken zu verlieren. Eine Wärme breitet sich in mir aus, die meine Empfindungen lähmt. Als ich mich Mads nähere, spüre ich einen solchen Frieden, dass die ganze Wut der letzten Tage wie vergessen scheint. Mit einer für mich unerklärlichen Ruhe setze ich mich neben ihn auf einen der beiden Stühle, die dort immer für Besucher bereitstehen. Ich rücke den Stuhl noch etwas näher an sein Bett. Ich möchte, dass Mads meine Gesellschaft spürt. Gesellschaft, die er in dieser schwierigen Zeit so dringend braucht. Ich bilde mir ein, dass er leicht lächelt, als ich mich zu ihm herüberbeuge. Als wäre auch Mads voller Glück, dass ich ihn wieder besuche. Ich merke, wie mein Gesicht langsam zu schmerzen beginnt. Mein Lächeln hatte sich bereits seit dem Flur festgefahren. Ich bin einfach so glücklich, ihn heute zu sehen. Während ich versuche, mein Gesicht etwas zu entspannen, greife ich vorsichtig nach seiner Hand. Sie ist warm. Ich bin so entspannt, dass ich seinen Pulsschlag in meinen Fingern spüren kann. Ich bin mit jedem Herzschlag von ihm glücklicher. Es geht ihm gut. Nach einem kurzen Moment des Friedens beginne ich schließlich mit Mads zu sprechen.

„Hey du", sage ich mit einer solcher Liebe, dasss mir dabei leicht die Tränen in die Augen schießen.

„Wie geht es dir?",

„Hattest du einen schönen Tag?",

„Ich habe dich vermisst, ich konnte heute an nichts anderes denken als an dich. Ich war dabei sogar so abgelenkt, dass ich mich meinem Chef gegenüber komplett geöffnet habe. Kannst du dir das vorstellen? So sehr wollte ich dich wiedersehen. Möchtest du etwas von meinen Erlebnissen hören?".

Ich beginne damit, Mads von den Erlebnissen der vergangenen Tage zu erzählen. Von den Ereignissen im Büro, dem Gespräch mit Clara, von ihren Hoffnungen und der Sorge, mit der sie ihr heutiges Date bestreitet. Abschließend von dem unerwarteten Gespräch mit meinem Chef und meiner Unentschlossenheit, was ich ihm nächste Woche auf seine Frage denn antworten sollte. Es erfüllt mich, Mads daran teilhaben zu lassen. So bekommt er mal etwas anderes zu hören als die Dinge, die ihm jeden Tag seine Mutter erzählt oder die doch eher kalten Wahrheiten der Ärzte. Ich bin mir sicher, dass ihn das tief im Innern auf irgendeine Art erreicht. Das wird ihm helfen, wieder gesund zu werden. Ich weiß zwar, dass ihn unsere anderen Freunde auch manchmal besuchen, aber sie werden ihm sicherlich nicht so viel abwechslungsreiche Themen berichten. Bestimmt reden sie nur über Typen oder über irgendwelche anderen belanglosen Dinge. Mads und ich haben halt eine besondere Bindung.

Mads gehört zu meinen längsten Freunden, gemeinsam mit Rasmus. Die beiden sind meine engsten Bezugspersonen. Zu meinen anderen Freunden habe ich nicht so einen starken Bezug. Die beiden gehören zu den wenigen Konstanten in meinem Leben. Sie zu verlieren, würde mich einfach nur fertig machen. Das weiß ich. Ich bin es zwar gewohnt, von meinem Leben durchgeschüttelt zu werden, aber bei ihnen würde ich das nicht verkraften. Gedankenverloren schaue ich Mads weiter an. Wir brauchen uns nicht die ganze Zeit zu unterhalten. Uns reicht es aus, wenn wir uns sehen, wenn wir zusammen sein können. Ich bin mir sicher, dass er es genauso sehen würde.

Mads liegt nun schon seit knapp 2 Jahren im Koma. Es wurde künstlich hervorgerufen. Relativ bald hatten sich die Ärzte dafür entschieden, nachdem Mads hier in der Notaufnahme eingeliefert wurde. Das hatte mir seine Familie erzählt. Es war notwendig geworden, um ihn damals vor dem Tod zu beschützen. Die Ärzte waren sich damals sicher, dass eine Genesung von Mads möglich ist. Diese Einstellung teilen sie zum Glück noch heute. Ich bin sehr glücklich über diese Entscheidung. Noch haben sie und die Familie von Mads Hoffnung. Eine Hoffnung, die ich ohne Zweifel teile, eine Hoffnung, die mich leben lässt. Ich möchte, dass Mads weiter beschützt wird. Ich bin noch nicht bereit dazu, ihn gehen zu lassen. Ich kenne die Umstände nicht im Detail, die dazu geführt haben, dass wir uns nun alle in dieser Situation befinden. Seine Familie geht äußerst verschlossen damit um. Ich weiß nur, wann es passiert sein muss. Es muss einige Tage nach seinem Besuch damals im Jahr 2017 passiert sein. Er hatte sich so merkwürdig verhalten. Es gibt einige Gerüchte darüber, was mit ihm in der Zeit damals los war. Jeder scheint hier eine Theorie zu haben. Auch Rasmus hat so eine, das weiß ich. Das hatte ich am Rande einmal mitbekommen. Aus Respekt hatte er sie mir gegenüber nie direkt geäußert. Das würde mich, denke ich, wohl seiner Meinung nach zu sehr verletzen. Ich weiß nur, dass es eine Entscheidung von Mads gewesen sein muss. Ich kann es sehen. Ich sehe es an seinen Handgelenken.

Ich verliere komplett das Gefühl für Raum und Zeit, wenn ich bei ihm bin. Nur auf den Moment fokussierend ist für mich nichts anderes mehr wichtig: Nur bei ihm zu sein und sämtliche Sorgen zu vergessen, ist alles, was zählt. Das ist das, was ich mir am sehnlichsten wünsche. Das, wo ich meinen innerlichen Frieden vollends finden kann. Dieses Mal aber merke ich, wie ich den Drang verspüre, an früher zu denken, an die Zeit vor diesem ganzen Quatsch hier. An eine Zeit voller Abenteuer und Wärme. Ich gebe mich diesem Drang hin und lasse mich zu Mads treiben.

2010

Die Tür fällt ins Schloss. Endlich habe ich Ruhe. Ich höre noch, wie meine Eltern und meine Schwester das Treppenhaus hinuntergehen. Dabei unterhalten sie sich noch ein wenig, bis auch dieses Geräusch vollends verstummt. Sie haben das Haus verlassen. ‚Nun ist es also so weit, deine erste eigene Wohnung' sage ich mir. Wir waren heute den ganzen Tag damit beschäftigt, Möbel zu kaufen und meine zuvor gepackten Sachen hochzutragen. Wir haben mein Zimmer zu Hause nahezu ausgeräumt. Ich hatte nie besonders viele Dinge und mich schon immer mehr auf das Wesentliche beschränkt. Nur bei Computerspielen habe ich es über die Zeit wohl etwas übertrieben. Ich habe allein zwei Kisten, die nur mit CDs gefüllt sind. Mit der Einrichtung war ich jetzt noch etwas sparsam. Ich habe aktuell noch keine besondere Vorstellung, wie ich meine Wohnung später gestalten soll. Wir haben jetzt erst einmal nur das Nötigste an Möbeln gekauft. Dafür brauchte ich noch nicht darauf achten, ob das später in irgendein Konzept passt. Mir war bei all dem erst einmal wichtiger, dass ich hier so bald nicht ausziehen möchte. Ich bin das Umziehen und die vielen Veränderungen in meinem Leben müde. ‚Jetzt wird es hoffentlich etwas ruhiger', wünsche ich mir. Ich gehe auf jeden Fall hoffnungsvoll in diesen neuen Abschnitt.

Ich schaue kurz auf meine Uhr, 16:36 Uhr. Ich habe noch einen Moment für mich. Rasmus wollte um 17:00 Uhr vorbeikommen und mir beim Aufbauen helfen. Bis dahin wollte ich bereits einige Kartons ausgepackt haben. Das werde ich aber wohl dann doch mit ihm zusammen machen müssen. Ich habe mich in meinem Zeitplan etwas verspätet. Meine Familie blieb länger als geplant. Meine Mutter wollte fast gar nicht mehr gehen. Das hatte mich schon etwas genervt. Mein Vater hatte die Zeichen dann erkannt und sie ‚höflich' zum Gehen aufgefordert. Das war dann am Ende doch irgendwie niedlich. Sie wollte wohl noch nicht so recht loslassen. Ich habe meiner Mutter daraufhin gesagt, dass sie sich keine Sorgen machen bräuchte. Ich werde schon noch oft genug bei ihnen zu Gast sein. Allein schon, um meine Wäsche vorbeizubringen. Am Ende würde ihnen das dann sicherlich auf die Nerven gehen. Das hatte meine Mutter schließlich etwas beruhigt. Daraufhin haben sie sich endlich auf den Weg gemacht. Mein Vater hatte mir noch kurz zugezwinkert, als sie die Wohnung verlassen haben. Da haben wir gut zusammengearbeitet. Ich beginne langsam damit, die Kartons aus dem Flur in die entsprechenden Räume zu schieben. Wenigstens das möchte ich etwas vorbereitet haben, bevor Rasmus kommt. Dann haben wir es gleich nicht so schwer beim Auspacken. So viel ist es zwar auch wieder nicht, aber ich glaube, wir werden noch genug Zeit für die Möbel brauchen.

Es klingelt plötzlich. Etwas verwundert mache ich die Tür auf und frage mich, wer es ist. Vielleicht haben meine Eltern noch etwas vergessen? Ich habe keine Sprechanlage in der Wohnung, daher wird das ab jetzt wohl immer eine besondere Frage sein, wer an der Tür ist. Das finde ich aber nicht so schlimm. Von mir wollen eh nicht so viele etwas und wenn jemand vorbeikommt, dann weiß ich meistens, wer es ist. An seinem Gang höre ich aber schon relativ schnell, wer es ist. Es ist Rasmus. ‚Etwas zu früh ist er dran!', denke ich mir. Jetzt konnte ich doch nicht mehr alles vorbereiten. Aber im Grunde kommt es mir gelegen. Dann sind wir hier vielleicht doch noch etwas schneller fertig.

„Hey Liam!", ruft mir Rasmus zu als er mich aus dem Treppenhaus erblickt. Er quält sich langsam die Treppen hinauf.

„Hey du!", rufe ich ihm erfreut entgegen. Es ist schön ihn zu sehen. Ich freue mich darüber, dass er mir heute helfen wird.

„Puh, das sind aber echt einige Stufen hier. Warum wohnen Homos eigentlich immer ganz oben?“, witzelt Rasmus mit einem breiten Grinsen, als er endlich in meinem Stockwerk ankommt. Er hat dabei aber auch echt einen Punkt. Das ist mir auch bei anderen schon aufgefallen. Es scheint wohl ein universelles Gesetz zu sein, dass Homos weit oben in solchen Häusern wohnen.

„Echt vielen Dank, dass du mir hilfst, hier Ordnung zu machen. Das bedeutet mir etwas!“, sage ich ihm anerkennend und dankbar. Für mich allein wäre das hier heute tatsächlich etwas zu viel gewesen. Zu viel Veränderung auf einmal. Da verlasse ich mich auf seine Ruhe.

„Ach was. Mach dir da keine Gedanken, Liam. Ich helfe dir doch immer gerne. Du weißt, ich bin doch immer für dich da.“

Ich kenne Rasmus nun schon seit drei Jahren. Wir haben uns damals über das Internet kennengelernt. Über eine Chatplattform. Wir waren da noch so jung und haben miteinander geflirtet. Eigentlich superpeinlich, wenn ich daran zurückdenke. Aber auf meinem Dorf hatte ich nicht so viele Freunde und kannte schon gar nicht so viele Menschen wie mich. Im Chat waren wir uns von Anfang an sympathisch. Ich finde ihn einfach superintelligent. Das habe ich schon immer an ihm bewundert. Was ihm an mir gefällt, kann ich nicht genau sagen. Das verstehe ich eigentlich bis heute nicht. Bei unserem ersten Treffen war ich total aufgeregt, das weiß ich noch. Ich bin damals noch mit dem Bus in die Stadt gefahren. Fast eine Stunde war ich da unterwegs. Als wir uns dann gesehen haben, war es angenehm. Ich glaube, wir beide haben schnell gemerkt, dass es doch nicht für mehr reicht zwischen uns beiden. Aber wir haben uns sofort angefreundet. Seitdem ist er ein fester Bestandteil meines Lebens geworden. Über diesen Umstand bin ich sehr glücklich. Noch besser finde ich allerdings, dass Rasmus vor kurzem nun auch hier in die Stadt gezogen ist. Das hat mich sehr gefreut. Er wird bald mit seinem Studium beginnen. Zum Sommersemester nächstes Jahr. Dafür wollte er sich hier schon einmal einleben und noch ein wenig Geld verdienen, bevor es dann losgeht. Er wollte in einer Bar anfangen. Es war schon immer sein großer

Traum, in die Wissenschaft zu gehen, eventuell sogar zu lehren. Das passt zu ihm. Ich glaube, er hat einfach ein Talent dafür, Menschen nach vorne zu bringen. Er hat so eine fürsorgliche Art an sich, gepaart mit einem für mich faszinierendem Wissen. Oft kann ich bei ihm noch was für mich lernen.

„So, was ist denn alles zu tun?“, fragt mich Rasmus voller Tatendrang. Er möchte sogleich beginnen und keine Zeit verlieren. Das finde ich klasse.

„Ich denke, wir sollten erst einmal die Möbel aufbauen und danach dann die Kartons auspacken. Was meinst du?“

„Gute Idee, Liam. Wo fangen wir an?“

„Mit dem Wohnzimmer?“, schlage ich vor.

„Abgemacht. Dann legen wir mal los!“

Wir machen uns daraufhin sofort an die Arbeit. Während wir die Möbel aufbauen, haben wir eine klare Arbeitsteilung. Rasmus baut sie auf und ich versuche die Anleitung zu lesen und ihm die notwendigen Teile und Werkzeuge zu geben. Ich bin handwerklich nicht so sehr begabt. Das weiß auch er. Ab und zu macht er sich nebenbei darüber lustig, aber das finde ich nicht schlimm. Ich bin dankbar dafür, dass er mir überhaupt dabei hilft. Mein Vater hatte es zwar auch angeboten, aber ich möchte diesen Neustart irgendwie ohne meine Eltern schaffen. Das würde meinem Gefühl nach sonst nicht zu diesem neuen Kapitel passen. Wir kommen gut durch. Nachdem wir beide das erste Regal und danach auch den ersten Schrank aufgebaut hatten, machen wir eine kurze Pause. Für die heutige Verpflegung hatte meine Mutter gesorgt. Sie war extra zuvor heute noch groß für uns einkaufen. Natürlich hatte sie dabei mal wieder viel zu viel besorgt. Sie hat einen Hang zur Übertreibung, wenn es um meine Ernährung geht. Ihrer Meinung nach bin ich schon immer viel zu dünn gewesen. Ich esse nicht so gerne. Das hatte sie stets versucht, mit mehr Nahrung und Führsorge zu kompensieren. Es passt nicht in ihre Welt, dass man auch mit weniger zufrieden sein kann. Rasmus findet das lustig. Er freut sich immer darüber, wenn meine Mutter ihre bekannten Mengen auftischt. Er nimmt das immer dankend an.

„Wow“, kommt es aus ihm heraus, als er meinen neuen Kühlschrank aufmacht. Er fährt fort: „Mehr ging aber auch nicht mehr rein, oder? Wer soll das denn alles essen?“.

„Du, frag mich nicht. Du kannst dir sonst auch gerne etwas mitnehmen. Das schaffe ich eh alles nicht zu essen“, erwiderte ich. Das meine ich ernst. Lieber gebe ich ihm etwas mit als das ich das später alles wegwerfe. Essen wegzuwerfen ist für mich das schlimmste. Das geht meiner Meinung nach wirklich gar nicht. Das war auch immer einer der wenigen Punkte, bei denen ich zu Hause einen Streit mit meiner Mutter angefangen habe. Dies liegt nun hinter mir.

„Na, mal sehen. Erst einmal machen wir uns jetzt etwas Leckeres. Auf was hast du denn so Lust, Liam?“, fragt mich Rasmus, während er noch immer mit dem Kopf im Kühlschrank hängt.

„Ich weiß nicht, such du etwas aus“, antwortete ich.

„Alles klar, dann mache ich uns jetzt einfach ein paar Brote. Ok für dich?“

„Ja, klingt doch gut. Soll ich dir dafür noch etwas holen?“

„Ne, ist ja alles hier. Das Besteck müsste in dieser Kiste dort drüben sein. Teller hattet ihr vorher schon ausgepackt. Setz du dich mal ins Wohnzimmer, Liam. Ich bringe dir das dann gleich rüber“. Rasmus beginnt sogleich damit, alles bereitzulegen und nach dem Besteck zu suchen. Nebenbei gibt er mir mit seinen Blicken zu verstehen, dass ich doch bitte ins Wohnzimmer gehen soll. Rasmus ist immer so nett zu mir. In manchen Momenten ist das fast schon erdrückend. Aber er ist durchaus feinfühlig, wenn es um Menschen und deren Reaktionen geht. Er spürt gut, wann er ein Stück zu weit nach vorne geht und wann er sich lieber einen Moment zurückhalten sollte. Ab und zu kann aber auch er seine Kraft noch nicht richtig einordnen und geht etwas zu weit. Das setzt mich dann unter Druck. Diese Momente verzeihe ich ihm aber in der Regel sofort. Dafür nimmt er sonst schon viel zu viel Rücksicht auf mich. Kurz darauf saßen wir dann zusammen im Wohnzimmer auf meiner neuen Couch. Alles noch etwas provisorisch essen wir die Brote halb gekrümmt auf meinem Couchtisch. Dafür muss ich mir noch etwas einfallen lassen. So ist das noch nicht komfortabel. Aber ich denke, das ist normal zu Beginn einer neuen Wohnung. Während wir essen, unterhalten wir uns nebenbei über allerhand Dinge. Es ist eine entspannte Atmosphäre, in der ich mich nach diesem bisher aufregenden Tag etwas beruhigen kann. Doch dann hat Rasmus überraschend einen Vorschlag:

„Ach Liam, was ich dich noch fragen wollte: Heute ist in der Bar wieder Karaoke-Night. Du weißt schon, das könnte doch mal wieder witzig werden. So als Einweihung deines Umzugs hier her? Du müsstest auch nicht mehr bis 5 Uhr morgens hierbleiben, um dann endlich mit dem Bus nach Hause zu kommen. Was meinst du?“, Rasmus hat das mal wieder geschickt gemacht. Er schaut mich erwartungsvoll an. Als könnte ich ihm jetzt etwas ablehnen, nachdem er mir heute so sehr hilft.

„Mh, wer wäre denn alles dabei heute?“, frage ich ihn zögerlich. Ich möchte auf Nummer sicher gehen und auf jeden Fall ausschließen, dass jemand dabei ist, den ich nicht mag.

„Na, du weißt schon. Die anderen werden auf jeden Fall dabei sein. Ah, stimmt – dazu kommt noch jemand, den ich über die Vorbereitungskurse an der Uni kennengelernt habe. Könnte was für dich sein, haha.“ In seiner Antwort zwinkert er mir zu. Er weiß ganz genau, dass ich bei solchen Anspielungen durchaus interessiert bin. Anders als sonst bin ich bei neuen Typen etwas offener für Veränderungen. Ich bin schließlich noch immer auf der Suche nach einem Freund. Und jemanden an meiner Seite zu haben, würde mir sicherlich auch für meinen neuen Abschnitt hier guttun, denke ich. Aber das sind eben diese Momente, in denen Rasmus für mich gefühlt einen Schritt zu weit geht. Mich etwas zu sehr unter Druck setzt, zu sehr versucht mich in eine bestimmte Richtung zu drängen und meine Neugier diesbezüglich geschickt ausnutzt. Aber was solls. Er könnte recht haben. Vielleicht wird es ganz nett und wenn es mir nicht gefällt, kann ich ja jetzt tatsächlich einfach nach Hause gehen. Früher musste ich in solchen Momenten noch stundenlang am Bahnhof sitzen und die Zeit totschlagen. Das ist jetzt hier schon ein großer Pluspunkt für mich. Nach einem weiteren kurzen Moment des Zögerns sage ich schließlich zu:

„Ok! Ich bin dabei. Wann soll es losgehen?“. Bei dieser Frage hoffe ich, dass es nicht schon allzu bald sein wird. Ich wollte es wenigstens noch schaffen, heute mit ihm gemeinsam das Bett aufzubauen und die Kisten auszuräumen.

„Du, ich würde sagen, wir machen jetzt erst einmal weiter und schauen, wie weit wir damit kommen. Du kannst dich so gegen 21 Uhr in Ruhe fertig machen. Ich würde in der Zwischenzeit noch etwas räumen. Ok für dich?“.

Ein guter Vorschlag von Rasmus, den ich zugleich annehme. Das ist für mich ein guter Kompromiss. Rasmus ist sichtlich darüber erfreut. Wir essen noch eine kurze Zeit weiter und sprechen über den heutigen Abend. Er fährt seine Vorstellungen darüber etwas weiter aus. Dabei höre ich allerdings schon nicht mehr so recht zu. Für mich ist jetzt erst einmal die Wohnung wichtig, was ich ihm auch unterschwellig versuche, verständlich zu machen. Wir sollten bald weitermachen. Den Hinweis erkennend
isst Rasmus daraufhin etwas schneller und stellt seinen Teller abschließend auf den Tisch. Wir machen uns direkt wieder zurück an die Arbeit.

In den nächsten Stunden schaffen wir tatsächlich noch einiges zusammen zu erledigen. Wir haben nahezu alle Möbel aufgebaut und auch bereits die ersten Kisten ausgeräumt. Das Bett hat dabei am meisten Zeit verschlungen. Rasmus hat beim Aufbauen nebenbei Witze gemacht, wen ich wohl alles auf dem Bett vernaschen werde. ‚Na, bei den Mengen an Kissen und Decken hast du aber etwas vor, was?‘, den Spruch konnte er sich wohl einfach nicht verkneifen. Ich habe da keinen Bezug zu. In erster Linie möchte ich es nur kuschelig in meinem Bett haben. Sex ist mir nicht so wichtig. Für mich sind eher andere Dinge wie Nähe und Vertrauen wichtiger. Aber abgesehen davon, interessiert mich aktuell eh nur eine Sache: Wie meine Zukunft hier aussehen wird.

Es beschäftigen mich einige Fragen, zum Beispiel wie ich mich hier wohl einleben werde und wie meine Ausbildung sein wird. Da bin ich sehr gespannt drauf. Sie wird nämlich in einigen Wochen starten. Dann werde ich auch endlich mein erstes Geld verdienen. Dieser Gedanke ist aufregend für mich. Es ist ein kleiner Schritt mehr in Richtung eigener Unabhängigkeit. Obwohl ich eigentlich keine Ahnung habe, was ich mit dem Geld machen soll. Ich denke, ich werde es wohl einfach zur Seite legen. Wer weiß schon, wofür ich es später mal gebrauchen könnte. Wobei mir eine Sache schon einfallen würde. Vielleicht sollte ich mir auch endlich mal so ein richtiges Smartphone kaufen. Meine Freunde haben schließlich langsam alle eins und ich laufe hier noch immer mit so einer alten Gurke herum. Sie zeigen mir jedes Mal, was für tolle Apps es inzwischen doch gibt und was man nicht alles damit machen kann. Das geht gerade ziemlich an mir vorbei, hier sollte ich am Ball bleiben. Ich habe keine Lust darauf, die Möglichkeiten zu verpassen. Auch würde es mein Datingleben denke ich, ziemlich vereinfachen, wenn ich auch endlich mal auf diese Apps zugreifen könnte. Ja, ich glaube, das werde ich mir dann zu Weihnachten selbst schenken. Das ist ein guter Plan.

Wie vereinbart mache ich mich um 21 Uhr auf dem Weg ins Bad, um mich für den heutigen Abend fertig zu machen. Rasmus erledigt in der Zwischenzeit die letzten Dinge. Als ich unter der Dusche stehe, halte ich für einen Moment inne und genieße, wie das warme Wasser auf mich herunterfließt. Ich liebe es zu duschen. Vor allem im Winter, wenn es draußen so richtig kalt ist und sich der Dampf vom heißen Wasser im Badezimmer verbreitet. Ich könnte hier stundenlang stehen und über Gott und die Welt nachdenken. Das sind für mich mit die Momente, in denen ich mich frei fühle. Ich bleibe noch für einige Zeit einfach unter dem Wasser stehen und lasse mir die Tropfen über mein Gesicht kitzeln. Kurz darauf mache ich dann doch mit dem geplanten Ablauf weiter. Ich hatte es Rasmus schließlich versprochen. Ich atme noch einmal tief ein, dann mache ich die Dusche aus und komme aus ihr heraus. Im Anschluss trockne ich mich in Ruhe ab und lasse mir etwas Zeit beim Haare föhnen. Ich habe mir zuvor für den heutigen Anlass entsprechende Kleidung zurechtgelegt. Heute gebe ich mir in Summe mal etwas mehr Mühe. Auch meine Haare werde ich mir mal etwas ordentlicher frisieren. Wir gehen schließlich weg und ich möchte nicht, dass Rasmus schief angeschaut wird, und die Frage aufkommt, mit was für einem zerzausten Typen er denn da schon wieder unterwegs ist. Etwas später und mit dem Ergebnis einigermaßen zufrieden schließe ich die Badezimmertür auf und gehe zu Rasmus in Wohnzimmer. Im Wohnzimmer angekommen, werde ich von einer angenehmen Atmosphäre begrüßt. Rasmus sitzt strahlend auf dem Sofa. Er hat auf mich gewartet. Rasmus hat sich, in der Zeit, in der ich im Bad war, die Arbeit gemacht, alles so wohnlich wie möglich im Wohnzimmer herzurichten. Mir eine Art Vorstellung von dem zu geben, wie es hier einmal aussehen könnte. Das ist echt süß von ihm. Er hat sogar ein paar Kerzen angemacht, die er mir wohl als Umzugsgeschenk mitgebracht hat.

„Und? Wie findest du es?", fragt mich Rasmus mit erwartungsvollen Augen. Ich sehe, wie sich das Kerzenlicht in seinen Augen spiegelt.

„Ja, sieht echt cool aus. Ich glaube, das könnte etwas werden, wenn es fertig ist", lasse ich Rasmus mit der größtmöglichen Euphorie anerkennend zugutekommen. Er hat sich wirklich Mühe gegeben.

„Sehr schön!", ruft mir Rasmus erleichtert entgegen, während er von dem Sofa aufspringt und fortfährt:

„Dann kannst du es dir ja hier jetzt etwas gemütlich machen. Ich geh' auch noch einmal kurz ins Bad, dann sollten wir hier aber auch langsam los. Stell doch schon mal etwas zu trinken für den Weg parat!", Rasmus huscht daraufhin in mein Badezimmer. Als er verschwunden ist, lasse ich meine neue Umgebung für einen Augenblick auf mich wirken. Das ist nun also mein neues Zuhause. Mein neues Leben. Ich spüre, wie in mir leichtes Gefühl des Optimismus hochkommt. Ich freue mich auf dieses Abenteuer. Rasmus kommt bald wieder aus dem Badezimmer zurück. Bei ihm geht das im Vergleich immer etwas schneller. Er ist grundsätzlich entspannter, was sein Bild nach außen betrifft. Meiner Meinung nach hat er aber auch nicht so viel zu tun. Seine kurzen Haare trägt er immer recht frech schräg zur Seite gestylt, das geht schnell. Ich glaube, ich habe ihn noch nie mit einem anderen Look gesehen. Was ich an ihm wirklich niedlich finde, sind seine Wangen. Warum auch immer, sind diese ständig leicht gerötet. Als würde er sich schämen oder etwas Freches aushecken. Man möchte sich einfach mit ihm unterhalten. Er ist generell eine sympathische Erscheinung. Dazu kommt noch, dass er ein starkes Selbstbewusstsein hat. Das hätte ich auch gerne. Wobei ich gerne überhaupt einen Eindruck von mir hätte. Ich habe einfach keinen Bezug zu meiner Wirkung nach außen. Woher das gründet, kann ich nicht sagen. Zumindest scheine ich nicht abstoßend auf andere zu wirken. Ich bekomme öfter Komplimente, wenn ich mal unterwegs bin. Doch kann ich mit dieser Art Feedback nicht umgehen. Ich kann mich damit nicht identifizieren. Rasmus zieht mich manchmal damit auf, dass ich wohl immer verplant aussehend würde, aber ‚auf eine niedliche Art und Weise', wie er sagt. Na, wenn er meint. Wie versprochen hatte ich uns noch in der Zwischenzeit ein paar Bierflaschen für den Weg in die Stadt vorbereitet. Mein Vater hatte uns die ‚für später' bereitgestellt. Er hatte wohl so eine Ahnung, dass es für uns heute noch weitergeht.

Wir schnappen uns die Flaschen und verlassen zusammen die Wohnung. Draußen öffnen wir sie an einem unseren Briefkästen und machen uns auf den Weg. An meiner neuen Wohnung mag ich besonders, dass der Weg in die Stadt von hier sehr angenehm zu gehen ist. Ein paar Seitenstraßen, vorbei an dem einem oder anderen Park und dann ist man auch schon da. Es ist nett. Das ‚Barviertel' ist etwas weiter von der Innenstadt entfernt, daher sind wir auch etwas länger unterwegs. Man könnte die Strecke auch mit der Bahn fahren, allerdings wollten wir uns auf dem Weg noch ein wenig unterhalten. Das Wetter ist für diese Jahreszeit ganz angenehm. Man merkt schon, dass es langsam kälter wird, doch an diesem Wochenende haben wir selbst um diese Uhrzeit noch knapp 19 Grad. Ich war sogar kurz davor, mir eine kurze Hose anzuziehen, aber dann hätte mich Rasmus wohl getötet. Wir unterhalten uns über diverse Themen. Vor allem erzählt mir Rasmus von seinen Vorbereitungskursen in der Uni und wie sehr er sich auf sein zukünftiges Studium freut. Für mich besonders interessant waren die Erzählungen über seine neuen Kommilitonen. Seine Einschätzung über sie und wie er sich vorstellt in Zukunft mit ihnen zusammenzuarbeiten. Als er so von ihnen und den ersten Gesprächen erzählt, bin ich immer wieder von ihm verblüfft. Rasmus findet schnell neue Kontakte und Freunde in für ihn unbekannten Umgebungen. Er ist allgemein ein sehr aufgeschlossener Typ. Da bin ich etwas neidisch drauf. Als Rasmus weiter ausführt, frage ich mich, ob ich jemals eine andere Seite an ihm kennengelernt habe. Eine Seite, für die ich mehr Verständnis hätte oder mit der auch ich mich identifizieren kann. Ich kenne nur seine freundliche, diese immer hilfsbereite, nahezu aufopfernde Art. Ich habe zu Beginn durchaus mal an ihm gezweifelt. Es stellte sich in mir das Gefühl ein, dass etwas an ihm merkwürdig sei. Als würde es da etwas in ihm geben, was er mir verheimlicht. Eine Seite, die ich nicht kenne oder nicht kennen soll. Aber mit der Zeit habe ich gelernt, ihm zu vertrauen. Ich habe es in der Zwischenzeit einfach als gegeben hingenommen. So habe ich ihm vertraut und mich auch mehr und mehr ihm gegenüber geöffnet. Ich habe gemerkt, dass er mit mir und meiner Art umgehen kann. Einer der wenigen Menschen auf dieser Welt, die das können.

Ab und zu gerate ich nämlich in eine solche Negativphase, in der ich dann niemanden sehen möchte. Die kann durchaus mal ein paar Tage andauern. In dieser Zeit möchte ich nur für mich allein sein und mich vollkommen in Computerspielen oder meiner Gedankenwelt verlieren. Mich von dieser mich belastenden Welt abnabeln. In den Spielen kann ich Energie und Kraft zum Weitermachen tanken. Rasmus versteht diese Phasen und mein Bedürfnis danach. Er lässt mich dann in Ruhe und wartet auf Zeichen von mir. Mein Zeichen, wenn ich sie überwunden habe und wieder bereit für soziale Interaktionen bin. Danach geht es ganz ‚normal' weiter. Dann kann ich mich wieder auf diese Welt und meine Mitmenschen einlassen. Das ging mir schon mein ganzes Leben so. Ich freue mich darauf, endlich mit meiner Wohnung einen Rückzugsort nur für mich zu haben. Zu Hause war das schwierig. Meine Mutter kam damit nicht zurecht. Das war belastend. Rasmus und ich redeten noch etwas weiter, bis wir schließlich an der Bar ankamen. Die Zeit und den Weg dorthin hatten wir wirklich gut überbrückt. Vor der Bar treffen wir bereits die anderen, die schon ein paar Minuten auf uns warten. Die beiden hatten die Wartezeit mit ein paar Typen verbracht, die ebenfalls auf ihre Freunde warteten. Nach einer kurzen Begrüßung gehen wir zusammen hinein. Wir sind inzwischen so eine Art Vierergruppe geworden, in der wir jetzt immer öfter etwas miteinander unternehmen. Das bietet auch mir etwas mehr Abwechslung.

Schnell finden wir in der Bar einen Platz. Es ist sogar unser ‚Standardplatz'. Seitdem wir diese Bar besuchen, sitzen wir immer auf einer kleinen Eckbank rechts hinten in der Ecke des Raumes. Wir nehmen gemeinsam Platz und überlegen, mit welchem Cocktail wir wohl beginnen. Heute ist Karaoke-Abend. Eine von vielen kleinen Veranstaltungen in der Bar, die wöchentlich durchwechseln. Ich mag diesen Ort hier ganz gerne, er ist etwas ruhiger als die Clubs, in die wir sonst immer gehen. Die Bar ist zwar schon etwas in die Jahre gekommen, aber der Betreiber hat sein Bestes gegeben, sie etwas moderner zu gestalten. Dadurch ist ein charmanter Mix aus alt und neu entstanden, der für uns ganz ansprechend wird. Hier kann man mehr unter sich sein, dabei Leute beobachten und, mit dem richtigen Pegel versteht sich, auch mal jemanden kennenlernen. Es gibt sogar eine kleine Tanzfläche hier. Aber heute ist es nicht mein Ziel, jemanden abzuschleppen. Jetzt, wo ich mich dazu entschieden habe, möchte ich hier heute einfach einen schönen Abend mit meinen Freunden verbringen und meinen neuen Lebensabschnitt in der Stadt feiern – wie Rasmus es so schön formuliert hat. Der Abend beginnt dabei noch etwas schleppend. Meine Freunde müssen sich erst noch ‚etwas Stimmung antrinken'. Es ist nicht so, dass sie schlecht gelaunt wären oder keine Lust hätten zu feiern. Im Gegenteil. Sie haben Lust und hatten mich ja schließlich auch extra mit eingeladen. Nein, ich merke einfach, dass meine

Freunde mit der Zeit und den Getränken immer offener werden. Ich beobachte diese leichten Verwandlungen in ihrem Verhalten oft, wenn wir unterwegs sind und sie etwas trinken. Das kann alles nicht nur reiner Spaß oder gute Laune sein. Ich bin mir sicher, dass auch hier eine verbogene Wahrheit schlummert. In diesen Momenten habe ich das Gefühl, dass auch sie von Alltagssorgen belastet sind. Vielleicht auch nur Angst haben, sich komplett in der Öffentlichkeit zu öffnen. Bei mir hat Alkohol nur eine betäubende Wirkung auf die Wahrnehmung. An meinem Verhalten ändert es weniger.

Während wir hier sitzen und meine Freunde sich langsam ihren Mut antrinken, lasse ich meine Gedanken kurz in die Gruppe schweifen. Unsere Gruppe besteht aus sehr verschiedenen Charakteren. Das macht alles für mich spannender. Da haben wir zum Beispiel Boris. Boris ist mit Anfang 20 etwas älter als ich. Er ist ein früherer Freund von Rasmus. Was mir an ihm gefällt, sind seine blonden Haare. Ich mag blond einfach, das hat mich schon immer angezogen. Er ist in einem wohlhabenden Elternhaus aufgewachsen und hat dadurch eine etwas leichtfüßige Art, sein Leben zu bestreiten. Manchmal würde ich es auch als frech bezeichnen. Er kennt diese Alltagssorgen nicht so sehr, mit denen wir uns doch so gerne herumschlagen. Das Angenehme ist dabei, dass Boris überhaupt nicht der Typ dafür ist, so etwas heraus hängenzulassen. Er ist sogar ziemlich bescheiden. Diese Leichtigkeit hat er allerdings nicht, sobald wir zusammen unterwegs sind. Ich merke dabei immer, dass er an diesen Abenden eine bestimmte Aufgabe zu erfüllen hat, dass er unter einem besonderen Druck steht. Ich denke, es liegt daran, dass er dort unbedingt jemanden kennenlernen muss. Er ist dabei in der Regel nicht so entspannt wie wir. Erst wenn er seinen ‚Fang des Abends‘ gemacht hat, kann er, spürbar erleichtert, den weiteren Verlauf des Abends genießen. Unglücklicherweise halten diese ‚Fänge‘ nicht so lange an. Frei nach dem Motto: ‚Der nächste Abend und der nächste Fang kommen bestimmt‘. Manchmal wechselt er sogar während des Abends seine Partner durch. Ich wünsche ihm, dass er eines Tages mal jemanden findet, bei dem er länger verweilen möchte. Aber eventuell möchte er das auch gar nicht so sehr.

Sam ist da anders. Er ist vor einem halben Jahr als letzter zu uns gestoßen. Wir hatten ihn bei einer Party kennengelernt. Natürlich versuchte Boris damals sofort bei ihm zu landen, aber daraus ist zum Glück nichts geworden. Ich finde, so etwas hat Potenzial, Freundschaften zu zerstören oder zu belasten. Ich hatte hier mit keinem meiner Freunde was. Das ist mir wichtig. Sofern ich das von dem Verhalten und Meinungen von außen beurteilen kann, ist Sam mit Abstand der attraktivste in unserer Gruppe. Aber ich habe da kein Gefühl drüber, von daher ist mir das egal. Sam ist gerade 19 geworden und eher der sportliche Typ. Sein größtes Hobby ist neben Schwimmen tatsächlich auch Gaming. Hier bin ich mit Sam auf einer Wellenlänge. Von allen in der Gruppe verstehe ich ihn am meisten. Sam ist auch eher etwas verschlossener; nicht besonders introvertiert, nur einfach vorsichtiger. Das kann ich sehr gut nachvollziehen. Ich bilde mir oft ein, ein Gespür zu haben, was er denkt oder warum er sich in bestimmten Fällen so verhält. Eventuell projiziere ich auch mein Verhalten auf ihn.

Und dann haben wir Rasmus. Bei ihm habe ich das Gefühl, dass er die Gruppe zusammenhält. Meistens ruft er uns zusammen oder macht Vorschläge. Es ist nicht so, dass wir überhaupt nichts machen würden, wenn er es nicht einleitet, aber er hat nun mal diese charmante Art und Weise, Menschen zusammenzubringen.

In der Zwischenzeit haben meine Freunde einen guten Pegel erreicht. Die Stimmen werden lauter, die Sprüche werden häufiger und die Stimmung im Allgemeinen steigt. Jetzt wird es langsam wieder Zeit für dieses ‚freundschaftliche‘ Necken, bei dem man sich einander auf seine Fehler humorvoll aufmerksam macht. Auch ich bekomme hier den einen oder anderen Spruch ab, aber für diese Momente bin ich vorbereitet. Wenn einer gut beobachten kann, dann bin ich es. Boris feiert meine Sprüche meist am lautesten. Die Atmosphäre ist in Summe soweit ganz angenehm. Noch traut sich allerdings in der Bar niemand auf die Bühne, um einen Song zu trällern. Nur die Gastgeberin für heute haut ab und zu einen Song raus, mit dem Ziel, die Gäste zu motivieren, sich doch auch bald mal zu bewegen. Das wird, denke ich, aber noch etwas dauern. Noch ist es nicht voll genug dafür. Als ich meinen Blick weiter in der Bar schweifen lasse, sehe ich jemanden an der Theke stehen, der mich immer wieder kurz anschaut. Ich schätze ihn auf so ungefähr Anfang 20. Vom Aussehen etwas vergleichbar wie Rasmus. Boris stupst mich daraufhin an der Seite an und sagt:

„Hey Liam, schau mal. Dort schaut dich einer die ganze Zeit an. Soll ich mal zu ihm hin und nach seiner Nummer fragen?“.

Ich spüre, wie die Anspannung in mir aufsteigt. Das sind diese Momente, in denen ich Boris wirklich töten könnte. Da kommt seine leichtfüßige Art wieder raus. Selbst wenn ich an dem Typen interessiert wäre, würde ich mich nicht trauen ihn anzusprechen oder sogar jetzt mit ihm zu reden. Dafür habe auch ICH noch nicht den richtigen Pegel. Ich bin noch nicht bereit, meine eigenen Ängste und Sorgen zu überwinden. Die Sorgen darüber nicht genug zu sein oder einen Korb zu bekommen und daraufhin traurig von Dannen zu ziehen. Genervt richte ich mich an Boris:

„Ne Boris, lass mal. Ja, er ist schon niedlich, aber ich bin noch nicht in Stimmung. Ich gehe einfach später zu ihm hin.“

„Ne, komm“, erwidert Boris und fährt zugleich fort:

„Nachher ist der bestimmt weg. Ich kann doch einfach nach seiner Nummer fragen und ihm sagen, dass du ihn auch ganz süß findest!“.

„Nein Boris, lass es bitte!“, sage ich ihm daraufhin etwas energischer.

Sich von diesem Appell nicht abbringen lassend, versucht Boris mit einem frechen Grinsen langsam aufzustehen und sich auf den Weg zu machen. Rasmus hat dabei meinen Appell am Rande vernommen und schaltet sich in die Situation ein:

„Boris!“, kommt es aus ihm bestimmt heraus. Daraufhin lässt es Boris tatsächlich sein und setzt sich nach einem enttäuschtem “Dann halt nicht“ wieder hin.

„Ihr seid echt so langweiligm Leute. Pff, dann gehe ich halt nachher hin und mache mir den klar“, setzt Boris dabei enttäuscht final ab. ‚Soll er es doch machen‘ denke ich mir nur. Hauptsache, er hat mich nicht mehr im Fokus. Daraufhin ist die Situation vorbei. Ich merke, wie ich mich wieder etwas entspanne. Ich hasse solche Situationen. Sie sind unter anderem einer der Auslöser, bei dem ich mich tatsächlich frage, warum ich so etwas nicht kann. Warum ich nicht in der Lage bin, selbst aufzustehen und den ersten Schritt zu machen. Ihm wird es doch auch nicht anders gehen als mir. Er wird ebenfalls diese Angst, diese Sorge verspüren, nicht genug zu sein und eine Abfuhr zu bekommen. Einer muss immer bei so etwas den Anfang machen und das Risiko in Kauf nehmen, die Hoffnung auf einen guten Ausgang nicht verlieren. Ich frage mich, ob ich eines Tages mal bereit dazu sein werde. Ich habe Angst davor, allein zu bleiben, nur weil ich mich nicht traue, auf Menschen zuzugehen. Doch so schnell wie diese innere Auseinandersetzung entstanden ist, so verblasst sie auch wieder.

Und so geht der Abend weiter. Wir haben unseren Spaß, machen gegenseitig unsere Sprüche und bestellen die nächsten Runden. Plötzlich steht Rasmus nach einer weiteren Runde auf und begibt sich in Richtung Eingang. Verwundert schaue ich ihm hinterher und frage mich, warum er denn jetzt so aufgesprungen ist. Als ich ihn beobachte, sehe ich, wie er auf jemanden zugeht und grüßt, der die Bar gerade neu betreten hat. Mir fällt es in dem Moment wieder ein. Das muss der neue sein, den er im Vorfeld angekündigt hatte. Der Bekannte aus den Vorbereitungskursen. Nachdem sie sich kurz umarmt haben, geht Rasmus einen Schritt zur Seite. Als ich den Neuen besser sehen kann, trifft es mich wie ein Schlag. Wie ein kalter Schauer fährt es plötzlich durch mich hin hindurch. ‚Gott ist der hübsch‘ denke ich mir. Ein für mich absolut untypisches Urteil über jemanden. Doch dieser Anblick hat mich sofort in seinen Bann gezogen. ‚Wer zum Teufel ist das?‘, denke ich mir. Sie kommen gemeinsam zu unserem Tisch. Ich sitze wie versteinert, als er begann, sich bei uns vorzustellen. Sam stupst mich von der Seite an und fragt, ob bei mir alles in Ordnung sei. Mein Verhalten war wohl auch für ihn verwunderlich. Der Frage kurz bejahend ausgewichen, konzentrierte ich mich wieder vollkommen auf den Neuzugang. Dabei fallen mir vor allem seine Haare auf. Blond, mittellang, zur Seite gestylt. Natürlich finde ich ihn attraktiv. Er hat dazu noch so einen leichten Schlafzimmerblick. Er ist mir direkt sympathisch. Auf eine für mich nicht erklärliche Weise fühle ich mich ganz zu ihm hingezogen. Als ich an der Reihe bin, gebe ich ihm nervös meine Hand. Er schaut mir direkt in die Augen und stellt sich bei mir vor:

„Hi! Ich bin Mads“.

„Liam, hey“, antwortete ich zaghaft. In dem Moment ist es um mich geschehen. Sein Lächeln und dieser Blick haben mich sofort in ihren Bann gezogen. Mir wurde so warm um mein Herz, dass ich ihn am liebsten nicht mehr losgelassen hätte. Ich bilde mir ein, dass er mir einen Moment länger in die Augen geschaut hat, meine Hand länger gehalten hat als bei den anderen. Ich habe sofort eine Art Bindung zwischen uns beiden gespürt. So etwas habe ich schon lange nicht mehr bei einem fremden Menschen empfunden. Nicht auf diese Art und Weise. Am weiteren Abend kann ich mich auf nichts anderes mehr konzentrieren als auf ihn. Nur auf ihn fokussiert, habe ich mich dabei aktiver in der weiteren Unterhaltung beteiligt. Mehr Sprüche gerissen als normal. Ja sogar den einen oder anderen Witz erzählt. Ich versuche, um jeden Preis positiv aufzufallen und seine Aufmerksamkeit zu erzielen. Dabei hat sich mein Verhalten schon so offensichtlich verändert, dass Rasmus mich einen Moment zur Seite nimmt:

„Liam, was ist denn los mit dir heute. Du bist ja völlig anders als sonst!“, sagte er verwundert.

„Wie? Wie meinst du das denn?“, fragte ich Rasmus zögerlich. Wobei ich doch ganz genau weiß, was er damit meint.

„Liam, das ist doch offensichtlich“, lacht Rasmus. „Du magst ihn, oder?“ fügt er mit einem Grinsen hinzu. Ich fühle mich ertappt.

„Ja, schon etwas“, antwortete ich verlegen. Ich merke, wie ich langsam rot im Gesicht werde.

„Das hatte ich mir schon gedacht. Komm!“, Rasmus greift nach meiner Hand und zieht mich Richtung Theke. Absolut überrascht von dieser Aktion lasse ich mich ohne viel Gegenwehr von ihm mitziehen. Ich kann diese ganze Situation für mich gerade nicht verarbeiten. Ich stehe vollkommen neben mir.

„Wir würden uns gerne anmelden! Zwei Personen, die Namen sind Liam und Rasmus. Cool, danke!“. Ich kann es nicht fassen, Rasmus hat uns eben zusammen zum Singen angemeldet! Ich stand daneben, absolut gelähmt von der Situation. Ich habe es einfach nur geschehen lassen. Solch ein Gefühl der Aufregung hatte ich noch nie verspürt. Ich gerate nahezu in Panik. Ich fange an, leicht zu zittern. Meine Hand noch festhaltend merkt Rasmus, dass sich plötzlich etwas in mir verändert. Rasmus schaut mir daraufhin direkt in die Augen. Er hält dabei meinen Kopf zwischen seinen beiden Händen fest und beginnt auf mich einzureden:

„Beruhige dich Liam. Es wird alles gut. Vertrau mir, okay?“.

„Ok“, antwortete ich ihm im vollen Vertrauen. Es wirkt. Ich beruhige mich wieder etwas, habe aber noch immer Angst. Angst vor dem Auftritt. So etwas habe ich noch nie gemacht. Zurück am Platz kann ich vor Aufregung kaum sprechen. Nach jedem Song, nach jedem Auftritt habe ich die Befürchtung, dass wir nun dran sind. Nur um jedes Mal wieder erleichtert in die Bank zurückzufallen, wenn unsere Namen nicht aufgerufen werden. Noch einige Lieder läuft das so, bis ich meine Anspannung tatsächlich etwas verdrängen kann. Doch dann ist es so weit, unsere Namen werden aufgerufen. Rasmus springt sofort auf und greift nach meiner Hand. Unter dem lauten Jubel und Grölen unserer Freunde führt er mich Richtung Bühne. Auf dem Weg bekomme ich von meiner Umgebung inzwischen fast nichts mehr mit. Nur das Mikrofon sehe ich mit jedem Schritt näher auf mich zukommen. Wie in einer Zeitlupe bewegen wir uns langsam zu ihm. Wie ein nahendes Schicksal, aus dem ich nicht entfliehen kann. Schließlich auf der Bühne stehend, kann ich fast nichts sehen. Die Beleuchtung ist so stark, dass ich nur noch ein grelles weißes Licht vernehmen kann. Nur eine Sache kann ich erkennen. Einen blonden Schopf in der Ecke des Raumes. Ein plötzliches Gefühl der Wärme steigt in mir hoch. Ich höre, wie das Lied beginnt. Ich nehme allen meinen Mut zusammen. Ich werfe Rasmus einen kurzen Blick zu und hole tief Luft.

Der weitere Abend war wunderschön. Um 02:00 Uhr nachts kommen wir zusammen aus der Bar getorkelt. Wir alle haben einiges an diesem Abend getrunken. Nachdem wir uns vor der Bar verabschiedet haben, drehe ich mich um und beginne meinen Heimweg. Ich bin langsam echt müde und möchte nur noch in mein Bett. Die Erlebnisse von heute nur noch abspeichern. Doch dann höre ich plötzlich eine Stimme hinter mir. Eine Stimme, die meine Muskeln sofort erstarren lässt.

„Hey, Liam!“, ruft Mads mir zu. „Und was machst du jetzt noch so?“

Fast schon ungläubig drehe ich mich um. Nahezu stotternd antworte ich ihm darauf: „Ich wollte gerade nach Hause gehen. Am besten gehe ich dabei durch die Innenstadt“.

„Ja, cool!“, antwortete Mads und ergänzt: „Ich muss auch in die Innenstadt. Zum Bahnhof. Wollen wir dann zusammen ein Stück gehen?“.

„Ähm, ja natürlich! Komm‘ gern mit“, platzt es aus mir fast schon euphorisch hinaus. Mads wirft mir daraufhin seinen Arm um meine Schulter und wir beide gehen los. Ich kann mein Glück gerade kaum fassen. Ich kann nicht beschreiben, was für eine Emotion in diesem Moment durch meinen Körper schoss. Ich möchte nur, dass dieser Augenblick niemals aufhört. Während wir noch immer eng zusammen in Richtung Innenstadt torkeln, unterhalten wir uns leicht:

„Ihr seid echt eine coole Gruppe“, resümierte Mads dabei über den Abend.

„Das war wirklich ein schöner Abend. Ich habe mich echt gefreut, dich kennenzulernen“, erwiderte ich darauf. Ich wurde hier direkt persönlich. Ich kann es nicht für mich behalten.

„Hat mich auch gefreut, vor allem euer Auftritt. Der war ja grandios“, sagte Mads mit einem Lachen. Sofort schossen verschiedene Gedanken durch meinen Kopf. Er fand unseren Auftritt grandios? Wieso lacht er dabei? Was meint er damit? War es peinlich? Hatte er sich darüber lustig gemacht? Hat Rasmus mich jetzt vor ihm lächerlich gemacht? Ich merke, wie ich bei diesem Gedanken kurz wütend auf Rasmus werde. Mads scheint meine Verunsicherung zu merken und ergänzte sogleich:

„Hey, das war doch echt gut! Ich hätte mich so etwas nie getraut. Du kannst stolz auf dich sein!“

„Meinst du wirklich?“, frage ich ihn ungläubig. Ich merke, wie ich mich dabei wieder langsam entspanne.

„Na klar!“, antwortete Mads kurz und knapp, während er mich etwas enger an sich drückte. Ich glaube ihm. Sofort entledige ich mich auch der letzten Sorge und lasse mich wieder vollkommen von der Schönheit des Augenblicks treiben. Dabei versuche ich jede Sekunde bewusst zu erleben, bevor es vorbei ist. Vor allem in seinem Arm. In der Nähe des Bahnhofs ankommend, verabschiedet sich Mads langsam von mir. Er muss jetzt noch knapp eine Stunde auf seinen Zug warten und wollte sich noch etwas zu essen holen. Ich bedanke mich daraufhin noch einmal bei ihm für den schönen Abend und wünsche ihm eine angenehme Heimfahrt. Gerade als ich mich auf den Weg machen wollte, ruft er mir wieder etwas zu:

„Ach Liam, falls du schreiben möchtest, hier ist meine Nummer!“.

Er gibt mir tatsächlich seine Nummer! Ich kann es kaum fassen. Ich habe am heutigen Abend tatsächlich eine Nummer bekommen und dann ist es auch noch seine. Ganz aufgeregt speichere ich seine Nummer in mein Telefon ein und lese sie ihm noch einmal direkt vor. Ich möchte absolut sicher gehen, dass ich seine Nummer auch wirklich korrekt notiert habe. Ich könnte mir nicht verzeihen vor Aufregung noch so einen Fehler zu machen.

„Alles klar, komm gut nach Hause, Liam. Wir schreiben dann!“, rief mir Mads entgehen und drehte sich danach um. Dieser Weg nach Hause war bisher der schönste Gang, den ich jemals erlebt hatte. Ich habe eine solche Wärme in meiner Brust gespürt. Dieser Abend, so unerwartet wie er für mich verlief, war ein wirklich perfekter Start in meinen neuen Lebensabschnitt. ‚Wird jetzt tatsächlich alles besser?‘ dachte ich mir dabei.

Freudestrahlend komme ich bei mir zu Hause an. Ich lasse die Wohnungstür langsam in das Schloss fallen und mache mich direkt auf den Weg in mein Bett. Ich fühle mich so leicht und zufrieden, als ich in ihm liege. Ich habe dieses Mal nicht das Bedürfnis, über irgendetwas nachzudenken. Dieser Abend war einfach schön. Diesen Gedanken möchte ich mit in meinen Schlaf nehmen. Ich drehe mich um, schließe meine Augen und atme tief durch.

Doch dann schießt mir plötzlich ein Gedanke durch den Kopf. Ein Impuls, der mich zur Tat auffordert. Ich kann ihm nicht widerstehen. Ich greife sofort nach meinem Telefon und schreibe Mads eine Nachricht. Ich bedanke mich noch einmal bei ihm für den schönen Abend und mache erneut deutlich, wie sehr ich mich gefreut habe, ihn zu sehen. Abschließend wünsche ich ihm einen schönen Heimweg. Ohne auf Fehler zu achten oder die Nachricht noch einmal durchzulesen, schicke ich sie sofort ab. Kurz darauf überfällt mich ein Gefühl der Sorge und der Scham. Ich ärgere mich, dass ich ihm schon so schnell und ausführlich geschrieben habe. Das auch noch in derselben Nacht. Ich versuche mich wieder hinzulegen und mich etwas zu beruhigen. Während ich merke, wie mich die Sorgen und Vorwürfe langsam immer mehr umhüllen, sehe ich im Augenwinkel mein Telefon aufleuchten. ‚Das kann nur Mads sein!‘, denke ich mir. Ich schrecke auf und öffne sofort die Nachricht.

“Hat mich auch gefreut Liam. Schlaf gut!“. So kurz und nichtssagend die Nachricht auch ist, ist sie doch in diesem Moment für mich das ganze Glück der Welt. Ich atme tief durch, lege mich wieder auf die Seite und nehme dieses Glück mit in meinen Schlaf.

Plötzlich reißt mich ein lautes Geräusch aus meinen Erinnerungen heraus. Ich schrecke auf und sehe Mads wieder direkt vor mir liegen. Noch genauso wie ich ihn für meine Erinnerungen verlassen hatte. Noch immer seine Hand haltend blicke ich instinktiv in Richtung der Geräuschquelle. Ein weiterer Besuch betritt seinen Raum. Es ist Mads Bruder. Er wollte ihn wohl heute Abend auch noch einmal kurz besuchen und frische Blumen vorbeibringen.

„Hey Liam, du bist ja auch hier!“, sagte er, ganz überrascht mich zu sehen.

„Hey Mikkel. Ja, ich wollte Mads noch kurz besuchen kommen, bevor ich mich mit den anderen heute treffe“. Nach der Antwort schaue ich kurz auf meine Uhr. 20:20 Uhr. Scheiße, ich habe die Zeit komplett vergessen! Ich bin jetzt schon absolut zu spät. Ich brauche sicher noch mindestens 15 Minuten, bis ich bei den anderen bin. Ich denke, dieses Mal werden sie mir nicht so einfach verzeihen. Vor allem, da Rasmus weiß, wo ich vorher war.

„Jetzt noch? Wie lange bis du denn schon hier?“, fragte mich Mikkel daraufhin. Er hatte wohl gemerkt, dass ich leicht geschockt war, als ich die Zeit gesehen habe.

„Ich bin schon ein paar Stunden hier, ich habe wohl dabei die Zeit vergessen“.

„Verrückt. Wie kannst du das nur so lange hier aushalten? Also ich liebe meinen Bruder, das weißt du. Aber die Töne der Anlagen und der Beatmungsmaschine können einen doch wirklich wahnsinnig machen, oder nicht? Und besonders einladend ist der Raum auch nicht gerade. Ich finde das alles schon schlimm genug und dann liegt er auch noch in so einem dunklen und deprimierenden Raum. Ich halte es hier meist nicht mal eine Stunde aus“, fragte er mich ungläubig.

„Ach, das geht schon, ich habe mich daran gewöhnt. Du, ich muss jetzt auch los“, antworte ich ihm knapp. Ich stehe auf und verabschiede mich noch einmal von Mads. Dabei richte ich ihm noch die Grüße von Rasmus aus. Anschließend verabschiede ich mich auch kurz von Mikkel und verlasse nach einem letzten Blick Richtung Bett gerichtet das Zimmer. Kurz darauf stehe ich wieder allein auf dem Gang. Ich starre in die Leere. Ich kann an nichts denken und fühle mich absolut benebelt. Hier stehe ich nun und versuche meine Gedanken wiederzufinden und zu ordnen. Für ein paar weitere Minuten stehe ich nur da, bis mich ein Anruf wieder zurück in diese Welt holt. Es ist Rasmus, er möchte wahrscheinlich wissen, wo ich bleibe. Ohne zu zögern, greife ich nach meinem Telefon und nehme den Anruf an. Ich entschuldige mich ausführlich und verspreche ihm, dass ich gleich da bin. Ich musste nur noch etwas Dringendes erledigen.

Kapitel 4

Veränderung

Schleichend geht sie vor. Meist völlig unbemerkt von ihrer Umgebung entstehen mit der Zeit feinste Risse im Fundament. Die Auswirkung im Einzelnen häufig nicht erkannt, findet sie sich zu einer Kraft zusammen. Sie setzt eine Lawine in den Gang, die alles und jeden auf ihrem Weg mitreißt. Wenn sie sich schließlich zu erkennen gibt, ist es oftmals viel zu spät. Ketzerisch offeriert sie hinterher großzügig die Wahl, sich mit ihren Taten abzufinden oder an ihr für immer zu zerbrechen.

Die darauffolgende Woche verlief für mich im Grunde mal wieder unspektakulär. Die Tage, in ihrem Ablauf nahezu komplett identisch, zogen nur so an mir vorbei. Doch lässt mich etwas nicht in Ruhe. Ich merke, wie ich in ihrem Verlauf immer nervöser werde. Meine Gedanken drehen sich nur um die einzige Frage. Die sich nähernde große Entscheidung, die mich mit jedem fortschreitenden Tag immer mehr unter Druck setzt. Die Frage, die mir mein Chef in unserem für mich komplett unerwarteten Verlauf des Gesprächs letzte Woche gestellt hatte. Die Frage, die meinen Alltag in Zukunft komplett verändern könnte. Soll ich es wirklich wagen? In mir tobt regelrecht ein Kampf. Und so liege ich wieder hier. Meine Gedanken kreisen ziellos durch den Raum. Wieder steht mir eine Nacht ohne Schlaf bevor, an dem wohl denkbar schlechtesten Zeitpunkt dafür. Denn es ist die Nacht zum Freitag. Heute werde ich die Entscheidung treffen müssen, bei der ich noch immer nicht weiß, was ich jetzt machen soll. Ich habe es in den letzten Jahren perfektioniert, mich in einer Woge der Sicherheit zu betten. Ich habe mir ein warmes Nest geschaffen, dass mich vor den Wirrungen dieser Welt beschützt und aus dem ich meine nächsten Schritte jeweils sorgfältig und mit genügend Abstand planen kann, in dem ich alle Möglichkeiten sorgfältig durchdenken und den für mich besten Weg finden kann. Es ist normal für mich etwas länger für Entscheidungen zu brauchen. Von meinen bisherigen Chefs wurde ich diesbezüglich stets kritisiert. Laut ihnen würde ich zu sehr versuchen, mir möglichst viele Optionen gleichzeitig offenzuhalten und darüber zu debattieren. Zu lange bei Entscheidungen zu zögern und manchmal den Absprung zu verpassen. Das sehe ich aber nicht so. Ich denke, dass es durchaus etwas Positives hat, nicht sofort im Affekt zu handeln und auch mal offen über Bedenken zu diskutieren. Positive und negative Aspekte miteinander abzuwägen und nach der richtigen Lösung zu suchen. Damit bin ich in der Vergangenheit gut gefahren. Doch aktuell stecke ich tatsächlich in einer Art Kreislauf fest. Ich befinde mich in einem deutlichen Zwiespalt, ohne zu einer gewissen Seite zu tendieren. Denn auf der anderen Seite schreit mein Wunsch nach Schöpfung und nach Verwirklichung in mir immer lauter und sehnt sich um Beachtung. Letzte Woche seit Langem mal wieder laut ausgesprochen, komme ich an diesem Wunsch nicht mehr länger vorbei. Ich merke, wie in mir das Bedürfnis wächst, endlich die Anerkennung dafür zu erhalten, dass ich mehr kann als nur Tabellen auszufüllen oder die nächste Präsentation zu basteln. Dass ich das Team durchaus nach vorne bringen könnte und diese angestaubte Art und Weise zu führen aufbrechen kann. Wie oft habe ich meine Chefs bei ihrem Wirken beobachtet und mir fest vorgenommen, das alles nicht so zu machen, wenn ich irgendwann einmal in dieser Rolle sein würde. Ich bin absolut bereit für diese Herausforderung.

Dann frage ich mich allerdings auch wieder, ob ich den Umbruch tatsächlich einleiten und diese alte Welt aufbrechen kann. Allein würde ich das sicherlich nicht schaffen, doch könnte ich vielleicht meine Kollegen dazu motivieren? Ich sehe es doch bei den anderen jungen Führungskräften. Die Nachwuchsstars, die mit Versprechungen und Elan für den ‚Change' ihre Positionen einnehmen, nur um kurz darauf von diesem angestaubten Apparat komplett eingenommen zu werden. Sie geben sich meist bereits nach kurzer Zeit der ‚Das haben wir schon immer so gemacht'-Mentalität und erlernten Normen der ‚Boomer' vollumfänglich für ihre Karriere hin. Es reichen zwei oder drei hohe Hürden und der ‚Change' ist dahin. Würde ich mich hier tatsächlich durchsetzen können? Dafür müsste ich mich erst einmal dafür entscheiden. Ich müsste meinen Safe Space verlassen und dieses Risiko eingehen. Doch möchte ich es wirklich wagen, so kurz nach der letzten Umstrukturierung wieder so eine große Veränderung in meinem Leben einzuleiten? Wenn ich doch seit zwei Jahren alle Energie und Kraft dafür brauche, überhaupt noch durchzuhalten? Wo ich doch so einen großen Ballast auf meinem Rücken trage, dass ich das Gefühl habe, täglich an ihm zu zerbrechen? Kann ich mir das noch aufbürden? Das einzige, was mich doch aktuell noch über Wasser hält, sind die Besuche bei Mads. Ihn würde ich dann sicherlich weniger sehen können. Ich müsste in der neuen Aufgabe länger arbeiten und mich dazu noch um die Sorgen und Nöte meiner Kollegen kümmern. Vollends für sie da sein und ihnen pausenlos ein offenes Ohr reichen. Möchte ich mir das wirklich auch noch aufladen? Neben meinen eigenen auch noch ihre Sorgen anziehen? Ich fühle mich in meiner Hilflosigkeit einsam und verlassen von den bekannten Lösungen, mit denen ich doch bisher jede Situation auf die eine oder andere Art lösen konnte.

Und was ist, wenn ich versage? Was ist, wenn ich meinem Chef zusage und den Erwartungen dann nicht gerecht werden kann? Ich sogar am Ende mit hohem Bogen aus der Position fliege? Ich könnte doch dann nicht einfach so ins Team zurück. Mich wieder als ‚normalen' Kollegen in diese Struktur einfügen. Ich könnte ihnen doch nicht mehr auf Augenhöhe gegenübertreten. Mit dieser Niederlage würde ich nicht fertig werden. Vielleicht wird es sogar noch schlimmer und ich nach dem Versagen sogar noch entlassen werden? Dann müsste ich mich wieder komplett neu bewerben. Das letzte Mal hatte ich das zu meiner Ausbildung gemacht. Wo soll ich denn hin? Ich habe doch überhaupt keine Idee, wo oder was ich alternativ machen möchte. Bei dem Gedanken daran wird mir so übel, dass ich mich fast übergeben muss. Diese ganzen Sorgen belasten mich so stark, dass ich am liebsten einfach nur allem entfliehen und den ganzen Tag im Bett bleiben möchte. Mein Umfeld ist mir auch keine große Hilfe dabei. Als ich meinen Eltern beiläufig von den Plänen meines Chefs erzählte, waren sie ganz aufgeregt. Mein Vater hat sich unbeschreiblich für mich gefreut. Sein Junge steigt in der Firma auf. Er war voll des Glücks und konnte kaum erwarten, diese Nachricht zu verbreiten. Er hatte es sogar schon seinen Kumpels erzählt und mit meiner ja so harten Arbeit geprahlt. Für sie zählt scheinbar nur das Weiterkommen. Er zwingt mir mit seinem Stolz fast schon die Verpflichtung zur Zusage auf. Als würde ich ihn unfassbar enttäuschen, sollte ich mich nun gegen die Position entscheiden. Ich habe ein wenig das Gefühl, dass er das auch als Erfolg für sich selbst sieht. Möglicherweise für seine Erziehung. Für die aus seiner Sicht wohl richtigen Worte, die er zur richtigen Zeit meiner Entwicklung mahnend an mich gerichtet hatte. Mit dem Ziel, mich in die optimale Bahn zu lenken und mich vor dummen Entscheidungen zu bewahren. Dass ich durch sein Zutun den beruflichen Kreis unserer Familie durchbrochen habe und jetzt eine führende Position in einem Unternehmen einnehme, möge sie auch noch so klein sein. Dabei habe ich mich noch nicht einmal dafür entschieden, geschweige denn eine wirkliche Chance darauf.

Bei meinen Freunden sieht das auch nicht anders aus. Rasmus hatte mir Mut zugesprochen, als wir uns letzte Woche am Abend getroffen hatten und ich ihm über meine Bedenken berichtete an dem Abend, an dem ich vorher Mads besucht hatte. Das wunderte mich aber auch nicht. Er hat gerade seine Doktorarbeit begonnen. Rasmus hatte schon seitdem ich ihn kenne, einen Plan für sich und seine Zukunft. Für ihn war Selbstverwirklichung und das Streben nach vorne schon immer wegweisend. Andere Positionen höre ich kaum. Boris ist da aufgrund seines Familienhauses diesbezüglich sowieso entspannt und Sam hatte wie immer mal wieder keine Meinung dazu und schließt sich tendenziell eher Rasmus Einschätzung an. So etwas nervt mich ungemein. Ich erwarte nicht viel von meinen Freunden. Nur über ernstgemeintes Interesse von ihnen würde ich mich wirklich freuen. Ich selbst bin doch immer für sie da. Ertrage selbst ihre stundenlangen Ausführungen, wenn sie wieder einmal ein Thema im Fokus haben und nicht aufhören können darüber zu reden. Ich höre aufmerksam zu, wenn Boris uns wieder von seinem neusten Fang berichtet, sich Luftschlösser mit ihnen ausmalt und nach unseren

Einschätzungen fragt, nur um in der nächsten Woche wieder zum nächsten zu springen. Ich bin für Sam da, wenn ihn etwas belastet und er darüber reden möchte. Sie setzen mich mit ihren Chats und ihren Anrufen ständig unter Druck immer und überall für sie erreichbar zu sein. Jetzt beschäftigt mich einmal selbst ein so großes Thema und dann haben sie nicht die Muße sich ernsthaft damit zu beschäftigen. Ich bin absolut auf ihr Feedback und ihre Einschätzungen angewiesen, da ich nur mich und meine Gedanken höre. Wenn man nur mit sich selbst spricht, hat man keine Chance, eine ausgewogene Bewertung der Möglichkeiten zu erhalten. In diesem Moment brauche ich sie dringend und dann passiert so etwas. Ich stehe vor blankem Desinteresse. Noch schlimmer, einer gibt eine Meinung vor und alle anderen schließen sich dieser aus purer Faulheit an. Aber wenn es darum geht, feiern zu gehen oder was miteinander zu trinken, sind sie alle ganz schnell am Start. Es ist wirklich zum Kotzen.

Die umfassende Zustimmung für nur eine Seite der Medaille führt dazu, dass sich meine Unsicherheit nur noch weiter verstärkt. Ich kann mir nicht vorstellen, dass es nur mir so geht, dass nur ich mir diese Gedanken und Sorgen um die Zukunft mache, ob diese gravierende Entscheidung richtig ist. Sie mag für den Außenstehenden wie ein kleiner Schritt klingen, doch hat sie das Potenzial, mein Leben langfristig zu beeinflussen. In eine Richtung zu lenken, die mich nicht glücklich machen könnte. Ich kenne niemanden in meinem Umfeld, der gerade vor so einer wichtigen Entscheidung steht. Ich bin komplett auf mich allein gestellt. In solchen Notsituationen habe ich es mir angewöhnt, gedanklich eine Münze zu werfen. Mein komplettes Schicksal von nur einem Impuls abhängig zu machen. Alle meine Prinzipien über Bord zu werfen und es ‚einfach zu wagen‘. Diese Risikobereitschaft ist mir sonst fremd. Aber ich habe eine Erklärung dafür, wieso ich mir das angeeignet habe. Ich habe es bei Mads gesehen. Er hatte es geliebt, Risiken einzugehen.

Für ihn ist das ganze Leben nur ein einziges Spiel. Eine große Wette auf den unbekannten Ausgang. Für ihn schien dieses Konzept aufzugehen. Das fand ich faszinierend. Wie alles an ihm. Nur Rasmus war diesem stets skeptisch gegenüber eingestellt. Hatte ihn ab und zu davor gewarnt, dass es einmal auch ‚echt in die Hose gehen könnte'. Irgendwann war es auch so weit. Denn nun liegt er im Krankenhaus und wartet auf die finale Abrechnung. Diese Mahnung hat sich bei mir eingebrannt. Dennoch lasse ich Mads Einstellung inzwischen immer mehr Bedeutung zukommen. Auch ich komme damit langsam gut durch. Mit Rasmus spreche ich nicht darüber, aber ich konnte mir die ein oder andere Entscheidung damit gut ersparen. Der Mahnung entsprechend werde ich einfach aufpassen, dass ich niemals in eine Situation komme, die mir gefährlich sein könnte. Da muss ich wachsam bleiben. Das ist meine Aufgabe dabei. Nachdem ich diesen Gedanken durchgegangen bin, schaue ich zögerlich auf meine Uhr. 04:36 Uhr. Eine Katastrophe bahnt sich an. Auch wenn ich jetzt einschlafen würde, müsste ich ja bereits um 06:00 Uhr schon wieder aufstehen. Keine Chance, dass ich das schaffe. Ich kann es mir nicht leisten, heute meinen Wecker nicht zu hören. Damit beginnt es. Ich treffe die erste Entscheidung für heute. Wahrscheinlich die erste von vielen. Ich werde die Nacht nun vollends durchmachen. Wohl dabei wissend, dass ein wirklich harter Tag für mich bevorsteht. Über 24 Stunden werde ich von meinem Körper verlangen zu funktionieren und allseits auf der Hut zu sein. Das wird ein kräftezehrendes Unterfangen. Als ich nach dieser Erkenntnis schließlich mit einem tiefen Seufzer aufstehe und mich in die Küche begebe, kommt in mir plötzlich ein weiterer Gedanke auf. Ich habe die Befürchtung, dass ich nie wirklich eine Wahl hatte. Es musste alles so kommen wie es gerade geschieht. Als wäre es nur ein weiteres Ergebnis aus einer Kette von Ereignissen. Ein weiterer Stein, der nun umgefallen ist. Umgeworfen von einer Kraft, die in einem mir nicht bekannten Punkt ihren Ursprung hat. Absolut verwirrt von dieser Stimme schüttle ich kurz darauf meinen Kopf und begrabe diesen Gedanken wieder tief in meinem Unterbewusstsein. Das ist mir in diesem Moment zu nichtssagend. Damit kann ich nichts anfangen. Ich habe gerade andere Probleme.

In der Küche angekommen, merke ich, dass ich leider keinen richtigen Kaffee mehr im Haus habe. Als ich meine Schränke durchsucht habe, hatte ich nur noch Instant-Kaffeepulver gefunden. ‚Dann muss es wohl der richten‘, denke ich mir enttäuscht. Da ich die Abmessungen nicht kenne, schütte ich einfach die Tasse zu einem Viertel damit voll. ‚Viel hilft viel‘, denke ich mir nur. Ich rühre ihn fertig an und setze mich alsbald darauf an meinen Computer. Die nächste Stunde verbringe damit, mich mit meinen gewohnten Spielen von meinen Gedanken abzulenken und die Zeit zu überbrücken. Alles kommt jetzt darauf an, bloß nicht im Sitzen einzuschlafen. Für einige Zeit funktioniert das auch gut, aber dann wird es hart. Denn mein Körper beginnt gegen mich zu arbeiten. Mich fast schon verspottend verspüre ich plötzlich eine unbeschreibliche Müdigkeit. Als könnte ich sofort 10 Stunden durchschlafen. Seit dem Moment, als ich für mich die Entscheidung getroffen hatte, die Nacht durchzustehen, schreit mein Körper nach Schlaf. Das dumme Krümelzeug hilft nicht. Ich merke, wie ich ab und zu sogar vor dem Bildschirm fast in einen Sekundenschlaf verfalle. Das kann alles nicht wahr sein. Als wäre die ganze Welt nun gegen mich. Ich muss irgendwie versuchen durchzuhalten.

Mit den letzten Kräften schaffe ich es bis 06:00 Uhr. Ich gehe sofort in das Badezimmer und stelle mich unter die Dusche. Anders als sonst drehe ich instinktiv den Regler bis zum Anschlag in den blauen Bereich. Ich brauche das jetzt. Als ich das Wasser berühre, schrecke ich sofort auf. Die Dusche ist eiskalt. Ich habe wohl nicht realisiert, was genau ich gemacht habe. Nach nur einem kurzen Moment unter ihr springe ich schon wieder heraus. Voller Schock, für den Augenblick von meiner Müdigkeit befreit, bin ich doch jetzt zunehmend von allem genervt. Immer stärker vernehme ich die Stimme in mir, die danach ruft, alles einfach hinzuschmeißen. ‚Liam, lass den Scheiß. Melde dich einfach krank‘, brüllt sie mir in mein Ohr. Doch ich kann jetzt nicht mehr umkehren. Ich mache weiter, trockne mich ab und suche mir mein Outfit für heute zurecht. Mit einer weiteren Karikatur eines Kaffees in der Hand bin ich bereit meine Wohnung zu verlassen, als ich vor meiner Tür stehend plötzlich jemanden im Treppenhaus höre. Sicherlich wird es einer meiner Nachbarn sein. Ich wusste gar nicht, dass sie um diese Zeit auch schon so früh wach sind.

Normalerweise sehe ich meine Nachbarn so gut wie nie. Das setzt mich so sehr unter Druck, dass ich so lange vor der Tür warte, bis die Geräusche verstummen. Ich kann jetzt nicht ein flüchtiges Gespräch auf dem Gang führen oder sie einfach nur sehen. Das würde mich zu sehr belasten. Nachdem die Luft nach wenigen Augenblicken endlich rein ist, verlasse ich schließlich das Haus. Da ich heute nicht die sonst so üblich lange Zeit unter der Dusche verbracht habe, entschließe ich mich, den Weg heute komplett zu gehen. Draußen ist es um diese Zeit noch ruhiger als sonst. Kaum jemand ist so früh auf der Straße. Diese friedliche Atmosphäre schaffe ich allerdings nicht für mich zu speichern. Ich bin viel zu genervt. Nach einigen Straßen bin ich von meinem Entschluss, auf die Bahn zu verzichten, so sehr genervt, dass ich am Ende doch zu der nächsten Station gehe. Diese Anstrengung brauche ich heute nicht noch zusätzlich. An der Station angekommen, fährt zugleich auch schon meine Bahn ein. Sie ist heute sogar etwas früher da als sonst. Sie muss die paar Minuten zur geplanten Abfahrt sogar noch warten. In mir kommt plötzlich eine unbeschreibliche Sorge hoch. Ich kann diese vielen Veränderungen an diesem Morgen nicht mehr einordnen. Ich setze mich auf einen Platz und versuche mich zu beruhigen.

Um 07:25 Uhr komme ich im Büro an. Ich stehe vor einem dunklen Raum. Es ist noch niemand da. Selbst von Sharon, die sich doch immer so sehr damit brüstet, so früh da zu sein, fehlt noch jede Spur. Mein gesamtes Umfeld fühlt sich für mich schon fast nicht mehr real an. Jeglicher Anhaltspunkt für mich nicht existent, fühle ich mich immer mehr in dieser Situation verloren. Die Sorgen haben mich nun vollkommen im Griff. Um mir einen Orientierungspunkt zu geben, gehe ich in die Teeküche und mache mir meinen dritten Kaffee für heute. Wenigstens ist es jetzt mal ein richtiger. Anschließend setze ich mich mit meiner Tasse in meine Box und beobachte, wie nach und nach meine Kollegen eintrudeln. Da ich heute der Erste im Raum war, beginnen einige von ihnen kurze Gespräche mit mir. Höflich antworte ich ihnen, doch innerlich werde ich zunehmend davon belastet. Wieder kommt in mir der Drang zur Flucht auf.

Ich kann das hier alles nicht mehr. Ich merke, wie ich stundenlang daraufhin nur vor meinem Monitor sitze. Nahezu regungslos starre ich in ihn hinein. Die Zeit fliegt nur so an mir vorbei. Kollegen bieten mir Gespräche an, Chatnachrichten ploppen auf und die noch immer nicht erledigten Aufgaben von heute schreien um Aufmerksamkeit. Doch ich ignoriere weiterhin alles in meiner Umgebung. Das Faszinierende dabei ist, dass ich plötzlich keinen Schwall von Müdigkeit mehr verspüre. Sie ist wie weggefegt. Eher fühle ich mich im Auge eines Sturms, der um mich herum wütet. Als wenn alles für mich gut ausgehen würde, solange ich mich keinen Zentimeter bewege. Es nicht riskiere, eine weitere Entscheidung zu treffen und so eventuell von ihm mitgerissen zu werden. Den inzwischen fünften Kaffee für heute trinke ich währenddessen mit einer an eine Ewigkeit grenzenden Langsamkeit.

Plötzlich kommt Clara an meinem Tisch vorbei. Für einen Augenblick schaffe ich es, mich aus meiner Starre zu befreien und fange ein Gespräch an:

„Hey Clara!“, rufe ich ihr zu. Clara kommt für einen Moment zum Stehen und dreht sich zu mir um.

„Hi Liam, du, ich bin gerade auf dem Weg zum Chef. Ist es dringend?“, erwiderte sie kurz angebunden.

„Ach nein. Ist nichts Besonderes. Ich wollte dich nur fragen, wie es bei deinem Date war. Wir hatten die letzten Tage nicht viel miteinander gesprochen. Wollen wir vielleicht heute Mittagessen gehen? Dann können wir uns mal wieder länger unterhalten“. Als diese Worte meinen Mund verlassen, verstehe ich mich selbst nicht mehr. Allein, dass ich mich an ihr Date erinnert habe, hat das Potenzial alles an meiner Person infrage zu stellen. Aber dass ich nun auch noch nach einem ausführlichen Gespräch darüber frage, setzt dem Ganzen die Krone auf. Ich stehe nur noch neben mir und versuche mich an allem festzuhalten, was ich nur erblicken kann.

„Ah ja, du, das war ganz ok. Heute kann ich leider nicht. Aber wir können ja schauen, ob wir nächste Woche mal wieder zusammen in die Kantine gehen können. Was meinst du?“, Clara ist zunehmend auf dem

Weg, sich von meinem Tisch zu entfernen. Ich scheine sie gerade tatsächlich von etwas Wichtigem abzuhalten.

„Ähm, na klar. Machen wir so. Dann sprechen wir einfach später. Bis dann!“, kommt es aus mir hinaus gestammelt. Clara bedankt sich daraufhin und macht sich sofort auf den Weg zum Glaskasten in der Mitte des Raumes. Noch immer geschockt von meinem Verhalten kommt mir plötzlich die Erkenntnis, die wie ein weiterer Blitz durch meinen Körper fährt. Clara geht zu unserem Chef! An dem Tag, an dem er doch die Liste für die Kandidaten der beiden Projektleiterstellen abschließen wollte. Hat er Clara etwa auch gefragt? Sagt sie ihm jetzt zu? Trete ich etwa gegen sie an? Clara ist im nahezu gleichen Alter wie ich. Das würde doch alles passen. Und was mache ich jetzt? Sage ich ihm zu? Das Gespräch ist ja schon gleich. Gleich muss ich selbst zu ihm! Das ist der letzte Tropfen. Ich fange an, wie verrückt zu zittern. Mein Sichtfeld verkleinert sich, ich spüre mein Herz rasen. Ich schaffe es gerade noch aufzustehen und auf die Toilette zu torkeln. Mit kaltem Schweiß auf der Stirn schließe ich mich in einer Kabine ein und lasse mich mit letzter Kraft auf die Toilette fallen. Ich atme dabei so schwer, dass ich mein Hemd aufknöpfen muss. Mein Schweiß tropft mir von meinem Gesicht runter. Ich bin vollends in der Panik gefangen. In meinem Kopf wirren meine Gedanken ziellos um sich her. Ich fühle mich, als würde ich nun endgültig von diesem Sturm mitgerissen werden. Ich habe meinen Halt verloren und bin meinem Schicksal komplett ausgeliefert. Ich brauche unbedingt einen Punkt, auf den ich mich konzentrieren kann. Etwas, das mir Kraft gibt. Ich denke instinktiv an Mads. Ich konzentriere mich auf seine Wärme und sein Lächeln. Dieser Schlafzimmerblick, der mich doch so sehr verzaubert hat. Es scheint zu funktionieren. Langsam beruhigt sich meine Atmung. Die Wolken brechen etwas auf. Noch einige Zeit verharre ich in dieser Situation, bis es mir etwas besser geht. Der Anfall scheint überwunden, als plötzlich die Eingangstür zum Raum aufgeht. Ich höre jemanden rufen. Es ist Tim:

„Liam? Alles ok bei dir?“, ruft mir Tim mit einem spürbar

umsorgten Ton in seiner Stimme zu.

„Äh, ja, alles ok. Wieso?“, kommt es aus mir heraus. Etwas in mir hat den Drang, so zu tun, als wäre alles in Ordnung. Ich möchte mich in meiner Hilflosigkeit nicht offenbaren.

„Wirklich? Du bist gerade so komisch aus dem Büro herausgestürmt. Du sahst aus, als hättest du einen Geist gesehen“. Tim lässt sich von meiner Lüge offensichtlich noch nicht überzeugen. Ich fahre fort:

„Ja, es ist wirklich alles ok. Ich glaube, ich habe gestern Abend etwas Falsches gegessen. Das war wohl nicht mehr so gut“. Ich erinnere mich an diese Lüge. Die habe ich schon einmal mit einem guten Ausgang verwendet. Ich hoffe inbrünstig, dass es auch dieses Mal funktioniert.

„Ok, du meldest dich aber, wenn du etwas brauchst, ja?“.

„Ja Tim. Mache ich. Danke dir!“. Ich höre, wie Tim nun endlich die Toilette verlässt. Ich entspanne mich daraufhin wieder etwas. So belastend dieses Gespräch eben auch für mich war, es hat dafür gesorgt, dass ich mich immer mehr fange. Das Adrenalin hat wohl geholfen. Schließlich fühle ich mich wieder fit genug, um aufzustehen und die Kabine zu verlassen. Vor dem Spiegel erblicke ich meinen aktuellen Zustand und bereinige die Spuren meiner Schwäche. Ich ziehe mich wieder ordentlich an, wische mir den letzten Schweiß von meinem Gesicht und richte mir meine Haare. Zum Glück habe ich heute ein Sakko dabei, so kann ich die untertassengroßen Schweißflecken unter meinen Armen gut verstecken. Noch einen weiteren Moment verbleibe ich in der Toilette. Ich möchte komplett sicher gehen, dass ich mich auch wirklich stabilisiert habe. Dann mache ich mich auf den Weg zurück ins Büro. An der Tür ankommend, halte ich einen Augenblick inne. Ich habe Angst, dass mich nun jeder anschauen wird und sich dabei fragt ‚was war denn da vorher bei dem los?‘. Vorsichtig öffne ich die Eingangstür und gehe hindurch. Niemand beachtet mich. Jeder geht weiter eifrig seinen Tätigkeiten nach. Ich habe mir umsonst solche Gedanken gemacht. Nur Tim schaut mich umsorgt an, als ich an seinem Tisch vorbeigehe. Ich habe ihn wohl doch nicht vollumfänglich überzeugt.

Zurück in meiner Box stelle ich die noch halb volle Kaffeetasse erst einmal bei Seite. Ich glaube, was ich jetzt am wenigsten brauche, ist noch mehr Koffein. Mich langsam setzend, ist mein Blick nur auf einen Punkt fokussiert – den Glaskasten in der Mitte des Büros. Jetzt rächt sich die eigenbrötlerische Entscheidung meines Chefs, die Wände zu bekleben. Nun steigt auch in mir die Wut meiner Kollegen auf, dass die so vollmundig versprochene Transparenz nicht gelebt wird. Mit einer solchen Negativität beladen greife ich zu meinem Telefon und beginne Rasmus zu schreiben. Ich brauche jetzt Positivität und seine Ruhe für mich. Ich beginne Rasmus von meinem Tag zu berichten, von der Nacht, den vielen Veränderungen, die ich gemerkt habe, und von den kürzlichen Erlebnissen. Von der Angst und den Sorgen, die ich vor dieser Entscheidung habe. Von den Stimmen, die mir sagen, dass ich noch nicht bereit dafür bin'. Während ich meine letzten Nachrichten sende, höre ich erneut die keifende Stimme von Sharon an meiner Box. Das hat mir jetzt gerade noch gefehlt. Sie lehnt sich in ihrer aufdringlichen Art wieder über die Stellwand als sie bei mir ankommt und ein Gespräch beginnt:

„Hi Liam, na, schön am Telefon während der Arbeitszeit?". Sharon hat wieder diesen Ausdruck im Gesicht. Heute ist es so weit, heute bekommt sie den Tacker ins Gesicht.

„Sharon, ich kann jetzt nicht. Würdest du mich bitte für den Moment allein lassen?". Fast noch etwas zittrig in der Stimme mache ich meinen Punkt deutlich. Dann passiert etwas, das ich vorher noch nie bei ihr gesehen habe. Ihr Ausdruck in ihrem Gesicht verändert sich. Sie sieht fast schon etwas besorgt aus als sie fortfährt:

„Liam, ist alles ok bei dir? Brauchst du etwas?". Dieses Verhalten kenne ich von ihr nicht. Wieder etwas, was mich komplett durcheinanderbringt. Ich kann das jetzt nicht. Sie muss weg.

„Ich brauche einfach Ruhe gerade, können wir das später machen?"

„Ja natürlich. Melde dich bitte, wenn du etwas brauchst, ok?".

Sharon zieht von Dannen, dreht sich allerdings noch einmal zu mir um, während sie in ihrer Box verschwindet. Klasse, jetzt habe ich zwei Personen im Büro, die sich um mich sorgen. Ich hoffe nur, dass sie mich für den Rest des Tages erst einmal in Ruhe lassen. Nach einem Moment des Sammelns schaue ich auf mein Telefon, in der Hoffnung, dass Rasmus geantwortet hat. Zu meiner Freude sehe ich seine Nachrichten im Sperrbildschirm. Ich öffne sie sofort. Mit dem gewohnten Verständnis, das mir Rasmus immer wieder gegenüber bringt, beginnt er damit, mich langsam zu beruhigen. Er gibt mir gute Ratschläge und bietet mir einen Ausweg an:

<Liam, wenn es sich alles für dich noch nicht richtig anfühlt, kann das doch auch noch warten. Es wird noch weitere Chancen geben. Wichtig ist, dass es dir gut geht'. Das reicht mir. Ich bedanke mich bei Rasmus und treffe die Entscheidung, meinem Chef gleich genau das zu sagen. Mich auf die höflichste Art und Weise bei ihm zu bedanken und ihm mitzuteilen, dass ich für den Augenblick noch nicht bereit dazu bin, diesen entscheidenden Schritt zu gehen. Vor allem möchte ich dem Kampf mit Clara aus dem Weg gehen. Dafür wird, nein, muss er Verständnis haben. Da muss auch er sich daran gewöhnen. Kurz darauf sehe ich, wie Clara das Büro unseres Chefs verlässt. Ich versuche dabei ihr Gesicht zu lesen und das Thema oder den Ausgang des Gesprächs auf irgendeine Art und Weise zu ermitteln. Doch ich kann nichts erkennen. Ich sehe nur, wie mein Chef an der Tür steht. Er erblickt mich und winkt mich zu ihm rein. Ich stehe auf und begebe mich, meinen Entschluss gefasst, das erste Mal für heute, mit einem guten Gefühl auf meinen Weg.

Im Büro meines Chefs angekommen, sitzen wir uns erneut schräg an seinem Tisch gegenüber. Doch heute ist etwas anders. Mein Chef hat so ein merkwürdiges Lächeln auf seinem Gesicht, als er unser Gespräch beginnt:

„So, Liam, eine Woche ist nun vergangen. Ich bin sehr gespannt auf deine Entscheidung. Wie sieht es aus? Wofür hast du dich entschieden?“ Er kommt direkt zum Punkt. Ich bin geschockt. Das ist nicht die gewohnte Art, wie diese Gespräche beginnen. Dieses Mal kein Lehrbuch. Das passt für mich alles nicht mehr zusammen. Plötzlich spüre ich, wie mein kompletter Plan in Vergessenheit gerät. In mir steigt die Anspannung von vorhin wieder auf. Kurz bevor ich mich in ihr erneut verliere, höre ich eine mir bekannte Stimme. Eine Stimme, die es schafft, mich von einer Sekunde auf die andere komplett zu beruhigen. Eine Stimme, die mir eine solche Wärme in meiner Brust verleiht. Eine Stimme aus meiner Vergangenheit:

„Liam, weißt du. Das ganze Leben ist doch im Grunde nur ein einziges Spiel. Was nützt es denn, sich so viele Gedanken darüber zu machen. Wenn du nicht weißt, was du machen sollst, wirf doch einfach eine Münze. Das Ganze wird schon schiefgehen".

Wie in Trance sehe ich meinen Chef daraufhin an, der auf meine Antwort wartet und bei dem sein Lächeln vor Ungeduld langsam schwindet. Ich hole tief Luft. Dann platzt es aus mir schließlich heraus:

„Ja. Ja, ich möchte es unbedingt machen."

Den Rest des Gesprächs nehme ich nicht mehr im Detail wahr. Wir besprechen die nächsten Schritte, dass ich nun in die Liste mit aufgenommen werde und wann ich denn mit einer endgültigen Rückmeldung rechnen könnte. Nur Bruchstücke davon bleiben bei mir hängen. Ich bin viel zu sehr damit beschäftigt, all das, was an diesem Tag passiert ist, verstehen zu wollen. Ich finde mich in diesem Sturm aus reinem Chaos wieder und versuche mich an allem festzuhalten, was ich erblicken kann, an allem, was mir auch nur einen Ansatz eines Halts geben kann. Der mir einen Augenblick der Ruhe verschafft. Der es mir ermöglicht, durchzuatmen und zu verstehen, wie es zu all dem kommen konnte. Ich konzentriere mich auf die schlechtsitzende Krawatte meines Chefs. In diesem ausweglosen Moment bietet selbst das mir etwas Beruhigung. ‚Ich kann jetzt eh nichts mehr daran ändern', denke ich nur.

Die Würfel sind gefallen. Zurück an meinem Platz bekomme ich aus heiterem Himmel unfassbare Schuldgefühle. Sie werden schlagartig immer lauter, bis sie mir fast schon direkt in mein Ohr brüllen. Auf einmal habe ich das an mir nagende Gefühl, Rasmus restlos enttäuscht zu haben. Er hatte sich solch eine Mühe gegeben, mich zu beruhigen und mir einen Ausweg aufzuzeigen. Mir zu verstehen gegeben, dass es absolut in Ordnung sei, für mich zu diesem Zeitpunkt eine Grenze zu ziehen. Ich hatte dies doch sogar angenommen, den Entschluss gefasst und diesen für mich als richtig empfunden. Nur um in der alles entscheidenden Situation einzuknicken? Etwas in mir hat das Bedürfnis, ihn sofort anzurufen und ihm von meiner Schwäche zu berichten. Ihm meine Entscheidung zu beichten und die Beweggründe zu erläutern. Doch ich mache es nicht. Lieber lasse ich diese Stimmen in mir lauter werden und weiter an mir nagen. Ich habe den Eindruck, dass ich es verdient habe. Es verdient habe, mich schlecht zu fühlen. Eine selbst auferlegte Bestrafung für meine Schwäche.

Auf meinem Heimweg sind meine Gedanken komplett leer. Wieder sehe ich in der Bahn meine Reflexion in der Scheibe. Diese Person schaut mich wieder so fragend an. Doch dieses Mal kann ich etwas Hoffnung in ihren Augen erkennen. Noch immer verstehe ich nicht, was hier heute alles passiert ist. Am liebsten würde ich ihr diese Antworten geben. Doch ich kann es nicht. Nur diese schreiende Stimme kann ich vernehmen. Diese Stimme der Schuld werde ich wohl noch einige Zeit hören. Da bin ich mir sicher. Um mich abzulenken, entscheide ich mich während der Bahnfahrt, wieder einkaufen zu gehen. Etwas muss ich unternehmen. Ich kann jetzt nicht schon nach Hause fahren und in dieses Loch fallen. Rasmus anzurufen ist für mich noch immer keine Option. Ich traue mich nicht, mit ihm zu sprechen. Im Supermarkt angekommen, fahre ich wieder meine Routine ab. Es ist das erste Mal an diesem Tag, dass ich von meiner dauerhaften Anspannung etwas herunterkommen kann. Zielsicher greife ich nach meiner gewohnten Tiefkühlpizza und stelle mich in der mal wieder komplett zu vermeidenden Schlange an. Doch dieses

Mal vermittelt sie mir ein Gefühl der Sicherheit. ‚Wenigstens das bleibt heute gleich' denke ich mir. Ich hätte nie gedacht, dass ich mich darüber mal so sehr freuen könnte. Nachdem ich bezahlt und meinen Einkauf eingepackt hatte, mache ich mich weiter in Richtung Wohnung. Für einen kurzen Moment kann ich etwas durchatmen, als ich an den kleinen Parks vorbeigehe. Dieses Mal entscheide ich mich sogar dafür, durch einen von ihnen hindurchzugehen.

Als ich durch den Park gehe, werde ich instinktiv langsamer. Normalerweise habe ich mir einen schnellen Gang angewöhnt. Das ist in der Regel auch kein Thema, alle meine Freunde gehen so. Nur scheint mich diese Umgebung hier gerade zu entspannen. Diese Atmosphäre möchte ich intensiv erleben. Es ist zwar schon dunkel, doch hüllen die Laternen den Park in ein wunderschönes Licht. Die vom Herbst gelb gewordenen Blätter an den Bäumen strahlen mir entgegen. Die von den Anderen eingelaufene Schneise im Laub scheint mir meinen Weg vorzugeben. Ein fast schon friedlicher Anblick. Dabei wird diese Stimme in meinem Ohr tatsächlich etwas leiser. Sie ist zwar noch da, allerdings ist sie für diesen Moment nicht mehr so nagend wie zuvor. Ich frage mich, warum ich das nicht schon früher gemacht habe. Einfach nach der Arbeit durch den Park zu laufen. Ich komme schließlich an ein paar von ihnen vorbei. Ich entscheide mich im Anschluss auch durch den zweiten Park auf meinem Weg zu gehen. Dadurch verlängert sich der Weg zwar etwas, aber das ist mir gerade egal. Ich sehne mich nach dieser Ruhe, die diese Umgebung für mich gerade ausstrahlt. Normalerweise hole ich mir diese Ruhe bei Rasmus ab. Doch kann ich ihn gerade nicht anrufen. Das wäre aktuell einfach das Schlimmste für mich.

Nach einer Zeit gehen mir auf meinem Heimweg die Parks aus und so komme ich schließlich bei mir zu Hause an. Ich wollte jetzt nicht einen noch größeren Umweg gehen. Schließlich habe ich ja meinen Einkauf dabei und meine Müdigkeit lässt sich auch nicht mehr länger unterdrücken. Am Haus ankommend sehe ich, wie das Licht im Treppenhaus kaputt zu sein scheint. Natürlich, das hat jetzt auch noch gerade gefehlt. ‚Am Ende werde ich hier heute auch noch die Treppe herunterstürzen‘ denke ich mir. Das würde mich heute auch nicht mehr wundern. Als ich das Treppenhaus daraufhin betrete, kommt in mir ein Gedanke hoch, den ich vor einer Woche schon einmal hatte. ‚Jetzt kommst du von einer Leere in die nächste‘. ‚So ein Quatsch‘ sage ich mir und tue diesen Gedanken erneut für mich ab:

„Man Liam. Es ist jetzt auch mal gut. Komm runter. Schluss jetzt!“, sage ich mir dabei laut. Im nächsten Augenblick schrecke ich hoch. Ich hoffe dabei, dass mich niemand hier im Treppenhaus gehört hat. Nach ein paar Sekunden merke ich, dass keiner mit mir hier ist. Ich atme wieder tief durch. Ja Liam. Es reicht jetzt wirklich. Entspanne dich einfach. Vorsichtig gehe ich die Treppe weiter hinauf, bis ich an meiner Wohnungstür ankomme. Schnell mache ich sie auf und schwinge mich durch sie hindurch. Lasse sie in mein Schloss fallen und mache als Erstes das Licht in meiner Wohnung an. Kaum in meiner Wohnung stehend, habe ich das Gefühl, gleich vor Müdigkeit umzukippen. Ich könnte auf der Stelle im Stehen einschlafen. So fertig bin ich von diesem Tag und all seiner Wirrungen. Doch entscheide ich mich erst die Pizza zu essen, denn ich habe heute nichts zu mir genommen außer die unzähligen Tassen Kaffee und das ist auch für mich zu wenig. Gerade als ich in der Küche stehe und die Pizza in meinen Ofen geschoben hatte, klingelt mein Telefon. Erst ignorierend, greife ich dennoch zögerlich zu. Es ist Rasmus. Mich durchfährt ein kalter Schock. Ich merke, wie das Adrenalin meinen Körper durchströmt. Ich bin schlagartig wach. Noch immer nicht wissend, was ich machen soll, übernimmt einmal mehr mein Unterbewusstsein und drückt wieder auf den grünen Kreis.

„Hey, Rasmus!“, die Flucht nach vorne. Ich muss mich dieser Situation jetzt stellen.

„Hi, Liam, na wie geht es dir. Erzähl, wofür hast du dich denn nun entschieden?“. Rasmus kommt direkt zum Punkt. Es scheint ihn wohl auch beschäftigt zu haben. Ob er schon etwas vermutet? Mir fällt keine ausgewogene Antwort ein, also kommt es einfach so aus mir heraus.

„Ich habe zugesagt. Ich war mir bis zum Ende nicht sicher. Also habe ich es einfach aus dem Bauch heraus entschieden. Bist du mir böse?“. Nachdem ich den Satz beendet habe, kann ich vor Anspannung kaum atmen. Jetzt hängt alles von ihm ab.

„Hey, ist doch auch eine echt wichtige Entscheidung für dich. Da ist es doch klar, dass man da ein wenig mit sich hadert und verschiedene Meinungen und Optionen abwägt. Hauptsache du achtest dabei auf dich und wie es dir geht. Zurück kannst du doch immer. Ich bin da jetzt doch nicht sauer“. Wieder ist Rasmus so unfassbar verständnisvoll und einfühlsam. Es beruhigt mich so sehr, dass ich das Bedürfnis habe, mich weiter zu erklären:

„Danke dir. Da bin ich beruhigt. Ich hatte ein wenig die Angst, du wärst von meinem Hin und Her genervt oder enttäuscht“, antworte ich zaghaft.

„Ach Quatsch, Liam. Wie gesagt, ich glaube, da müssen wir alle eines Tages durch. Da wird es mir sicherlich nicht anders gehen. Was war denn der ausschlaggebende Punkt für dich, warum du zugesagt hast?“

„Ich habe mich an das erinnert, was Mads immer gesagt hat. Weißt du noch – dass wir, wenn wir uns nicht sicher sind, einfach eine Münze werfen sollten. Dass am Ende doch irgendwie alles gut geht. Na und, dann habe ich einfach durchgeatmet und das erste gesagt, was mir in den Sinn kam“, antwortete ich nahezu euphorisch. Doch nachdem ich dies gesagt hatte, drehte sich plötzlich merklich die Stimmung. Gefühlt nach einer Ewigkeit der Stille fuhr Rasmus dann endlich fort:

„Und du denkst, das ist der richtige Ansatz? Denkst du wirklich, dass dies die Grundlage für deine Entscheidungen sein sollte?“, sagte Rasmus mit solch einer Kälte, dass es wie ein Schauer durch meinen Körper fuhr.

„Wie meinst du das?“, fragte ich zaghaft.

„Liam, du weißt, wozu diese Art zu Leben geführt hat. Welchen Preis er dafür zahlen musste. Ich kann nicht verstehen, warum das keine Abschreckung für dich ist. Ich mache mir wirklich Sorgen, Liam. Warst du vorher wieder bei ihm?", Rasmus ist nun merklich angespannt. Diese Stimmung erlebe ich selten an ihm. Ich habe Angst.

„Nein, das denke ich natürlich nicht. Ich wusste doch nur nicht, was ich machen soll. Ich wollte dich nicht verärgern, Rasmus". Mir steigen die ersten Tränen in meine Augen. Nun ist das passiert, wovor ich doch solche Sorgen hatte. Ich habe Rasmus verärgert. Er fährt fort:

„Das ist doch jetzt vollkommen egal. Lass bitte einfach diesen Scheiß mit dieser Art. Ich möchte nicht, dass dir das Gleiche passiert wie ihm"

„Versprochen", antwortete ich mit voller Überzeugung. Wieder diese Stille. Wir befinden uns nun in einer dieser Situationen, die mit einer solcher Anspannung und Wut geladen ist, dass man aus ihr nicht mehr so einfach wieder herauskommt. Hier hilft nur, sich aus dieser zu verabschieden und erst einmal Abstand zu gewinnen. Danach kann man dann einen Neustart versuchen. Das ist unerträglich. Ist diese Periode dazwischen genau die Zeit, die einen doch am meisten belastet. Wieder ist es Rasmus, der die Stille unterbricht:

„Warst du wieder bei ihm?". Er ist noch immer ziemlich angespannt.

„Nein. Diese Woche nicht", erwiderte ich wahrheitsgemäß.

„Gut". Kurz und knapp. Doch lässt sich in dieser Aussage von Rasmus doch alles ablesen. Ich weiß, was er damit meint. Er fährt fort:

„Du, ich glaube, wir lassen das für heute am besten sein. Also nochmal: Glückwunsch zu deiner Entscheidung und dieser Chance. Ich glaube, dass könnte etwas für dich werden. Jetzt lässt du bitte diesen ganzen Scheiß von eben hinter dir, ja? Ich bin nicht sauer auf dich, ok? Mach dir jetzt bitte keinen Kopf", fast schon energisch versucht Rasmus mir diesen Punkt in mein Bewusstsein einzubringen.

„Ok. Nein, mache ich nicht. Versprochen". Ich versuche, ihn zu beruhigen. Dabei weiß er genau, dass ich mir jetzt noch stundenlang darüber den Kopf zerbrechen werde. Wir verabschieden uns und legen auf. Ich bin daraufhin kurz davor, komplett zusammenzubrechen und in Tränen aufzugehen. Dieses Gespräch war für mich das Schlimmste seit längerer Zeit. Ich hatte es doch bereits alles in trockenen Tüchern. Wieso musste ich diesen einen Satz zu viel sagen und genau das erreichen, was ich eigentlich vermeiden wollte. Pünktlich zu diesem Urteil melden sich meine Schuldgefühle zurück. Jetzt noch stärker als zuvor. Doch kurz bevor ich mich ihnen komplett hingebe, rieche ich etwas. ‚Scheiße, meine Pizza' denke ich dabei. Ich schrecke auf und drehe mich zum Ofen um. Ich mache ihn auf und hole sie heraus. Sie ist komplett verbrannt. Das Gespräch hat mich aus der Zeit gerissen. Nun kann ich meine Tränen nicht mehr halten. Auf der Stelle verharrend, lasse ich schließlich los und gehe völlig in ihnen auf.

Nachdem ich mich wieder etwas gefangen hatte, habe ich mir noch aus den Resten in meinen Schränken ein Essen gemacht. Nichts besonders, nur ein paar Nudeln mit Soße, die ich dann wieder vor meinem Computer gegessen habe. Nachdem ich geweint hatte, habe ich mich leichter gefühlt. Im Verlauf des Abends habe ich nicht mehr an viele Dinge gedacht. Rasmus hatte mir dann noch eine Nachricht geschrieben. Trotz allem wünschte er mir eine gute Nacht und hat angeboten, jederzeit vorbeizukommen, falls ich es nicht allein schaffen sollte. Was auch immer er damit meint. Ich habe aber auf diese Nachricht nur mit einem kurzen ‚Danke' reagiert. Das wäre jetzt sonst alles zu viel für mich. Zum Glück ist es Freitagabend. Meine Müdigkeit ist durch das Gespräch mit Rasmus wie verflogen. Wenn ich morgen auch noch zur Arbeit müsste, wäre das vollends die Katastrophe. Stundenlang sitze ich schon am Computer und versuche, die Zeit totzuschlagen. Über 38 Stunden bin ich inzwischen schon wach, als es bereits weit über 00:00 Uhr hinaus ist. Es bringt nichts, mich jetzt ins Bett zu legen und den Schlaf zu erzwingen. Ich werde hier einfach so lange sitzen bleiben, bis ich nicht mehr kann. Zumindest etwas Positives hat das alles. Ich habe endlich für einen Moment meine Ruhe.

Für einige Zeit kann ich diese Ruhe tatsächlich genießen, doch dann klingelt auf einmal mein Telefon. Um diese Zeit bedeuten Anrufe nie etwas Gutes. Vorsichtig schaue ich auf das Display. Es ist Mikkel, der

Bruder von Mads. Voller Schreck nehme ich den Anruf sofort an.

„Liam, du solltest ins Krankenhaus kommen. Es geht um Mads. Wir denken, du möchtest dabei sein.“ Ich sage sofort zu und springe in mein Badezimmer. In einer mir unbekannten Eile verlasse ich daraufhin fluchtartig das Haus. Das Versprechen an Rasmus breche ich willig. Für mich zählt nur noch der Weg in das Krankenhaus. Nur noch Mads. Alle anderen Gedanken, alle anderen Empfindungen sind ab jetzt nur noch nachrangig. Er braucht mich jetzt.

Unterkapitel
Folter

Mit jeder Sekunde beginnt mein Wille weiter zu zerbrechen. Er schreit danach, sich meinem Peiniger komplett zu ergeben. Am Ende zu allem bereit, alles zu tun und alles zu sagen. Nur damit es endlich aufhört. Die Beweggründe meines Peinigers bleiben dabei meist im Schatten. Sämtlicher Menschlichkeit entledigt, ist ihm jedes Mittel recht. Am Ende zählt für ihn nur das Ziel. Für mich nur noch die Erlösung.

2013

Nervös schaue ich auf meine Uhr. 19:25 Uhr. Ich ärgere mich daraufhin in Gedanken: ‚Er verspätet sich nun schon seit 25 Minuten'. Jedes Mal, wenn ich mich mit Mads verabrede, kommt er zu spät. Auf ihn ist echt kein Verlass, was so etwas betrifft. Aber was rege ich mich denn groß auf. Ich kann ihm eh nicht lange böse sein. Denn sobald ich ihn und sein Lächeln sehe, ist jedes Mal sämtlicher Ärger in mir verflogen. Dann zählt für mich nur noch der Moment. Trotzdem wäre es schön, wenn er sich langsam mal etwas beeilen würde. Ich habe uns nämlich einen Tisch für zwei in dem neuen koreanischen Restaurant bestellt. Er hatte davon nach dessen Öffnung so sehr geschwärmt, aber noch nicht geschafft, es zu besuchen. Diese besondere Freude möchte ich ihm heute machen. Ich freue mich schon so sehr auf seine funkelnden Augen, wenn wir dort sind. Dabei mag ich asiatisches Essen nicht einmal so unbedingt. Nicht, weil es mir nicht schmecken würde. Das ist nicht das Thema. Ich würde es liebend gern öfter essen. Nur kommt mein Körper damit nicht zurecht. Ein längerer Besuch auf der Toilette ist mir danach schon vorbestimmt. So wird es sicherlich auch heute wieder laufen. Aber natürlich nehme ich es gern für ihn in Kauf. Für Mads würde ich wirklich einige Grenzen überschreiten. Wenn es heute überhaupt noch dazu kommt. Wieder schaue ich auf meine Uhr. Fast 30 Minuten sind es jetzt bereits. Langsam wird es kritisch, wir könnten den Tisch verlieren. Die nächsten Minuten verbringe ich weiter voll der Sorge, als ich Mads endlich aus der Ferne sehe. Noch bevor sich allerdings die Freude über sein Eintreffen in mir komplett entfalten kann, verpufft sie auch wieder mit einem großen Knall. Er ist nämlich nicht allein. Aus der Ferne kann ich einen großen und dünnen Typen mit braunen mittellangen Haaren erkennen. Ich würde ihn so etwa um die 20 schätzen. Wer ist das, der ihn da begleitet? Woher kennen die beiden sich? Wird er mit uns etwa den Abend verbringen? Das war so alles nicht geplant! Meine Gedanken beginnen wieder impulsiv zu kreisen. Nervosität breitet sich in mir aus. Als die beiden langsam immer näherkommen, versuche ich mich zusammenzureißen und die in mir aufkommenden Gefühle zu unterdrücken. Ich zwinge mir dabei wieder dieses Lächeln auf, dass ich inzwischen auch im Büro immer wieder verwende – diese absolut künstliche Maske, damit niemand merkt, wie es tief in mir aussieht.

„Hey, Liam! Du, sorry für die Verspätung, aber ich dachte, es wäre doch superlustig, wenn heute noch jemand dazukommen würde. Das macht doch den Abend etwas lockerer, findest du nicht? Ich musste Nick nur erst noch vom Bahnhof abholen. Deshalb sind wir etwas später dran. Das war alles so spontan, dass ich dir nicht früher Bescheid geben konnte. Entschuldige bitte dafür. Nick, das ist Liam!“, sagte Mads als er mich zur Begrüßung umarmte. Wie in Stein gemeißelt hatte er soeben einfach mal so mit seinem Monolog den Abend komplett über den Haufen geworfen. Mir wird dabei von ihm das Recht genommen, eine andere Meinung zu vertreten oder auf seinen Vorschlag mit Ablehnung zu reagieren. Ich bin auf der Stelle in den üblichen sozialen Normen gefangen. Absolut überfahren von der Situation begrüße ich seinen Gast höflich, komme aber zugleich ziemlich schnell zum Punkt:

„Ah, ja, das ist doch nett. Du, wir müssen aber mal schauen, wie wir das gleich mit dem Restaurant machen. Ich hatte uns da ja nur einen Tisch für zwei bestellt. Vielleicht können wir da noch irgendwas hinbiegen.“ Als ich den Satz beendet hatte, wollte ich mit den beiden sofort Richtung Restaurant gehen. Doch dann hatte Mads wieder einen neuen

Vorschlag. Den er mir mit seinem Lächeln unterbreitete:

„Ach, das wird doch bestimmt nichts. Mach dir da keinen Kopf. Da kommen wir schon auch irgendwann mal hin. Das läuft uns nicht weg. Du, wie wäre es, wenn wir einfach zusammen in die Bar gehen. Dort können wir auch etwas Kleines snacken. Ist doch ganz entspannt, oder? Nick, was sagst du?“.

„Ja, klingt doch toll“, antwortete Nick daraufhin. Ich kann es nicht fassen. Wie gelähmt beobachte ich die Situation. Wieso wirft er plötzlich alles über den Haufen und kann dann auch noch nicht mal meine Antwort auf seine Frage abwarten? Wieso zieht er auch noch die Meinung von Nick meiner vor? Wieso überträgt er die Entscheidungsgewalt über unseren Abend auf ihn? Ich würde am liebsten laut aufbrüllen und Mads fragen, was das soll. Doch ich bin nicht imstande meinen Mund zu öffnen. Ich kann Mads keinen Wunsch ausschlagen. Das konnte ich noch nie. Zu sehr habe ich vor einer negativen Reaktion von ihm Angst. Ich möchte nicht, dass er sich von mir auch nur einen Schritt entfernen könnte. Er hat meine Zügel komplett in seiner Hand. Er kann bestimmen, was ich wann und wie mache. Manchmal habe ich sogar den Eindruck, dass er sich dem durchaus bewusst ist. Das ist etwas, was Rasmus zunehmend stört. Denn er hatte mich diesbezüglich letztens einmal angesprochen. Doch da hatte ich seine Bedenken einfach abgetan. Könnte er tatsächlich recht gehabt haben? Im nächsten Moment bremse ich meine Schlussfassungen ein. Diese Überlegungen helfen mir in der aktuellen Situation nicht weiter. Also nicke ich nur stumm zu und verharre dabei weiter in diesem furchtbaren Lächeln.

„Na super, dann lasst uns losgehen!“, mit diesem Appell leitet Mads sogleich den gemeinsamen Weg zur Bar ein. Während wir durch die Straßen wandern, storniere ich nebenbei online den Tisch im Restaurant. ‚Zum Glück geht das‘, denke ich mir dabei. Ich hasse es, wenn ich Anrufe tätigen muss, weil es keine Online-Reservierungen gibt. In solchen Situationen bitte ich tatsächlich öfter Rasmus um den Gefallen, dass er das übernimmt. Ich kann mir das nicht erklären. Das ist aber etwas, was ich auch bei anderen beobachte. Sam geht das auch so. Er bittet sogar noch seine Eltern, dass sie für ihn beim Arzt anrufen, wenn er etwas braucht. Das ist übrigens ein gutes Stichwort. Denn durch diese unvorhersehbare Aktion von Mads bleibt mir heute wenigstens das ausgiebige Treffen mit meiner Toilette nach dem Essen erspart. Doch dies kann nicht über meine Grundstimmung hinwegtrösten. In mir breitet sich eine so unfassbare Enttäuschung aus, wie ich sie selten zuvor in meinem Leben gespürt habe. Ich fühle mich nur noch gefrustet. Dieser Abend ist für mich jetzt schon gelaufen. Er wird ab jetzt nur noch ertragen. Ich weiß noch immer nicht, wer dieser Dritte nun eigentlich ist. Ich kenne nur seinen Namen und dass Mads das hier alles für eine ‚superlustige' Idee hält. Mads hatte es nicht für nötig gehalten, mir zu sagen, in welchem Verhältnis die beiden zueinanderstehen. Das macht mich wütend. Wenigstens diese Güte könnte er mir erweisen. Doch kann ich mir so langsam einen Reim daraus machen. Ich sehe nämlich, wie sie sich einander anschauen. Es ist die Art und Weise, mit der ich Mads ansehe. Es zerreißt mich innerlich.

Während wir weitergehen, drehen sich meine Gedanken weiter. Für einen Moment bin ich in der Lage, rational zu denken. Vielleicht tue ich Mads einfach auch nur unrecht. Ich habe Mads nämlich auch noch nie direkt von meinen Gefühlen im gegenüber berichtet. In den Jahren, in denen ich ihn nun schon kenne, habe ich sie stets versucht zu verstecken. Nur Rasmus kennt meine Gedanken und meine heimliche Liebe zu ihm. Er hatte mir in der Vergangenheit oft Mut zugesprochen und mich mehrfach darauf hingewiesen, dass Mads ‚das vielleicht auch einfach nur nicht merkt'. Ich also endlich mal ‚den Hintern hochbekommen sollte', wie er es immer so schön ausdrückt. Inzwischen ist er da weitaus kritischer geworden. Ich denke, er möchte mich dabei nur vor weiteren Enttäuschungen beschützen. Nun, dafür ist es ja vielleicht jetzt zu spät. Die beiden machen einen so vertrauten Eindruck miteinander, dass sich das Thema offensichtlich eh erledigt hat. Es jetzt auch noch zu sagen und meine Gefühle zu beichten, wäre an Theatralik nicht zu überbieten. Ich möchte ihm den Abend jetzt nicht mit meinen Problemen kaputt machen. Also werde ich das wohl alles wieder einfach herunterschlucken und anschließend weitermachen.

So wie es meine Mutter immer zu mir meinte, wenn ich mich über etwas besonders geärgert habe oder einen dummen Fehler begann. Das ist halt ihre Lösung auf sämtliche Probleme. Frei nach dem Motto: ‚die Krone richten und weiter geht's'. Ja, das mag für sie funktionieren. Sie und ihre Mitmenschen wurden schließlich auch so erzogen. Da hat man eben alles still ertragen und ist nicht aus der Reihe getanzt. Probleme wurden selten angesprochen. Waren es in der Regel doch entweder individuelle Themen oder Dinge, mit denen alle auf irgendeine Art und Weise klarkommen mussten. Da war kein Platz für Beschwerden. Doch ich komme damit nicht klar. Ich kann nicht einfach alles so hinnehmen und so tun, als wäre nichts geschehen. Ich möchte über meine Gefühle sprechen und meine Gedanken klar äußern. Deshalb hatten wir auch immer so viel Theater miteinander. Sie hat mich nicht verstanden und meinte oft, ‚ich würde das alles etwas zu eng sehen'. Das hat mich wahnsinnig gemacht. Nun erwische ich mich aber in dieser Situation jetzt selbst dabei, eben genau das zu tun und nach ihren Grundsätzen zu handeln. So wie es mir von ihr jahrelang versucht wurde beizubringen. Ich ertrage die Situation still und artig. Halte weiter an meiner Maske fest und vermittle meiner Umgebung das Bild, das für sie am angenehmsten ist. Ich gebe mein Bestes, alles dafür zu tun, meine Gefühle und Gedanken nicht zu offenbaren. Den Schmerz vergrabe ich dabei tief in meinem Unterbewusstsein und gieße eine dicke Betondecke darauf, sodass er auf ewig unter ihr begraben bleiben möge. Sollten daraus noch neue Probleme entstehen, wird einfach die nächste Schicht draufgelegt. Solange, bis auch diese Stimmen wieder verstummen. Das ist die Lösung der Generation meiner Eltern. Ich werde sie für diese Situation anwenden.

In der Bar angekommen, setzen wir uns ausgerechnet auf unseren traditionellen Platz auf der Bank in der hinteren Ecke. Der Platz unserer Freunde. Hier habe ich Mads das erste Mal kennengelernt. Dieser Ort bedeutet so viel für mich und jetzt bringt er seinen neuen Typen hier einfach mit hin? Das lässt in mir eine solche Wut aufkommen, dass ich fast platze. Meine Wut kanalisiert sich allerdings nicht auf Mads, nein es ist sein Typ, den ich nahezu ins Gesicht springen möchte. Es entwickelt sich so weit, dass ich einen regelrechten Hass auf ihn verspüre. Was fällt ihm ein, unseren gemeinsamen Abend zu stören. Mads die ganze Zeit so verträumt anzuschauen und noch nicht mal einen Satz mit mir zu wechseln. Im Laufe des Abends fühlte ich mich immer mehr wie das Fünfte Rad am Wagen. Als wäre ich nur zu Gast an ihrem Abend und meine einzige Aufgabe ist es, sie bei ihrem wunderschönen gemeinsamen Abend zu beobachten. Ich kann es nicht fassen, wie sich der Abend entwickelt. Wie kann er mir das nur so antun? Ich habe mich doch so sehr auf ihn gefreut. Sogar extra in seinem Lieblingsrestaurant einen Tisch für ihn bestellt und Stunden der Qual auf der Toilette in Kauf genommen. Alles, nur um ihn glücklich zu machen. Auf einmal spüre ich, dass sich meine Wut nun langsam auf Mads konzentriert. Das macht mir eine solche Angst, dass ich diesem Drang mit der einzigen Lösung entgegenwirke, die mir einfällt. Alkohol. Ich bestelle einen Cocktail nach dem anderen. Ich will meine Wut und meine Traurigkeit einfach nur betäuben. Mit der Zeit scheint es auch zu funktionieren. Langsam setzt der Rausch ein. Der Schmerz wird für den Moment tatsächlich weniger. Die Stimmen und Gedanken voller Pein in mir immer leiser. Ich kann mich daraufhin endlich wieder mehr an dem Gespräch beteiligen, was auch den beiden auffällt. Sie beziehen mich daraufhin etwas mehr mit ein. Ich war ihnen wohl vorher etwas zu ruhig. Mit fortschreitendem Pegel verliere ich allerdings auch immer mehr meine Zurückhaltung. Bis ich es irgendwann nicht mehr aushalten kann und endlich die Fragen stelle, auf deren Antworten ich schon so lange gewartet habe.

„Sagt mal, wo habt ihr euch eigentlich kennengelernt?“, platzt es fast schon aus mir heraus. Ich will jetzt endlich wissen, was hier Sache ist.

„Ach, wir haben uns über eine App kennengelernt. Das war ganz witzig. Wir wollten uns eigentlich nur für eine Nacht verabreden, aber irgendwie wollten wir uns wiedersehen, oder, Nick?, antwortete Mads und schaute dabei Nick fast schon verträumt an. Nick hat ihn in der Aussage bestätigt und auch noch so blöd aufgelacht. Sie haben sich also ursprünglich ‚für eine Nacht' getroffen. Ich weiß ganz genau, was das heißt. Ich bin unfassbar eifersüchtig auf Nick. Er darf das haben, was mir doch schon so lange verwehrt wird. In diesem Moment hätte ich Nick schlagen können. Doch ich habe mich zusammengerissen und mit meinen Fragen fortgeführt:

„Ah, okay. Na, das klingt doch süß. Was machst du denn so beruflich?". Natürlich interessiert mich die Antwort von ihm dazu nicht. Doch möchte ich Mads nicht das Gefühl geben, dass ich mich davon so einfach einschüchtern lasse. Er wird mir diesen Abend nicht kaputt machen.

„Ach, nichts Besonderes. Ich studiere auch BWL, wie Mads. Aber nicht in dieser Stadt.", antwortete Nick. Auch ein Student, wie Mads. Super. Natürlich ist das klasse, da können sie sich doch die ganze Zeit über ihr Studentenleben unterhalten und ihren Hochschulquatsch. Ich bin halt nur so ein einfacher Bürotyp. Da kann ich nicht mithalten. Sollen sie beide doch glücklich werden mit ihren Büchern.

Mir wird das hier alles zu viel. Ich merke auch, dass ich einfach zu viel getrunken habe. Frische Luft würde mir jetzt guttun. Ich verabschiede mich kurz von den beiden und gehe vor die Tür. Vor der Bar stehen immer einige Menschen. In erster Linie stehen sie hier zum Rauchen. Als ich an ihnen vorbei stürme, remple ich leider einen von ihnen so am Arm an, dass sein Getränk etwas verschüttet wird. Ich entschuldige mich daraufhin sofort bei ihm und frage ihn, ob bei ihm alles ok sei. Das war aber alles keine große Sache. Er hatte wohl gemerkt, dass ich nicht mehr so auf der Höhe war. Ich gehe noch ein paar Meter von der Bar weg, bis ich mich auf eine Bank setzen kann. Auf ihr lasse ich meinen Emotionen freien Lauf. Ich merke, wie in mir die Trauer komplett übernimmt. Am liebsten würde ich nur noch weinen, doch würde man das hinterher sehen. Dann würde ich von den ganzen Fragen konfrontiert werden. Warum das denn passiert wäre und was denn mit mir los sei. Dafür kann ich mir jetzt keine Ausrede einfallen lassen. Ich bin gefangen in dieser Situation und muss mich der

Pein einfach komplett ergeben. Sie akzeptieren und sobald ich kann, wieder aufstehen und zurück zu ihnen gehen. Es frisst mich alles von innen auf. Nach einiger Zeit vibriert mein Telefon. Mads fragt, ob bei mir alles in Ordnung sei. Ich versichere ihm natürlich, dass bei mir alles gut ist, dass ich nur etwas frische Luft bräuchte, weil ich mit den Getränken wohl etwas übertrieben hatte. Davon lässt er sich offenbar beruhigen. Länger sollte ich hier aber tatsächlich nicht mehr verweilen. Ich versuche mich zusammenzureißen und begebe mich daraufhin wieder langsam Richtung Bar.

Als ich in die Nähe der Tür komme, schaut mich wieder dieser Junge an, dem ich vorhin fast aus Versehen das Getränk aus der Hand geschlagen hätte. Ich kann nicht erklären, was in dem Moment in mir los war. Doch hatte ich augenblicklich das Bedürfnis, mit ihm zu reden. So begann ich langsam ein Gespräch mit ihm, in dem wir uns dann auch immer mehr vertiefen. Hier kommen mir die vielen Getränke nun zur Hilfe, die ich vorhin noch als Ablenkung von diesem furchtbaren Abend zu mir genommen hatte. Während des Gesprächs fühlte ich mich das erste Mal an diesem Abend etwas freier von dieser ganzen Belastung. So frei, dass ich mich dann auch entschied, ihn zu fragen, ob er noch mit zu mir kommen wollte. Er willigte ein. Doch so schnell wie ich diesen Satz beendet hatte, kam in mir ein solch schlechtes Gewissen hoch, dass es mich fast verrückt gemacht hat. Auf einmal hatte ich das Gefühl, Mads zu hintergehen. Ich werde wieder wütend. Dabei hat er mich doch heute hintergangen und jemanden zu unserem Abend einfach mitgenommen. ‚Nein, das zahle ich ihm jetzt heim' schreit es in mir hoch. Diesen Abend lasse ich mir nicht weiter kaputt machen. Ich mache jetzt auch einmal das, was ich möchte. Ich nehme meine neue Bekanntschaft an der Hand und gehe mit ihm zusammen in die Nacht hinaus. Mein Telefon vibriert noch einige Male. Ich werde sogar angerufen. Doch ignoriere ich es komplett. Dieser Abend gehört jetzt nur noch mir.

Am nächsten Morgen erwache ich mit beißenden Schuldgefühlen. Sie lasten so schwer auf meiner Seele, dass ich am liebsten den ganzen Tag im Bett liegen geblieben wäre. Gegen Nachmittag schaffe ich es endlich aufzustehen und mir etwas zu essen zu machen. Meine neue Bekanntschaft habe ich noch in der Nacht wieder verabschiedet. Ich habe mich bereits zu diesem Zeitpunkt so schlecht gefühlt, dass ich ihn nicht noch hätte bei mir schlafen lassen können. Dann hätte ich Mads vollends hintergangen und die tiefe Bindung verraten, die ich zu ihm habe. Während mein Essen vor sich hin brutzelte, ging ich in mein Schlafzimmer zurück, um mein Telefon zu holen. Als ich es in die Hand nehme, sehe ich die vielen Nachrichten und Anrufe von Mads, die sich die ganze Nacht gesammelt hatten. Als ich das gesehen hatte, habe ich ihm sofort geantwortet. Ich habe mir eine schlechte Ausrede ausgedacht und ihm versichert, dass mit mir alles in Ordnung sei. Die Schuldgefühle in mir wiegen so schwer, dass ich unter ihnen geradezu zerbreche. Diesen Schmerz erkennend, traf ich eine wichtige Entscheidung für mich. Egal wie lange es dauert und auch egal wie viel es mich kosten mag. Ich werde auf ihn warten. Ich werde so lange warten, bis Mads sich für mich entscheiden kann. Bis dahin werde ich ihm beiseite stehen und ihn nicht mehr mit Sorge um mich erfüllen. Mich ihm nicht in den Weg stellen, wenn er jemanden kennenlernt oder mich nach meinem Rat fragt. Das wäre nicht fair. Ich bin mir sicher, eines Tages wird sich das Auszahlen. Wir sind füreinander bestimmt. Mein Leid ist für mich nur ein Beweis dafür, wie sehr es doch die Wahrheit ist. Sonst würde mich das alles nicht so berühren. ‚Ich werde auf dich warten Mads' denke ich mir, während ich in die Küche zurückgehe und gedankenversunken aus dem Fenster nach Draußen schaue. Das wird ab jetzt meine Verpflichtung sein.

In den nächsten Jahren entwickelt sich diese Verpflichtung regelrecht zu meinem Schicksal. Es gehen viele Kandidaten bei Mads ins Land. Einige davon waren ernst zu nehmen, aber es waren auch einige lose Bekanntschaften dabei. Die Ausprägung der Beziehung hat für mich keine Bedeutung. Denn in dieser Zeit weiche ich nicht einmal von der mir selbst auferlegten Pflicht ab. In egal welcher Situation stehe ich Mads mit Rat und Tat zur Seite. Ich gebe ihm ernst gemeinte Ratschläge, wenn er mit seinen Beziehungen nicht weiterweiß oder bin einfach nur für ihn da, wenn er ein Ventil für seine Wut oder Enttäuschung braucht. Um meine wahren Wünsche zu verheimlichen, versuche ich sogar tendenziell eher für seine Partner zu sprechen als ihn in Zweifeln zu bestärken. Das wäre sonst einfach zu offensichtlich. Denn insgeheim sehne ich mir in dieser Zeit immer diese kurzen Phasen zwischen seinen Beziehungen dabei. Die Phasen des Stillstands, in denen Mads niemanden hat, für den er sich interessiert. Diese Zeiten gehören ganz und gar nur mir. In ihnen habe ich ihn für mich allein. Ich versuche mich dann so oft wie es geht mit ihm zu treffen. Hier kann ich ungestört von äußeren Einflüssen alles mit ihm erleben, was mir sonst verwehrt wäre. Auch Mads verhält sich in diesen Zeiten mir offener gegenüber. Ich erinnere mich noch sehr gut an das erste Mal, als wir uns endlich geküsst hatten. Das war frisch nach der Trennung mit Nick. Sie waren knapp ein Jahr zusammen. Das war für mich eine quälend lange Zeit. Eine lange Zeit voll der Enthaltsamkeit, die sich am Ende aber für mich wie erhofft ausgezahlt hat. Mads hatte sich an dem Abend nach Nähe gesehnt. Er hat mich daraufhin besucht und wir haben einen schönen Abend mit Filmen verbracht. Dann ist es passiert. Spätestens ab diesem Moment war ich völlig verliebt. Es war der ultimative Beweis für mich, dass mein Vorgehen das Richtige ist. Der von mir gewählte Weg, der mich näher zu ihm bringt, als ich es jemals hätte erwirken können. Kurz danach hatte sich Mads mir gegenüber für sein Verhalten entschuldigt. Es wäre von ihm ‚nicht das Richtige gewesen'. Aber ich habe ihn beruhigt. Ich machte ihm klar, dass das für mich nicht schlimm war und ich immer für ihn da bin, wenn er etwas braucht. Dabei habe ich aus dem tiefsten Grunde meines Herzens die Wahrheit gesagt.

Ich weiß noch, dass ich mir daraufhin viele Hoffnungen gemacht hatte. Doch hatte mir Mads schnell zu verstehen gegeben, dass es eine ‚einmalige Sache' gewesen wäre. Ich glaube, er war in der Situation nur genauso verwirrt wie ich. Denn bereits einige Zeit später, wieder in einer dieser Phasen des Stillstands, sind wir eine Stufe weiter gegangen. Wir haben die Nacht miteinander verbracht. Wie es dazu kam, weiß ich gar nicht mehr genau. Ich glaube, es war wieder nach einer seiner gescheiterten Beziehungen. Das war mir aber nicht wichtig. Ich weiß nur noch, dass es die bisher schönste Zeit meines Lebens war. Diese Nacht werde ich nie wieder vergessen. Kurze Zeit darauf hatte er wieder jemand neues kennengelernt. Ich habe mich für ihn gefreut. Gegenüber Mads habe ich keinen Groll empfunden. Denn er hatte mir ja die Erinnerung an diese Nacht geschenkt. Sie hat mir die Kraft zum Weitermachen gegeben. Das konnte mir keiner nehmen.

Rasmus hatte die Änderung in meinem Verhalten natürlich bemerkt und öfter versucht, mir in mein Gewissen zu reden. Auch hatte er das Hin und Her von Mads bemerkt und ihn einmal diesbezüglich zur Rede gestellt. Rasmus hatte mich eindringlich darum gebeten, mich der seelischen Folter nicht einfach so zu ergeben. Manchmal wurde ich dabei sauer. Es ist nicht so gewesen, dass ich blauäugig an die ganze Sache herangegangen wäre. Ich habe eben gewusst, dass dies für mich die bessere Vorgehensweise ist. Denn sie hatte mich meinen Zielen bisher nähergebracht als alles andere. Seine schlauen Tips aus der Vergangenheit hatten zuvor nicht den Effekt, die mein gewählter Weg für mich hatte. Irgendwann haben wir das Thema nicht mehr besprochen. Ich hatte sogar das Gefühl, dass Rasmus und die anderen mir auch ab einem gewissen Punkt nicht mehr zugehört hatten. Ich denke, dass wir alle miteinander eine Lösung gefunden hatten, damit umzugehen. Eine der vielen Dinge, die zum Schutz des sozialen Miteinanders verschwiegen werden, obwohl doch jeder von uns den Drang verspürt, sie offen darzulegen. So, wie wir es von unseren Eltern gelernt haben.

Aktuell hat Mads wieder einen Freund. Diese Beziehung läuft bereits ziemlich lange. Inzwischen haben wir es schon fast 2017. Dabei warte ich fast zwei Jahre auf die nächste Pause. Währenddessen kam es zu einem schwachen Moment bei Mads. Er hatte sich an einem Abend so sehr mit seinem Freund gestritten, dass er allein in der Bar etwas trinken war. In der Nacht hatte er mich dann angerufen und gefragt, ob er noch vorbeikommen könnte. Da ich ausgerechnet an dem Abend noch wach und vor dem Computer saß, hatte ich zugesagt. Er hatte sich dann bei mir noch so sehr über seinen Freund beschwert, dass ich ihm anbot, bei mir zu übernachten. In dieser Nacht bin ich das absolute Risiko eingegangen, ihn mit diesem Angebot zu verschrecken. Doch Mads hat es dankend angenommen. Leider konnten wir uns nicht zusammenreißen, sodass wir uns wieder nähergekommen sind. Mads hat daraufhin am nächsten Morgen mit einem schrecklich schlechten Gewissen sofort meine Wohnung verlassen. Das hat mich absolut verletzt, doch habe ich mich schnell mit der Situation arrangiert. Wir beide haben sofort vereinbart, dass wir über die Geschichte nicht mehr sprechen. Das war für mich absolut in Ordnung. Ich hatte mich so sehr damit abgefunden, dass ich mich mit seinem Freund während der Zeit sogar noch gut befreundet hatte. Oft hatte ich aber das Gefühl, dass Mads das nicht so recht gefiel. Nach dem Grund habe ich nie gefragt, ich konnte mir aber schon denken, dass es etwas mit der Nacht zu tun hatte. Sein Freund hatte sogar auch mal an einem gemeinsamen Abend mit der Gruppe nach ein paar Runden in einem Einzelgespräch mit mir Andeutungen gemacht, dass er Mads Treue anzweifelt. Das hat mich am Ende so sehr verwirrt, dass ich den Kontakt zu seinem Freund am Ende stark reduziert habe. Ich wollte mein Verhältnis zu Mads oder die Offenlegung unseres Geheimnisses nicht riskieren. Habe ich doch einen so guten Weg für mich gefunden, zu ihm zu finden.

Aber ich habe Hoffnung. Ich muss nur noch ein wenig länger aushalten, dann habe ich ihn wieder für mich allein. So warte ich auch heute noch auf ihn. Still und artig gebe ich meine Hoffnung nicht auf. Egal was passiert und egal wie lange ich auf ihn warten muss. Eines Tages wird er zu mir kommen. Dann werde ich ihn nie wieder loslassen. Das verspreche ich mir.

Kapitel 5
Angst

Über Generationen hat sie unser Überleben gesichert. Uns vor Gefahren geschützt und uns in den Momenten größter Bedrohung mit der notwendigen Kraft ausgestattet, sie zu überstehen. Doch in einer Welt, in der uns immer mehr Gefahren abgenommen werden, hat sie zusehends kein Zuhause mehr. Der Fortschritt entläuft der biologischen Anpassung so sehr, dass wir sie zwangsläufig kompensieren. Wir suchen nach Gefahren in unserem Alltag. Fixieren uns auf alles, was uns merkwürdig erscheint. Versuchen, sie auszugrenzen und zu bekämpfen. Motiviert ihr endlich wieder ein Zuhause zu geben.

Happy New Year! Mit lauten Klängen und grellen Blitzen werden die bösen Geister des vergangenen Jahres verscheucht. Feiernd liegen sich meine Mitmenschen dabei gegenseitig in den Armen. Voller Erleichterung, ‚wieder ein Jahr geschafft zu haben' schauen sie erwartungsvoll in die Zukunft. Jeder Mensch hat hierbei seine eigene besondere Vorstellung davon, was das Neue Jahr wohl für ihn bereithält. Seine eigenen Wünsche und Ziele, die sie mit guten Vorsätzen versehen. Manch einer wird sie bereits nach kurzer Zeit wieder mit größter Bereitschaft brechen. Doch das ist ihnen heute egal. Denn an diesem Abend sind alle irgendwie etwas hoffnungsvoller, ja sogar regelrecht optimistischer als sonst. Ich kann das Funkeln in ihren Augen sehen. „Nächstes Jahr wird alles besser", versichern sie sich. „2020 wird mein Jahr". Dieses Mal bin ich einer von ihnen. Das ist mein Vorsatz für dieses Jahr. Dieses Jahr wird alles anders sein. In den letzten Wochen und Monaten ist einiges geschehen. Das Neue Jahr hat dabei für mich allerdings schwierig begonnen. Ich kann es mir nicht so recht erklären, doch war ich scheinbar ziemlich schlecht drauf. Das ist zumindest ein Feedback, das mir Rasmus erst kürzlich wiedergegeben hatte. Ich habe das nicht so bewusst wahrgenommen. Er hatte mir gegenüber zwar wieder sein typisches Verständnis gezeigt, doch habe ich gemerkt, dass er sich auf einmal mehr Sorgen machte, als sonst. Irgendetwas in ihm scheint wohl Angst um mich zu haben. Er hat sich mit mir und meiner Performance der letzten Monate offenbar so sehr beschäftigt, dass er sich dieses Urteil gebildet hat. Diese Sorgen äußert er in letzter Zeit öfter mir gegenüber. Doch dafür habe ich schnell eine neue Routine entwickelt. Bevor seine Hinweise in mir auf fruchtbaren Boden treffen, ersticke ich sie sogleich mit purem Unverständnis. Ich kann seine Gedanken nicht nachvollziehen. Für mich waren die letzten Wochen und Monate nichts Besonderes. Dankbar für seine Sorgen versichere ich ihm jedes Mal dabei, dass es mir ‚schon gut gehen würde'. Doch so schnell wie die Wörter meinen Mund verlassen, habe ich gar keine andere Möglichkeit, als dies als meine Wahrheit zu akzeptieren. Irgendwann glaube ich schließlich selbst daran, während die Monate an mir vorbeigehen.

Es ist inzwischen Ende Februar. Ich habe erst kürzlich meinen Urlaub hinter mir. Ich nehme oft in den ersten Wochen des neuen Jahres einen Großteil meines Urlaubs. Ich finde diese Zeit besonders magisch. Es ist alles so schön, ruhig und friedlich. Als würde eine kollektive Beseelung in der Luft liegen. Alle haben noch etwas Hoffnung. Etwas Hoffnung, dass dieses neue Jahr ihr Jahr sein wird. Ich versuche in dieser Zeit normalerweise einige Städte und die Natur zu besuchen. Manchmal verreise ich sogar außerhalb des Landes. Ich konzentriere mich meistens auf Europa. Skandinavien fasziniert mich besonders. Im letzten Jahr hatte es mir auch Island angetan. Ich hatte zuvor einige Videos über das Land gesehen und auch Berichte dazu gelesen. Ich wollte sofort da hin. Es war wunderschön dort. Ich mag es etwas kälter. Das macht mir nichts aus. Das habe ich weitaus lieber als hohe Temperaturen, damit komme ich nicht zurecht. Dieses Jahr blieb ich allerdings zu Hause. Ich habe es mir die Tage vor meinem Wohnzimmerfenster gemütlich gemacht und mir das muntere Treiben von dort aus angeschaut. Rückblickend kann ich sagen, dass ich in dieser Zeit wohl nur mit zwei Menschen wirklich gesprochen habe. Rasmus und Mads.

Mads kam in den letzten Wochen immer mal wieder bei mir

vorbei. Wir hatten uns nie fest vorher verabredet. Er kam einfach immer dann, wenn er es einrichten konnte und es keine große Belastung für ihn war. Ich habe volles Verständnis dafür. Er wurde schließlich auch erst vor kurzem aus dem Krankenhaus entlassen und braucht jetzt die ganze Kraft für sich. Es kann durchaus vorkommen, dass er dann plötzlich ohne Vorwarnung bei mir vorbeikommt. Halt immer dann, wenn es ihm mal passt. Das kann auch echt nerven. Denn wenn ich ihn verpasse, weil ich mal draußen spazieren bin oder einkaufe, dauert es meist etwas, bis ich ihn wieder sehen kann. Doch bin ich jedes Mal glücklich, wenn er sich die Zeit und Energie nimmt, mich zu besuchen. Da warte ich gerne auf ihn und verschiebe auch mal Besorgungen oder andere Verabredungen. Letztens hatte ich sogar mal eine Verabredung mit Rasmus wieder einmal abgesagt, nur um ein mögliches Treffen mit Mads nicht zu gefährden. Er kam zwar dann an dem Abend nicht vorbei, aber das war mir lieber als die Gefahr, ihn zu verpassen. Rasmus fand das gar nicht witzig. Aber das muss er verkraften. Meine Bedürfnisse gehen für mich einfach vor.

Die anderen scheint Mads nicht zu besuchen. Zumindest höre ich von ihnen nichts darüber. Das kann ich aber auch verstehen, denn sie hatten nie eine besonders starke Bindung zueinander und Rasmus ist seit Jahren nicht mehr gut auf ihn zu sprechen. Mads möchte diesen Konflikt wohl umgehen. Das kann ich absolut verstehen. Ich spreche das lieber nicht an. Viel mehr genieße ich die Zeit, die wir beide miteinander haben. Endlich kann ich bei ihm sein und jeden Moment genießen, den ich doch so lange schon mit ihm haben wollte. Es scheint mir, als hätte Mads durch seinen Krankenhausaufenthalt endlich mehr Beachtung für mich. Als hätten meine Besuche unsere Beziehung zueinander noch weiter verstärkt. Ich zwinge mich dabei nicht allzu sehr, über diesen Umstand glücklich zu sein. Ich sollte mich nicht über die schwere Herausforderung und die Leidenszeit freuen, die er hatte. Auch wenn sie mich näher zu ihm brachte. Ich genieße einfach diesen Umstand. Endlich kann ich mit ihm die Zeit verbringen, die ich so lange schon mit ihm haben wollte.

Wenn wir uns sehen, sprechen wir über viele Dinge. Ich erzähle ihm oft von meinen Gedanken und Ängsten. Was mich im Moment alles so beschäftigt und wie ich mir vorstelle, meine Herausforderungen zu lösen. Er bringt mir dabei jedes Mal viel Verständnis entgegen. Er gibt mir gute Ratschläge und verweist dabei stets auf seine bewährte Herangehensweise. Die Art, die Rasmus so sehr hasst. Doch ist es aktuell die einzige, die ich zu hören bekomme und die auch für mich immer öfter funktioniert. Rasmus ist immer mehr in seiner Doktorarbeit vertieft und hat aktuell kaum Zeit, sich mein Zeug anzuhören. Ich möchte ihn auch gerade nicht mehr belasten, als er eh schon um die Ohren hat. Sam und Boris haben zudem gerade eigene Projekte und Themen, mit denen sie sich zusehends mehr beschäftigen.

Sam versucht sich gerade als Content-Creator im Social-Media-Bereich. Er hat das für sich entdeckt und fuchst sich immer mehr in die Mechanik ein. Dabei möchte er auch etwas mit Gaming machen. Sich selbst vor der Kamera zeigen. Das traue ich ihm zu. Er ist optisch auf jeden Fall schon ein Grund genug, seine Videos zu schauen. Wenn er noch etwas auftauen würde, könnte das echt von Erfolg gekrönt sein. Boris hingegen ist ein ziemliches Club-Kid geworden. Er hat sich dort einen eigenen kleinen Freundeskreis von Gleichgesinnten aufgebaut. Soweit ich weiß, überlegt er sogar auch selbst einmal als DJ zu arbeiten. Am Wochenende machen wir aktuell eher seltener etwas mit ihm. Wir haben nicht mehr die Lust, jedes Wochenende bis in den Morgen zu feiern und dann auch noch in den nächsten Club zu gehen. Ich weiß auch nicht, wie er das alles durchhält. Das ist wohl einfach gerade sein Ding. Da kommt es mir ganz gelegen, mit Mads jemanden zu haben, der, wenn auch unregelmäßig, für mich da ist und mir bei allen Themen zuhört.

Dieses offene Ohr habe ich aktuell auch bitter nötig. Beruflich komme ich nämlich gerade in eine spannende Phase. Das Auswahlverfahren für die Besetzung der Projektleiterstellen hat begonnen. Zwei weitere Kollegen sind neben mir in der engeren Auswahl. Ich bin diesbezüglich nervös. Mit meiner impulsiven Entscheidung zur Zusage abgefunden, möchte ich diese Position inzwischen wirklich gerne antreten.

Meine Sorge mit Clara hat sich übrigens in Luft aufgelöst. Ich werde nicht gegen sie antreten müssen. Im Gegenteil, sie wird als Mitglied ein wichtiger Teil des Projektteams sein. Ein Grund mehr, für mich, der eher dafürspricht, dass ich mir das auch wirklich zutraue. Clara wird mich bestimmt unterstützen. Da bin ich mir sicher. Den Rest des Projektteams habe ich auch bereits kennengelernt. Es besteht aus Kolleginnen und Kollegen aus diversen Bereichen. Unsere Chefs haben dabei besonders darauf geachtet, dass sich das Team aus eher jüngeren Menschen zusammensetzt. Die meisten kommen frisch von der Uni oder haben nach ihrer Ausbildung erst zwei oder drei Jahre Arbeitserfahrung hinter sich. Sie wollen frische Ideen und Lösungsansätze fördern. Etwas, was ich durchaus positiv sehe. Ich hoffe, dass meine Ansätze hier auch auf offene Ohren treffen werden. Doch dafür müsste ich erst einmal auch die Leitung bekommen.

Als Unterstützung für eine Entscheidung über die Leitung, werden die potenziellen Kandidaten eine Testphase durchlaufen. Hier bekommt jeder von uns mit der Gruppe eine Aufgabe, die jeweils an einem Tag bearbeitet, gelöst und von dem Kandidaten vor einem Auswahlgremium präsentiert werden muss. Die finale Auswahl wird dann als Kombination anhand der Präsentation und auch des Feedbacks der Kollegen aus der Projektgruppe getroffen. Das Unternehmen versucht hier einen neuen Ansatz. Natürlich wieder von Beratern empfohlen, was auch sonst. Ein weiteres Versprechen, mit diesem Vorgehen ist, das Miteinander zu fördern und die Akzeptanz der neuen Führungskraft bei den Mitarbeitern zu erhöhen. Dieses Mal kann ich hier allerdings einen gewissen Sinn drin erkennen. Mir soll es recht sein, solange sich das Schicksal zu meinen Gunsten entscheidet. Mads ist da absolut zuversichtlich. Seiner Meinung nach habe ich mit meiner Entscheidung zur Zusage alles richtig gemacht, mich dabei dem Risiko gestellt und es vollends willkommen geheißen. Jetzt bin ich endlich einmal aktiver Spieler meines eigenen Lebens. Ich habe das Gefühl, zum ersten Mal mein Schicksal aktiv herauszufordern und mein warmes Nest zu verlassen, meinen Einsatz zu geben und auf einen für mich positiven Ausgang zu hoffen. Es erfüllt mich mit einer mir unbekannten Spannung. Eine Aufregung, die mich nach mehr streben lässt. Diese Entwicklung ist absolut neu für mich. Ich kann sie noch nicht einordnen oder bewerten. Nicht urteilen, ob sie gut oder schlecht sei. Dafür bräuchte ich mehr Erfahrung mit diesem Gefühl. Nur eins weiß ich. Ich weiß, dass Mads zufrieden mit mir und meinen Entscheidungen ist. Das ist alles, was für mich wirklich zählt. Alles andere ist für mich zu einem Beiwerk geworden.

Wieder tief in meinen Gedanken versunken, zwinge ich mich aus ihnen aufzuwachen, denn heute entscheidet sich alles. Es ist der letzte Tag des Auswahlprozesses. Heute werde ich die Projektgruppe übernehmen, das uns aufgetragene Thema zusammen mit ihnen bearbeiten und letztendlich heute Abend vor dem Gremium unsere Ergebnisse präsentieren. Ich bin dabei der Letzte der drei Kandidaten. ‚Das Beste kommt halt zum Schluss' versuche ich mir Mut zuzusprechen. Alle drücken mir die Daumen. Meine Eltern, meine Freunde und ganz besonders Mads. Vor allem möchte ich IHN nicht enttäuschen. Er hatte mich gestern Abend extra noch einmal besucht, um mir noch ein paar letzte Tipps zu geben. Das hat mich besonders beruhigt. Sogar so sehr, dass ich die Nacht dadurch trotz Aufregung gut durchschlafen konnte. Das hatte ich auch nötig. Meine Freunde hatten in den letzten Wochen aufgrund ihrer neuen Hobbys und der Doktorarbeit leider keine Zeit, sich mit mir auf diese Prüfung vorzubereiten. Rasmus hatte es ein paar Mal versucht, musste mir dann aber bedauerlicherweise mit Verweis auf seine Abstimmungen dazu mehrmals absagen. Wenigstens wünschen sie mir viel Erfolg dabei.

Auf dem Weg in das Büro merke ich, dass ich sehr energiegeladen bin. Ich bin voller Zuversicht, dass dies heute mein Tag sein wird. Alles an diesem Morgen verlief absolut ohne Probleme. Nichts hat mich heute belastet. Solch einen Start hatte ich seit meiner Ausbildung nicht mehr. Das hat wichtige Ressourcen geschont, die ich heute definitiv noch an einigen Stellen brauchen werde. Im Gebäude angekommen, begebe ich mich fast schon federleicht zu unserer Abteilung. Voller Tatendrang erklimme ich die Treppen zu unserem Stockwerk. Kurz bevor ich die Tür zu unserem Büro öffne, vibriert mein Telefon. Es ist Rasmus, der mir unbedingt noch eine Nachricht schreiben wollte, bevor es für mich los geht:

„Hey, Liam. Du, es tut mir sehr leid, dass ich gerade so kurz angebunden bin. Die Doktorarbeit frisst einfach viel Zeit im Moment. Das mache ich wieder gut! Ich wünsche dir für heute ganz viel Erfolg. Du packst das schon! Denk dran, ich glaube an dich!" Ich fange plötzlich an, zu zittern. Mir läuft ein kalter Schauer über meinen Rücken. Diese Worte der Zuversicht und Bestärkung lösen in mir genau das Gegenteil aus von dem, was Rasmus damit wohl auswirken wollte. Ich kann nicht erklären, was in mir vor geht. Was ist mit mir los? Auf einmal spüre ich wieder diese Panik in mir aufsteigen. Diese Panik, wie ich sie vor einigen Monaten auch bereits im Büro erlebte. Am Tag meiner Entscheidung. Meine Atmung wird schneller. Ich fange an zu schwitzen. Ich merke, wie eine Stimme in mir laut aufschreit:

‚Ich kann das jetzt nicht'

‚Das ist falsch'

‚Du musst hier weg'

Auf dem Punkt mache ich kehrt und fange an, Richtung Treppenhaus zu gehen. Dabei werde ich immer schneller. Ich will hier nur noch weg. Aus dieser Situation flüchten. Ich kann mich noch immer für heute krankmelden und es an einem anderen Tag noch einmal versuchen. Das müssen sie akzeptieren, wenn sie tatsächlich interessiert sind. Während ich die Treppen hinunterstürze, kommen mir leichte Zweifel an meiner Flucht. Könnte es sein, dass ich dadurch aus dem Programm fliege? Das kann ich mir eigentlich nicht vorstellen. Würden sie tatsächlich auf mich warten? Meine Gedanken drehen sich immer schneller, während die Panik in mir stärker wird. Kurz bevor ich das Foyer erreiche, kommt mir Clara entgegen. Sie ist heute wohl spät dran. Als sie mich erblickt, ist sie sofort geschockt:

„Ach du Scheiße, Liam! Wie siehst du denn aus?", fragt sie mich sofort.

„Clara! Clara, ich muss hier raus. Ich kann das nicht“, stammle ich vor mich hin.

„Komm mit!“, Clara packt mich sofort am Arm und zieht mich mit nach draußen. Als wir zusammen aus der Tür kommen, bläst mir sofort der kalte Wind des Februars in mein Gesicht. Er wirkt nahezu betäubend. Der Prozess der immer stärker werdenden Panik scheint daraufhin für einen Augenblick zu pausieren. Wir gehen ein paar Schritte um die Ecke und setzen uns schließlich auf eine Bank. Hier verharren wir einen Moment, bis Clara das Gespräch schließlich fortführt:

„Liam, atme durch. Du kannst das.“, spricht sie mir mit einem liebevollen Ton zu.

„Egal, was gerade passiert ist. Das gerade zeigt mir, dass dir das alles am Herzen liegt. Das ist ein gutes Zeichen, Liam. Nimm es als Zeichen deines Körpers, dass es dir etwas bedeutet. Vertraue dir und deinen Fähigkeiten. Ich glaube fest an dich. Wir warten hier jetzt so lange gemeinsam, bis du dich bereit fühlst. Ok?“. Clara verbreitet eine solche Ruhe für mich, dass ich ihren Vorschlag willig annehme. Wir sitzen daraufhin noch einige Zeit zusammen auf der Bank. Claras Worte schaffen es tatsächlich, mich nachhaltig zu beruhigen. Ich merke, wie die Panik in mir immer mehr verfliegt. Solange, bis sie nahezu verschwunden ist. Ganz verschwinden wird sie nicht. Das weiß ich. Doch glaube ich an die Worte von Clara. Ich will das schaffen. Ich lasse mich jetzt so kurz davor nicht von meinen Gefühlen abbringen. Ich möchte meine Eltern und vor allem Mads nicht enttäuschen. Ein Rückzug ist für mich jetzt gänzlich ausgeschlossen. Ich will weitermachen.

„Danke dir Clara. Ich glaube, wir können wieder reingehen“, sage ich nach einem weiteren Moment.

„Nach dir, Liam. Heute wirst du den Ton angeben. Nochmal, ich glaube an dich!“

„Danke“, erwidere ich. Daraufhin machen wir uns gemeinsam wieder auf den Weg in das Gebäude. Ich fasse Mut. Dieses Mal werde ich nicht wieder zögern. Wir werden nun da reingehen und dann werde ich es allen zeigen. Ich werde ihnen allen beweisen, dass ich auch etwas kann. Heute wird mein Tag werden. Ich manifestiere diesen Gedanken mit all meiner Kraft, als ich schließlich beherzt die Tür zu unserem Büro öffne. Das gewohnt muntere Treiben unserer Kollegen kommt mir entgegen. Anders als vorhin lenkt mich jetzt nichts mehr ab. Jetzt geht es los. Ich werde es allen zeigen!

Wir begeben uns sofort zur Meetingecke. Hier findet das Vorgespräch zwischen der Projektgruppe, dem Auswahlgremium und mir statt. Hier wird uns das heutige Thema zugeteilt und noch einmal der Ablaufplan erklärt. Für mich ist es ist mal wieder gut ausgegangen. Trotz meiner Panikattacke kommen wir nicht allzu spät. Wir müssen sogar noch auf unsere Chefs warten. Erleichtert atme ich dabei etwas auf. Ich habe noch immer eine Chance, dass sich alles zum Guten für mich wendet. Während wir warten, nutze ich die Zeit, mich etwas mit der Gruppe zu unterhalten. In meinen Vorbereitungen und besonders den Gesprächen mit Mads habe ich mir einen Plan gemacht. Ich habe die letzten Wochen damit verbracht, mich in die Schulungsunterlagen einzulesen und mir ‚Best Practices' von anderen zu besorgen. In dieser Prüfungssituation werde ich mich von meiner besten Seite zeigen. Ich habe unter anderem den Ratschlag bekommen, mich frühzeitig mit der Gruppe auseinanderzusetzen und ein ernsthaftes Interesse an ihnen zu bekunden. Das steigert meine Chancen auf eine authentische Wirkung. Zumindest nach den bisherigen Erfahrungen meiner Vorgänger bei solchen Prüfungen. Also zeige ich mich bereits jetzt schon offen und interessiert an den Gedanken meiner Kollegen. In der späteren Diskussion werde ich auch ganz besonders darauf achten, jedem eine Stimme zu geben. Ich bin gespannt, ob ich das auch in dem Grad schaffen werde. Durch die Teilnahme von Clara bin ich aber zuverlässig. Sie wird mich dabei unterstützen. Auch wenn sie sich in dieser Phase nicht klar darüber äußern kann, weiß ich, dass sie von allen Kandidaten mich am liebsten als Projektleiter hätte. Das kann ich an ihrem Verhalten und ihrem Support ausmachen.

Nachdem wir die Zeit im Team gut mit lockeren Gesprächen miteinander überbrückt haben, kommen unsere Chefs langsam in den Raum. Sie verbreiten dabei eine interessante Atmosphäre. Sie wirken auf der einen Seite sowohl ernst als auch unterstützend. Jeder hier ist sich der Relevanz des heutigen Tages bewusst. Mein Chef eröffnet nach einem kurzen Kennenlernen den Tag. Mir werden drei Umschläge präsentiert, aus denen ich die heutige Aufgabe ziehen muss. Instinktiv wähle ich die Mitte und lese das Thema vor allen vor. Unsere Aufgabe für heute ist, ein neues Geschäftsmodell für den digitalen Produktbereich unseres Unternehmens zu finden. Ich stocke hier innerlich für einen Augenblick und mache mir sofort Gedanken. Wie sollen wir das am besten angehen? Ist dies doch normalerweise nicht mein Fachgebiet? Das wird eine echte Herausforderung für mich. In den Vorbereitungen habe ich allerdings gelernt, dass diese Art Aufgaben dazu gedacht sind, meine Fähigkeiten zu messen. Sie sind halt genau dafür gestaltet, zu prüfen, ob und wie ich Stärken und Hintergründe der Projektteilnehmer verknüpfen kann. Die richtigen Kollegen zusammenzubringen, um dann das Ziel gemeinsam zu erreichen. Auch wenn ich kein Experte des Fachgebiets bin. Ich bin zuerst ratlos, wie ich jetzt hier vorgehen soll. Doch ich habe mir etwas versprochen, ich werde es durchziehen. Ich fasse mir ein Herz und bedanke mich für die Aufgabe. Anschließend mache ich mich mit der Gruppe ans Werk.

Für die Ausarbeitung wurde uns ein separater Raum zur Verfügung gestellt. Als wir in ihn hineingehen, entfaltet sich ein Bild des Grauens vor mir. Hier ist alles aufgebaut, was normalerweise größtes Unbehagen in mir auslöst. Flipcharts, Projektkoffer und ein Visionboard. Ich fühle mich sofort an die vielen Workshops erinnert, die ich in den Jahren schon erleiden musste. Für mich gab es wahrlich nichts Schlimmeres als das. Stundenlang diskutiert man in einem Raum über sämtliche Dinge und kommt dabei nie ans Ziel. Ab und zu springt dann der motivierteste Kollege aus der Gruppe auf und schmiert die Gedanken auf ein Papier. Nachdem man fast einen ganzen Tag in solchen Räumen verbracht hatte, lag dann eine halbgare Lösung auf einem schlecht geschriebenen Papier vor. Meistens musste man es dann noch im Anschluss jemandem vorstellen. Ich frage mich wirklich, ob jemals eines dieser Ergebnisse in all den Jahren etwas bewirkt hat. Das alles hat mich jedes Mal so genervt, dass ich das Ganze als Teilnehmer immer irgendwie sabotieren wollte. Da hatte ich mich dann aber doch zusammengerissen. Denn auffallen wollte ich noch weniger. Also habe ich das ganze Theater jedes Mal still ertragen.

Doch dieses Mal wird es komplett anders laufen. Es muss dabei auch anders laufen, da so viel für mich auf dem Spiel steht. Es ist Zeit hier für mich, ein Stück weit erwachsen zu werden und die Situation ernst zu nehmen. Ich nehme alle meine Kraft zusammen und beginne die Zusammenarbeit in der Gruppe. In der Gruppe wurden neben mir fünf Kolleginnen und Kollegen zusammengestellt. Drei Frauen und zwei Männer. Es ist ein großer Vorteil für mich, dass so junge Kolleginnen und Kollegen ausgesucht wurden. Clara und ich sind hier mit Mitte 30 die Ältesten. Die Kollegen haben in den ersten Minuten schon viele und kreative Ideen für neue Geschäftsmodelle. Im ersten Schritt nehmen wir alle Ideen auf. Das habe ich bis zur Mittagspause geplant. Danach möchte ich sie ausführlich untereinander diskutieren, um sie in dem nächsten Schritt zu bewerten und letztendlich eine Empfehlung auszusprechen. Soweit zumindest meine Vorstellung des Ablaufs. Bis zur Mittagspause kommen wir auch gut damit durch. Wir konnten uns schnell auf vier Ideen einigen, die für uns in die engere Auswahl kommen sollten. Ich musste in diesem Schritt wenig moderieren. Das war für mich echt angenehm. Das alles läuft so gut, dass wir danach sogar gemeinsam in der Kantine essen gehen. Ein weiteres, sonst für mich absolutes No go. Ich finde es dort furchtbar. Willig gebe ich dem allerdings nach, da ich weiß, dass dies nur ein weiterer Teil der Prüfung ist. Hier kann ich Nähe und Augenhöhe zu meinen Kollegen demonstrieren. Als wir in der Kantine angekommen sind, versuche ich die in mir aufkommende Gegenwehr gegen alles im Zaum zu halten. Ich kann mich bisher gut kontrollieren, da kommt mir die angesparte Energie von heute gut gelegen. Um mir das alles erträglicher zu machen, bestelle ich wieder die Lasagne. Die könnte mir zwar schwer im Magen liegen, doch ist es das Einzige, was ich hier ansatzweise mag. Mit etwas muss ich meinen Körper für diese Tortur ja belohnen. Während des Essens versuche ich mich wieder von meiner besten Seite zu zeigen und mit meinen Kollegen ins Gespräch zu kommen. Wir unterhalten uns neben dem Projekt auch über private Dinge. Ich wähle dabei banale Dinge wie Musik oder Serien aus. Diese Themenfelder haben einfach das geringste Potenzial für Reibungen. Das gelingt alles ganz gut. Clara gibt mir ein solches entspanntes Grundgefühl, dass ich diese Schritte nahezu automatisch abhake. Über den gesamten Verlauf schon vermittelt mir Clara ein Gefühl der Sicherheit. Sie ragt heraus und bildet einen Punkt, auf den ich mich in diesem Sturm konzentrieren kann.

Während des Essens bekomme ich Nachrichten von meinen Freunden. Im Sperrbildschirm sehe ich, dass sie sich darüber erkundigen wollen, ‚wie es denn läuft'. Selbst Boris ist auf einmal an Details interessiert. Ich bin davon absolut nicht begeistert. ‚Was interessiert sie das denn jetzt auf einmal?', denke ich wütend. Diese Form des Interesses und der Unterstützung hätte ich echt in den letzten Wochen von ihnen gebrauchen können. Da waren sie aber nur komplett mit sich selbst beschäftigt und hatten scheinbar keine Lust, sich meine Probleme anzuhören. Aber jetzt, wo alles läuft und man ja nicht mehr unterstützen müsste, sind sie plötzlich interessiert. Das macht mich alles so sauer, dass ich daraufhin sofort den Flugmodus einschalte. Ich habe zwar Recht mich darüber aufzuregen, das darf mich jetzt aber alles nicht ablenken. Dass diese Wut wieder in mir aufkommt, ist schon schlimm genug. Darauf kann ich aber keine Energie verschwenden. Denn nach dem gemeinsamen Essen beginnt die schwierige Phase des Tages. Die bevorstehende Debatte und Bewertung der Ideen machen mich nervös. Was passiert, wenn die Diskussion in einem Chaos endet? Wie verhalte ich mich am besten dabei? Das sind einfach zu viele Variablen für mich. Dazu kommt, dass ich vor Aufregung auch noch kaum etwas essen konnte. Das ist sicherlich auch den anderen aufgefallen. Sie haben aber zum Glück nichts gesagt, als ich meinen noch fast vollen Teller in die Geschirrrückgabe abgelegt hatte. Als wir zurück in den Projektraum gehen, merke ich, wie ich langsam in ein kleines Loch falle. Mein Körper scheint wieder gegen mich zu arbeiten. Mir geht plötzlich die Energie verloren. Ich habe so viel gegrübelt, dass sie mir fehlt, weiter alle Szenarien durchzudenken und mich auf sie vorzubereiten. Etwas essen konnte ich auch nicht, um sie wieder aufzuladen und mich für einen Augenblick der Ruhe aus der Sache herauszuziehen war auch nicht drin. Das kann ich jetzt aber auch nicht mehr nachholen, denn es geht direkt weiter. Wir sind gut und der Zeit und das möchte ich jetzt nicht riskieren. Ich habe hier keine andere Wahl, als mich wieder einmal auf die Prämisse von Mads zu verlassen, weiter voranzugehen und auch die nächste Runde zu spielen, ganz egal, was am Ende dabei herauskommt. Es wird schon alles gut gehen.

Die Diskussion verläuft schließlich mit einer Menge Engagement und Überzeugung der Beteiligten. Ich habe währenddessen zum Glück das Gefühl, dass wir hier alle auf einer Wellenlänge sind. Ab und zu bin ich selbst überrascht, dass auch ich nicht alles kenne, was aktuell so angesagt ist. Während ich beispielsweise bei Werbeaktionen noch an TV denke, läuft bei meinen jungen Kollegen jetzt alles über Influencer und Social-Media. Man merkt wirklich, dass sie mit der Digitalisierung aufgewachsen sind. Bei diesen Punkten habe ich gegensätzliche Einstellungen. Ich bin nicht der Meinung, dass Influencer-Marketing jemals irgendetwas gebracht hat, außer überteuerte Pflegecremes oder Tees mit Rabatcodes zu verkaufen. Das funktioniert alles bei Produkten im kleinen Preissegment, aber nicht für hochpreisige. Meine Kollegen sehen das anders. An dieser Stelle kommen wir in eine eher hitzige Debatte. Doch ich scheine sie noch auf einem Level eines ‚produktiven Austauschs' halten zu können. Was das Ganze allerdings schwerer macht, ist die Tatsache, dass sie manche meiner Punkte kritischer bewerten oder meine Vorschläge in der Diskussion oftmals mit Bedenken füllen. Hier hätte ich tatsächlich mehr Optimismus und Fantasie erwartet. Was mich wundert, da ich hier diese starre Denkweise durchbrechen wollte. Sie ist für mich etwas vergleichbar mit der Haltung, die ich bei meinen älteren Kollegen oftmals gesehen habe. Sie scheinen mehr auf ‚Nummer Sicher' gehen zu wollen und auf dem festhalten wollen, was sie kennen oder für richtig halten. Sie klammern sich an ihren bisherigen Erfahrungen und lassen wenig Platz für andere Denkweisen. In der Diskussion fasziniert mich das total. Zum Glück ist das aber meilenweit von dem ‚das haben wir schon immer so gemacht' entfernt, was man doch so gerne von den Älteren hört. Es ist für mich ein Bedürfnis von Sicherheit, das sie verspüren.

Im Verlauf der Diskussion sind wir tatsächlich noch bei weiteren Themen nicht unbedingt einer Meinung. Doch anders als von mir befürchtet, schaffen wir es, diese Punkte gut zu evaluieren. In diesen Fällen lasse ich mich nämlich auch gerne vom Gegenteil überzeugen. Das ist etwas, was ich schon immer anders machen wollte. Es hat mich jedes Mal unfassbar genervt, wenn meine Chefs, wie betoniert an ihren Standpunkten festgehalten haben, mir das Gefühl gegeben haben, dass nur ihre Ansicht etwas zählt. Ich bin bei ihnen einfach mit meinen Argumenten nicht durchgekommen. Sie waren nicht willens zuzugeben, dass ihre Gedanken auch mal nicht die ganze Wahrheit sprechen könnten. Bei manch einem hatte sich das meinem Gefühl nach fast schon zu einem gewissen Komplex entwickelt. Hier werde ich ein Beispiel dafür sein, dass dies auch anders geht. Heute lege ich den Grundstein dafür. Meine Kollegen nehmen dies scheinbar dankbar an. Mir fällt auf, dass die jungen Kollegen generell ein Bedürfnis danach zu haben, Diskussionen führen zu wollen. Das ist tatsächlich etwas, was mir auch im Büro zum Beispiel bei Tim seit längerem auffällt. Sie möchten dabei, dass ihre Punkte individuell beachtet und auch vollends in die Gewichtung mit aufgenommen werden. Sie scheinen auch nicht davor zurückzuschrecken, die Ellenbogen auszufahren und sich auch in der Gruppe dementsprechend zu positionieren. In diesen Momenten bin ich wie hin- und hergerissen. Hatte ich doch von meinen Chefs auch immer um Beachtung meiner Ideen gebeten, wollte ich in erster Linie eine gemeinsame Lösung finden. Einen Fokus nur auf mich wollte ich nie. Das hätte mir auch nur Unbehagen bereitet. Etwas, was für mich in ihrem Verhalten dabei überhaupt nicht zusammenpasst, ist die Dünnhäutigkeit, mit der sie in der Diskussion reagieren. Als würde eine kritische Abwägung ihrer Einschätzungen wie ein persönlicher Angriff gewertet werden. Oft habe ich in der Diskussion die Phrase verwendet, die mich doch selbst so oft aufgeregt hatte. Immer dann, wenn ihre Leidenschaft in der Debatte für mich zu groß wurde. ‚Nimm' es doch nicht so persönlich!'. Ich habe sie schon immer gehasst. Denn dieser eine Satz hat die Macht, die Argumente seines Gegenübers sofort auszuhebeln. Der inhaltliche Diskurs wird mit ihm in diesem Moment unterbrochen, da durch sie die Aussagekraft der erbrachten Thesen durch eine vermeintliche emotionale Instabilität augenblicklich untergraben werden. Dieses Instrument wird, wenn auch unbewusst, von meinen älteren Kollegen gerne verwendet. Nun erwische ich mich wieder einmal dabei, auf dieselbe Art und Weise wie sie zu handeln. Ich hatte mich ihnen hier wohl in den letzten Jahren schon ein Stück zu sehr angepasst. Etwas Wahrheit erkenne ich allerdings schon in dem Punkt. Meine jüngeren Kollegen sind schon ein Stück empfindlicher geworden. Da habe ich mir eher angewöhnt, diese Gefühle zum Wohle des Großen und Ganzen herunterzuschlucken und für mich zu behalten. Heute komme ich mit ihren Einwänden und Befindlichkeiten gut klar. Doch wie wird es mal an einem für mich schwachen Tag aussehen? Genau davor fürchte ich mich. Mich zusätzlich zu meinen Themen auch noch um ihre Probleme kümmern zu müssen. Das löst Angst und kurz danach Zweifel in mir aus. Ich merke, wie ich hier durchaus zukünftig vor Schwierigkeiten im Umgang stoßen kann. Sollte ich das hier tatsächlich schaffen, muss ich einen Weg finden, damit zurechtzukommen. Clara scheint für die Unterschiede ein besseres Gefühl zu haben. Clara ist mir hier, wie erhofft, eine große Hilfe. Sie schlägt manchmal die Brücke, falls ich die Punkte meiner Kollegen nicht verstehe oder wenn ich zu schnell versuche, den Austausch über einzelne Punkte zu beenden. Für diese Unterstützung bin ich ihr sehr dankbar.

Als die Diskussionsrunde schließlich hinter uns liegt und wir uns gemeinsam für eine Idee entschieden hatten, zwinkert sie mir am Ende kurz zu. Ich bin beruhigt, es scheint alles nach Plan zu laufen. Zumindest vermittelt sie mir das Gefühl dabei. Nun liegt nur noch eine weitere Aufgabe vor mir. Die abschließende Präsentation. Die Gruppe wird an dieser nicht mehr teilnehmen. Als mein Chef am Nachmittag zu uns in den Projektraum kommt, hat er bereits die Bewertungsbögen für die Teilnehmer dabei. Er begrüßt sie kurz, bedankt sich bei ihnen für die Mitarbeit und entlässt sie mit den Bögen zurück in das Büro. Meine Kollegen verabschieden sich von mir und nehmen ihre Bögen mit. Dann haben sie für heute Feierabend. Clara nimmt mich noch kurz zur Seite, bevor sie sich verabschiedet. Sie spricht mir noch einmal Mut zu und wünscht mir viel Erfolg. Ich bedanke mich bei ihr für die große Unterstützung heute. Dabei kann ich meine Aufregung offensichtlich nicht verstecken. Sie amüsiert sich darüber und versichert mir, dass ‚schon alles gut gehen würde'. Als die Kollegen und mein Chef gegangen sind, sitze schließlich nur noch ich in dem Projektraum und warte auf mein Schicksal.

Als ich mich auf meine finale Präsentation vorbereite, beginnt mein Gedankenkarussell wieder an, sich wie verrückt zu drehen. Während der Diskussion konnte ich wieder etwas Energie freisetzen. Ich denke alle Szenarien durch, wie die nächste Stunde ablaufen könnte. Wie ich mich am besten verhalte. Was ich wann am besten sage. Wie ich auf welche Fragen entsprechend antworten soll. Alle mir vorstellbaren Situationen und Fallstricke werden von mir minutiös ausgebreitet und die jeweilige Lösung zugeordnet. Je länger ich warten muss, habe ich das Gefühl, dass ich besser vorbereitet bin. Ich lasse kurz alle bisherigen Ergebnisse und Ereignisse des heutigen Tages Revue passieren. ‚Das kann heute echt was werden', sage ich mir dabei in Gedanken. Mich durchflutet das erste Mal seit langem vollends ein Gefühl der Zuversicht. Ich freue mich schon fast. Als endlich die Tür aufgeht und mein Chef durch sie hindurch kommt, schaue ich ihn erwartungsvoll an. Bereit endlich loszulegen und die Bühne zu rocken, beginne ich leicht aufzustehen.

„Liam wir müssen leider den Plan ändern". Als er den Satz beendet, trifft es mich wie ein Schlag. Mein Lächeln gefriert auf der Stelle.

Ich spüre, wie die Enttäuschung in mir immer größer wird. Eine Stimme wird dabei so laut, dass ich sie erneut als ein Gesetz akzeptiere. Es ist eine mir bekannte Stimme. Eine, die mir schon öfter diese Worte sagte. Die Stimme, die mir schon immer die gewohnte Sicherheit der vermeintlichen Wahrheit vermittelte.

‚War ja klar, dass das nichts wird. Du wirst es niemals schaffen'.

„Liam, ich weiß, dass du dich jetzt auf die Präsentation vorbereitet hattest. Das hat auch absolut nichts mit dem Auswahlverfahren zu tun. Wir haben nur eine Art Notfallmeeting unter den Führungskräften. Da müssen wir jetzt alle hin. Mach dir keine Gedanken. Das werden wir nachholen! Solange treffen wir keine Entscheidung. Versprochen". Als mein Chef seinen gefühlt minutenlangen Monolog beendet hatte, habe ich abschließend noch einige Worte des Verständnisses aus mir herausbekommen. Innerlich hat sich die Enttäuschung und Trauer über den Ausgang dieses Tages aber ohne Gegenwehr bereits weiter ausgebreitet. Sie hat in Windeseile alles in mir überlagert. Unfähig rational zu denken, wollte ich nur noch weg. Raus aus dem Büro und nach Hause laufen. Nur noch in mein Bett und mich meiner Traurigkeit vollends hingeben.

Bevor ich das Büro verließ, war ich noch sehr darauf bedacht, meine Unterlagen zusammenzuräumen und sicher zu verstauen. Nachdem ich alles erledigt hatte, bin ich sogleich aus dem Gebäude gestürmt. Ich wollte niemanden mehr sehen. ‚Das werden wir' versicherte mir mein Chef. Er hat es sogar versprochen. Doch überkommen mich auf dem Weg nach Hause immer mehr Gedanken des Zweifels. Ich kann mir nicht vorstellen, dass sie sich diese ganze Arbeit machen. Diesen Aufwand der Organisation, alle Beteiligten die vielen Tage damit zu beschäftigen, nur um dann am Ende zu sagen: ‚Wir müssen abbrechen, den Rest holen wir nach'? Nein, das kann ich mir nicht vorstellen. Es muss mehr dahinterstecken. Bestimmt haben sie nur nach einem einfachen Ausweg gesucht, das Auswahlverfahren vorzeitig zu beenden. Dies ist doch eine gute Möglichkeit, sich für einen anderen der Kandidaten zu entscheiden und einer möglichen Konfrontation mit mir aus dem Weg zu gehen? Was soll ich jetzt nur tun? Das halte ich doch nicht aus, bis dahin zu warten. Soll ich mich einfach zurückziehen? Dann hätte ich meine Antwort jetzt und müsste nicht von der Gnade anderer abhängig sein. Ich merke, wie ich meine Gedanken nicht mehr unter Kontrolle habe.

Inzwischen sind regelrecht alle Dämme bei mir gebrochen. Sämtliche verbleibende Vernunft und der ‚gesunde Menschenverstand' in mir ergeben sich. Die Angst um meine Zukunft kann sich nun frei entfalten. Ich befinde mich, ohne darauf zu achten, wieder in diesem Sturm. Er hat mich, ohne es zu merken wieder mit sich gerissen. Auf der Suche nach Halt entschließe ich mich, wieder einkaufen zu gehen. Ich kann jetzt noch nicht nach Hause gehen. Im Supermarkt angekommen versuche ich mich mit meinem gewohnten Weg abzulenken und mir den von mir erhofften Halt zu geben. Für einige Augenblicke scheint es zu funktionieren. ‚Ich möchte jetzt nur noch meine Pizza essen und danach schlafen', denke ich mir. Zielstrebig gehe ich in die Tiefkühlabteilung. Als ich vor den vielen Schränken stehe, begrüßt mich wieder der Balztanz der vielen Möglichkeiten. Erneut von dem Anblick bezaubert, greife ich wieder nach meiner üblichen Wahl. Doch sie ist nicht da. Verunsichert suche ich die anderen Regale und Schränke ab. ‚Vielleicht haben die sie ja nur umsortiert', denke ich mir, während ich weiter nach ihr Ausschau halte. Doch ich finde sie nicht. Ein weiterer Schwall von Panik breitet sich in mir aus, als ich sie nicht erblicken kann. Nahe der Verzweiflung fange ich einen Mitarbeiter des Supermarkts ab, der gerade einige Kisten in die Schränke einsortiert, und bitte um Hilfe:

„Entschuldigung!“, frage ich, mit dem mir in meiner Situation noch an Rest verbliebenen Grad an Höflichkeit.

„Ja?“, der Mitarbeiter schaut mich nicht an, als er mir antwortet. Weiter damit beschäftigt, die Kartons einzuräumen, wartet er auf mein Anliegen.

„Eine Frage, ich suche die Pizza Peperoni-Salami und Extra-Käse, die sie über die Hausmarke angeboten haben. Ich kann sie nicht finden. Können sie mir bitte helfen und sagen, wo ich sie finden kann?“

„Die ist aus dem Sortiment genommen. Kommt erstmal nicht wieder", antwortete er kalt, während er weiter packt. Das war für mich der Rest. Jetzt ist alles vorbei. Nun bin ich komplett verloren. Mir wird schwarz vor Augen. Ich weiß nur noch, dass ich mich wohl kurz bei ihm bedankt habe und dann irgendwie nach Hause gekommen bin. Ich kann mich an den ganzen Weg nicht mehr erinnern. Nur noch an diesen einen pfeifenden Ton in meinem Ohr, der mich begleitet hatte. Zu Hause angekommen, komme ich langsam wieder zu mir. Doch wird es hier in meinem Bewusstsein für mich umso schlimmer, da ich nun bewusst von dieser Leere eingenommen werde. Ich erinnere mich an die Stimmen, die ich in der Vergangenheit ignoriert hatte. Die Stimmen hatten recht. Ich komme tatsächlich von einer Leere in die nächste. Ich befinde mich mitten in ihr. Erst jetzt realisiere ich es. Jetzt, wo es für eine Flucht aus diesem Gedanken bereits viel zu spät ist.

Es ist das Schlimmste eingetreten, was überhaupt nur passieren kann. Auf einmal muss ich mich mit mir selbst auseinandersetzen. Habe ich doch in der Vergangenheit so sehr versucht dies zu vermeiden, jedes Mal sofort eine Ablenkung gefunden oder diese Stimmen mit anderen Abwägungen relativiert. Alle meine bisherigen Haltepunkte haben nun versagt. Hektisch versuche ich auch jetzt etwas zu finden, womit ich meine Gedanken beruhigen kann. ‚Wenn doch jetzt nur Mads vorbeikommen könnte' denke ich mir dabei. Doch ich kann ihn nicht einfach anrufen und fragen, ob er kommt. Er kommt nur dann vorbei, wenn er es für richtig hält, es ihm seine Zeit erlaubt. Meine anderen Freunde kann ich jetzt auch nicht anrufen. Zu groß ist meine Scham ob dieses Ausgangs. Dasselbe gilt für meine Eltern. Vor allem meinen Vater kann ich doch jetzt nicht anrufen, wo er doch schon der ganzen Welt erzählt hatte, was für ein erfolgreicher Typ sein Sohn ist. Ich kann ihnen jetzt nicht von dieser Niederlage berichten. Wieder wäre ich derjenige von uns, der ‚nichts gebacken' bekommt. Der von uns, der auf der Stelle tritt. Während alle anderen an mir vorbeiziehen. Das offen zu kommunizieren, würde mich zu sehr verletzen. So entscheide ich mich für das Instrument, das in diesen

Situationen gerne gewählt wird. Der Weg, meinen Problemen fürs Erste aus dem Weg zu gehen und auf mein zukünftiges Ich abzuladen. Ich gehe geschlagen von den Ereignissen des heutigen Tages in mein Schlafzimmer und lege mich hin. Voller Erschöpfung schlafe ich sofort ein.

Ich erwachte am späten Abend. Geträumt habe ich nichts. Mein Körper hatte sich wohl die gestohlene Zeit und Ruhe umfassend zurückgeholt. Nach dem Aufwachen fühle ich mich noch immer leer und enttäuscht. Doch wächst auch mein schlechtes Gewissen immer mehr. Darüber, dass ich mich gerade so sehr von meinen Freunden und meinem Umfeld abschotte. Ein Gefühl, das sich bei einem Blick auf mein Telefon nur verstärkt. Es ist noch immer im Flugmodus von heute Mittag. Als ich ihn ausschalte, kommt eine Flut an Anrufen und Nachrichten herein. Wie zu erwarten haben sowohl meine Familie als auch meine Freunde versucht, mich zu erreichen. Seit Stunden versuchen sie es nun bereits. Ihr Ton wird im Verlauf zunehmend besorgter. Das versetzt mich in eine unbeschreibliche Drucksituation. Durch ihre Nachrichten platzieren sie bei mir, wenn auch unbewusst, eine Erwartung. Ich fühle mich dazu verpflichtet, ihnen antworten zu müssen. Dafür zu sorgen, dass ich sie von ihren Bedenken befreie. Als würde ich ihren Tag mit meinem Verhalten belasten. Angst um mich in ihnen auslösen. Ich beginne, ihnen gegenüber wütend zu werden. ‚Wieso darf ich mir denn keine Zeit für mich nehmen? Bleibt mir das denn verwehrt?‘, meine Wut verstärkt sich bei diesen Gedanken immer mehr.

Ich gebe ihnen doch auch alle Freiheiten und den Raum, den sie brauchen. Ich setze sie doch nicht unter Druck oder habe die Erwartung, dass sie sofort reagieren, wenn ich etwas von ihnen will. Was erwarten sie denn? Jetzt sofort ein Zeichen von mir, wenn sie doch auch in den letzten Wochen so abweisend zu mir waren, nur mit sich selbst beschäftigt und sich auf ihre Projekte konzentriert haben. Warum bin immer ich derjenige, der alles gibt und nichts dafür bekommt? Ich merke, wie ich mich immer mehr in dieser Wut verliere. Plötzlich bekomme ich Angst. Ich habe Angst davor, am Ende wieder völlig allein zu sein, wenn ich jetzt nicht reagiere.

Dass, wenn ich die Beziehung zu ihnen schleifen lassen würde, alles untergeht, wir uns voneinander entfernen und ich mit meinen Gedanken und Sorgen komplett allein wäre? Absolut gebannt von dieser Angst, greife ich sofort zum Telefon und versuche Rasmus anzurufen. Ich halte das alles nicht mehr aus. Doch ich erreiche Rasmus nicht. Meine mehrmaligen Versuche verlaufen alle nur ins Leere. Ich schreibe ihm daraufhin Nachrichten. ‚Hi Rasmus, bitte ruf mich schnell zurück. Es ist wichtig‘. Auf einmal setze ich ihn auch unter Druck. Ich habe auch ihm gegenüber jetzt eine Erwartungshaltung. Aber das ist mir im Moment absolut egal. Ich brauche ihn jetzt dringender, denn jeh. Ich muss sicher gehen, dass er sich nicht von mir abwendet. Minuten vergehen. Auch nach einer Stunde höre ich nichts von ihm. In meiner Hilflosigkeit gefangen, greife ich wieder zum Telefon, mit dem Ziel, ihn irgendwie erreichen zu wollen. ‚Und wenn ich ihn jetzt alle fünf Minuten anrufen muss‘, denke ich mir dabei. Kurz bevor ich einen weiteren Anruf absetze, kommt es allerdings endlich zu dem Moment, den ich mir im Geheimen so sehr gewünscht habe. Mads hat Zeit für mich. Er kommt wieder vorbei.

Vor lauter Glück begrüße ich ihn. Ich werfe mich ihm um den Hals und fange sofort an zu weinen. Mein ganzer Frust wird von mir auf ihn übertragen. Ich erzähle ihm alles. Er hört mir dabei mit einer Seelenruhe zu. Lässt es über sich ergehen und gibt mir genau das, wonach ich mich aktuell so sehr sehne. Jemanden, der mir zuhört und für meine Gedanken da ist. Ohne von mir eine Gegenleistung dafür zu erwarten. Ich kann die dunkle Umhüllung endlich von mir werfen. Aus ihr entfliehen und mich vollkommen auf den einen Punkt konzentrieren, der jetzt für mich zählt. Meinen Augenblick mit ihm. Das ist für mich gerade alles Glück dieser Welt. Während ich mich mit Mads unterhalte, leuchtet mein Telefon auf. Ich kann erkennen, dass Rasmus versucht, mich zurückzurufen. Wohl alarmiert von meinen vielen Nachrichten. Ich lasse Mads für einen Moment allein, als ich mich zum Telefonieren in die Küche begebe.

„Hi Rasmus, danke dir, dass du zurückrufst.“, sage ich, mit dem Versuch, eine größtmögliche Normalität zu verbreiten.

„Liam! Es tut mir so leid. Ich habe mit meinem Doktorvater noch einige Dinge besprochen. Was ist denn los? Ist bei dir alles in Ordnung? Ist es wegen des Jobs? Ich versuche dich schon den ganzen Nachmittag zu erreichen“, fragt Rasmus zugleich. Er ist spürbar angespannt. Er macht sich offenbar große Sorgen um mich.

„Nein, es ist alles ok. Das lief nur heute alles nicht so, wie ich es mir gewünscht habe. Aber das wird schon noch. Die Entscheidung wurde auf unbestimmte Zeit vertagt. Die müssen sich gerade wohl um wichtige Dinge kümmern“, erwidere ich. Ich fahre fort:

„Das hatte mich alles nur verwirrt. Inzwischen habe ich mich aber wieder etwas beruhigt. Alles gut“, versuche ich ihm zu versichern.

„Bist du dir sicher? Das klang in den Nachrichten aber nicht so. Soll ich denn nicht vorbeikommen? Das würde ich schon irgendwie hinbekommen“, fährt Rasmus fort. Doch ein Besuch von ihm kann ich gerade nicht gebrauchen. Mads ist mir jetzt wichtiger.

„Ja, Rasmus, es ist wirklich wieder alles ok. Das hat mich einfach nur durcheinandergebracht. Ich brauche jetzt etwas Ruhe für mich. Dann geht das schon wieder. Wir können am Wochenende was machen. Würde dir das passen?“

„Ich muss sehen, wie ich das hinbekomme. Aber ich denke, was Kleines sollte gehen. Hauptsache, dir geht es gut. Melde dich bitte, wenn ich doch noch vorbeikommen soll, ok?“, antwortete Rasmus zögerlich. Ganz überzeugt klingt er dabei nicht, aber das reicht mir fürs Erste. Ich bedanke mich noch einmal für seine Sorgen und verspreche, dass ich mich im Fall bei ihm melden werde. Mit Freude dieses Thema auch abgehakt zu haben, begebe ich mich wieder in Richtung Wohnzimmer, wo ich Mads für den Moment verlassen habe. Doch als ich es betrete, ist Mads bereits wieder gegangen. Das hat ihm wohl alles zu lange gedauert. Es könnte auch sein, dass es wegen Rasmus war. Die beiden sind nicht mehr gut aufeinander zu sprechen. Er konnte mein Gespräch mit ihm sicher durch die Räume hören. Dabei fiel ja sein Name. Ist er deshalb gegangen? War Mads jetzt sauer auf mich, dass ich ihn wegen Rasmus dort warten ließ?

Wieder kommt diese Wut in mir auf Rasmus hoch. Seinetwegen muss ich jetzt wieder warten, bis Mads das nächste Mal Zeit für mich hat. ‚Scheiße', denke ich mir. Dieses Thema muss ich irgendwie lösen. Der Konflikt zwischen den beiden beginnt spürbare Auswirkungen auf mein Leben zu entwickeln. Dabei hat doch nur Rasmus dieses Thema. Er und seine eingefahrene Meinung sind doch der Ursprung des Konflikts. Eines Tages werde ich wohl eine Entscheidung zwischen ihnen treffen müssen. Wie kann Rasmus mich nur vor so eine Wahl stellen? Bevor diese Wut sich noch weiter in mir entfaltet, entscheide ich, mich an den Computer zu setzen und zu spielen. Die ganze Welt kann mir gerade gestohlen bleiben. Ich möchte mit niemandem mehr reden. So verliere ich mich wieder komplett in meiner alternativen Realität der Spiele. Ich brauche jetzt diese Ablenkung dringender, denn je.

Kapitel 6

Sucht

Es ist so verführerisch. Bösartig verkleidet sie sich und spürt die tiefsten Gelüste eines jeden Menschen auf. Wir meinen, mit ihr umgehen zu können. Lassen uns ein auf das Spiel mit dem Feuer, das uns in unserem banalen Leben endlich wieder etwas spüren lässt. Uns ein Grundrauschen vermittelt, in dem unsere Gedanken zur Ruhe kommen. Doch einmal erlebt, lässt uns die Spannung nie mehr los. Unser Verstand wird von ihr ausgetrickst. Wir sehnen uns danach, diese Momente erneut zu spüren. Unbemerkt konsumieren wir mehr. Wir verlieren die Kontrolle, bis wir vollkommen von ihr eingenommen sind. Den Ausweg schaffen nur die, die ihre Schwäche vollends akzeptieren. Sie wird für immer zu einem Teil von ihnen.

Juni 2020. Die Welt steht auf dem Kopf. Das Corona-Virus hat nun auch unser Land voll im Griff. Unsere Firma hat für uns alle auf unbestimmte Zeit Homeoffice verordnet. Ein schwierigeres Unterfangen. Bisher war das Unternehmen von der Digitalisierung so weit entfernt wie ich von einem glücklichen und erfüllten Leben. Die Entwicklungen der letzten Jahre verschlafen, wurde es innerhalb von ein paar Wochen mit Lichtgeschwindigkeit in diese geschleudert. Für alle Beteiligten ist das eine absolute Zerreißprobe. Besonders bei unseren Chefs ist das absolute Unbehagen über diese Entwicklung zu spüren. An ihrem Verhalten ist abzulesen, dass sie ihren Mitarbeitern und auch dem neuen Arbeitsmodell nicht so recht trauen können. Zu sehr differenziert es sich von der Welt, die sie jahrzehntelang zu kennen glaubten. Ihre Werte haben sie von Generation zu Generation weitergegeben und nach ihnen gelebt. Doch auch diesem Wandel werden sie sich schließlich irgendwann anpassen müssen, wenn auch nur für den Moment. Denn es dient zum Schutz aller.

Die ganze Thematik hatte nicht nur allgemeine, sondern auch direkte Auswirkungen auf meine Arbeit. Der Abschluss des

Auswahlverfahrens ist nach wie vor vertagt. Es waren erst einmal andere Dinge wichtiger. Nach dem abrupten Ende damals am Auswahltag folgten noch einige dieser „Notfallmeetings“ auf der Führungsebene. Sie alle waren dem Thema gewidmet, das nun das Weltgeschehen schon seit einigen Wochen bestimmt. Da ist die Entscheidung über eine Projektleitung in ihren Augen verständlicherweise für den Moment absolut nachrangig. An mich und die Auswirkungen auf meinen Gemütszustand denkt hier natürlich niemand. So verkrieche ich mich immer mehr in meiner täglichen Arbeit. Ich merke, wie ich dabei die Lust verliere und nur noch das Nötigste mache, um meinen Arbeitsvertrag zu erfüllen. Ich hätte nie gedacht, dass ich eines Tages an diesem Punkt ankommen würde. Den Punkt, über den ich bei den Betroffenen doch so oft den Kopf geschüttelt habe. Ich mache nur noch ‚Dienst nach Vorschrift‘. Ich mache mich weder besonders hübsch für den Tag, noch sitze ich den ganzen Tag nur an der Arbeit. Mir ist das hier alles inzwischen nur noch egal geworden. Die Auswirkungen auf meine geistige Gesundheit lassen sich ebenfalls nicht leugnen. Der Wegfall sämtlicher Routinen: der Weg zur Arbeit und zurück, das Einkaufen nach der Arbeit und auch die von mir sonst so verächtlich betrachteten Verhaltensweisen meiner Kollegen. Plötzlich fehlen sie mir. Ich merke, dass ich mich zu Hause eingesperrt fühle. Nichts mit mir anzufangen wissend suche ich nach Möglichkeiten, mich abzulenken. Ich bin plötzlich dazu bereit, mich mit neuen Dingen zu beschäftigen. Alles mit dem Ziel, meinen Geist nachhaltig zu beruhigen, bevor er in Ebenen abdriftet, die ich niemals bewusst erleben wollte. Das ist mein oberstes Ziel. Die Stabilität, um jeden Preis zu bewahren.

Meine Freunde sind ebenfalls auf der Suche nach diesen Beschäftigungen. Jeder von ihnen hat dabei seine eigene Vorstellung. Rasmus vertieft sich immer mehr in seine Doktorarbeit. Fast schon manisch bearbeitet er Fachliteratur und andere Quellen, um seine Thesen und Ergebnisse zu untermalen. Kapitel werden umgeworfen, sogar mehrmals umgeschrieben. Für ihn gibt es aktuell kein Ende. Er hat dadurch immer weniger Zeit für uns oder mich. Wenn wir uns mal verbotenerweise in der Gruppe bei jemandem zu Hause sehen, ist er total abwesend. Fast schon, als wenn er genervt wäre, dabei zu sein, als würden wir ihn von seiner Arbeit abhalten, ihn dazu zwingen, Zeit mit uns zu verbringen. Das ist uns unangenehm. Er hat sich nachhaltig verändert. Von seinem gütigen und offenen Wesen ist aktuell wenig zu sehen. Er zeigt jetzt diese eine Seite, die ich im Inneren schon immer bei ihm vermutet hatte. Diese etwas dunklere und auf sich bezogene Seite. Obwohl sie mir durchaus vertraut vorkommt, ist sie für mich unerklärlicherweise nur schwer zu ertragen. Eine weitere Veränderung, mit der ich klarkommen muss.

Sam hingegen hat sich nicht gravierend in seiner Persönlichkeit gewandelt. Wenigstens er bleibt seiner Linie treu. Er geht nur immer mehr in der Social-Media auf. Das hat sich für ihn von einem Hobby inzwischen zu einer ernsten Sache entwickelt. Er hat nun tatsächlich begonnen, Clips über das Gaming aufzunehmen. Er streamt stundenlang im Internet und hat sogar schon eine kleine Fanbase aufgebaut. Eine wirklich gute Sache in der jetzigen Zeit, in der alle zu Hause sind. Selbst ich schaue ihm sogar manchmal zu. Er ist zum Glück nicht ganz so unangenehm wie andere. Letztens hat er sogar einen 12 Stunden Stream gemacht und dabei auch einiges an Spenden eingenommen. Wer weiß, vielleicht wird er ja noch zu einem großen Star und kann sogar die ein oder andere Kooperation an Land ziehen. Ich würde es ihm wirklich gönnen. Aber egal, wie es sich noch für ihn entwickelt, er scheint dabei Spaß zu haben. Das ist doch am Ende auch die Hauptsache. Für Boris ist die aktuelle Zeit auf der anderen Seite eine echte Belastung. Da alle Clubs und Bars aktuell geschlossen sind, hat er seine Hauptbeschäftigung der letzten Monate verloren. Wir merken regelrecht, wie er leidet. Er trifft sich zur Ablenkung zunehmend mit irgendwelchen Typen auf geheimen Partys oder bei ihnen zu Hause. Ich bin mir sicher, dass er diesen Drang nach Bestätigung irgendwie kompensieren muss. Dazu kommt, dass er einfach nur sehr unruhig ist, wenn wir uns sehen. Hinter seinen Rücken haben wir uns schon oft über unsere Befürchtungen unterhalten, dass er inzwischen auch Substanzen zu sich nehmen würde. Wir denken, dass er damit in den letzten Wochen angefangen hat. Es würde auch erklären, warum er zuvor diese Nächte so gut durchhalten konnte. Er zittert regelrecht, wenn er längere Zeit auf der Stelle sitzen muss. Aktuell wäre das aber nach unserer Einschätzung nicht der richtige Zeitpunkt, dies anzusprechen.

Es ist einfach in Summe eine äußerst belastende Zeit für uns alle im Moment. Wenn wir in der Gruppe etwas machen, scheint jeder mit einer solchen Last auf seinem Rücken dazusitzen, dass wir diese Leichtigkeit zwischen uns verloren haben. Wir schauen dann meistens nur irgendwelche Serien oder fangen an, uns zu betrinken. Es ist aktuell nur noch trostlos.

Und dann haben wir da schließlich noch Mads. Er hält sich interessanterweise aus allem raus. Er meidet noch immer den Kontakt zu den anderen. Das finde ich etwas traurig. Er könnte die anderen auch einfach nur anrufen. Er muss sie noch nicht mal besuchen kommen. Das würde sie eventuell schon wieder etwas zusammenbringen können. Doch ich möchte ihn nicht verärgern und das großartig ansprechen. Ich möchte nichts tun, was ihn davon abhalten könnte, mich besuchen zu wollen. Auch die anderen sprechen nicht großartig über ihn. In der Gruppe ist er nur sehr selten ein Thema. Meist geht es da um Geschichten aus der Vergangenheit. Lange können wir uns aber nicht über ihn unterhalten, da Rasmus das dann in der Regel schnell unterbricht. Er hat mit ihm komplett abgeschlossen. Das belastet mich zunehmend. Ich weiß, dass ich hier irgendwann eine Entscheidung treffen muss, damit ich nicht noch beide verliere. Aber diese Zeit ist für mich jetzt noch nicht gekommen. Noch möchte ich keinen von den beiden loslassen. Das würde ich jetzt nicht ertragen. Also mache ich in meiner Heimlichkeit weiter. Es ist weiterhin so, dass Mads darauf besteht, sich jedes Mal bei mir zu treffen. Ich frage da nicht besonders nach den Hintergründen, obwohl es mich natürlich durchaus interessiert. Wir könnten uns auch bei ihm treffen oder etwas draußen unternehmen. Ich weiß auch gar nicht, wo er aktuell lebt. Ich glaube, er ist zurück zu seinen Eltern gezogen. Aber mit absoluter Sicherheit kann ich das nicht sagen. Zu seinen Eltern oder seinem Bruder habe ich seit der Zeit im Krankenhaus keinen Kontakt mehr. Ich habe mich nur noch vollkommen auf ihn konzentriert. Das reicht mir völlig.

Die Einzige aus meinem Freundes- und Bekanntenkreis, bei der diese grundlegenden Veränderungen nahezu spurlos vorbeigegangen sind, ist Clara. Es fasziniert mich, wie stabil sie in den vergangenen Monaten geblieben ist. Sie hatte sich bereits vor der ganzen Zeit ein neues Hobby gesucht, das Nähen und Stricken. So banal wie es vielleicht auf den ersten Blick klingen mag, geht sie komplett darin auf. Sie freut sich sogar sehr, dass sie mehr Zeit dafür im Homeoffice hat. Die Zeit während den Terminen nutzt sie sogar manchmal dafür, nebenbei an ihren Stücken weiterzuarbeiten. Das finde ich niedlich. Inzwischen hat sie auch angefangen, die ersten Stücke zu verkaufen. Auch ich habe schon etwas bei ihr gekauft. Sie hätte es mir sicherlich auch einfach geschenkt, aber ich wollte sie gerne unterstützen. Vor allem, um mich bei ihr für ihre Hilfe in den letzten Jahren zu bedanken. Das hatte sie sehr gefreut. Ich glaube, sie ist die einzige Person auf dieser Welt, die diesen Entwicklungen etwas Positives abgewinnen kann.

Tja, und ich? Ich habe mich auf der Suche nach Ablenkung an etwas erinnert, mit dem Mads sich schon immer viel und gerne beschäftigt hat. Etwas, über das ich mich oft unterhalte, wenn er bei mir ist und mich wieder ein Stück näher zu ihm bringt. Das Traden am Kapitalmarkt. Es fasziniert mich einfach und gibt mir dieses Gefühl der Aufregung, das ich zuletzt am Auswahltag verspürte. Das tut mir gut. Ich bin damit auch aktuell nicht allein. In vielen Foren und auch Apps tun sich immer mehr Leute zusammen, die zum ersten Mal während dieser Zeit sich ebenfalls in diese Thematik einarbeiten. Eine aufregende Zeit und auch Gelegenheit für alle von uns, etwas Neues zu beginnen. Schließlich sind die Kurse nach Covid extrem in den Keller gegangen. Eine gute Zeit, um einzusteigen! Neben der Aufregung hat das Ganze noch einen weiteren positiven Effekt. Ich fühle mich nämlich aktuell weniger allein, wenn ich mit ihnen und auch mit Mads über dieses Thema diskutieren kann. Ich fühle mich auf einmal zu einer Gruppe von Menschen dazugehörig. Mit ihnen kann ich über interessante Dinge sprechen und mich zu ihnen verbunden fühlen. Das breitet eine solche Wärme in mir aus, dass ich oft schon an nichts anderes mehr denken kann. Ich habe mich in dem Zusammenhang besonders auf das Handeln mit Derivaten spezialisiert. Alles andere, wie Aktien oder Fonds, ist mir einfach viel zu langweilig. Ich brauche dieses Feuer und das Risiko. Das gibt mir aktuell mehr Kraft als nur hier zu Hause zu sitzen und während der Arbeit aus dem Fenster zu schauen. Nach einer kurzen Lernphase läuft es für mich auch inzwischen gut! Ich schaffe es, jeden Tag etwas zu verdienen. Verluste hatte ich bisher noch nicht. Ich scheine hier wohl dafür ein Händchen zu haben. Sollte es mal dazu kommen, glaube ich aber, dass ich damit auch gut umgehen kann. Ich denke, es gehört halt einfach dazu. Das sagt mir Mads auch immer. Er ist der Meinung, dass man das gut mit weiterem Kapital wieder wettmachen kann. Es zählt einfach der Zeitpunkt, und dass man nicht aufgibt. Wie bei allem im Leben.

Was sollte ich denn auch sonst machen. Die Isolation setzt mir zunehmend zu. Wir alle merken das. So ist es doch nur gut, dass ich etwas zur Ablenkung gefunden habe. Meine Freunde sind alle mit ihren eigenen Themen besorgt. Ich könnte mich stundenlang damit beschäftigen. Wie die Kurse tanzen und sich innerhalb von Minuten Gewinne und Verluste die Hand reichen. Bis spät in den Abend beobachte ich sie und setze Trades ab. Die Märkte haben bis 22:00 Uhr geöffnet. Bis dahin kann ich meine Gedanken damit beruhigen. Oft sitzt Mads neben mir, um gemeinsam nach den besten Trades zu schauen oder um das muntere Treiben einfach zu beobachten. Wir haben auch oft über die Möglichkeit gesprochen, die Nacht durchzumachen. Immerhin könnten wir dann auch auf den asiatischen Märkten handeln. Doch der Schlaf ist mir aktuell wichtiger. Ich habe schließlich noch einen Job. Ich muss zugeben, dass ich auch manchmal heimlich während der Arbeit zocke. Da habe ich schon ein schlechtes Gewissen bei. Aber solange meine Arbeit nicht darunter leidet, kann meinem Chef das ja auch egal sein, was ich mache. Schließlich erfülle ich meine Aufgaben und bin auch immer erreichbar. Da wird es schon nicht schaden, wenn ich während der Calls mal ein paar Geschäfte nebenbei mache, oder?

Und so vergingen die weiteren Wochen und Monate für uns alle in einer Art kollektiver Lähmung. Jeder von uns hat sich eine für sich ansprechende Ablenkung gewählt, mit der wir diese für uns alle belastende Zeit überbrücken können. Der Allgemeinheit fällt das nach meinem Gefühl schwerer. Die allgemeine Stimmung in der Gesellschaft wird spürbar rauer. Ich merke, wie sehr diese Isolation den Menschen zusetzt. Sie fühlen sich zunehmend in ihrer Leere gefangen. Vor allem meine Generation leidet. So viele entdecken die verführerischen Versprechungen der Einsamkeit für sich. Liegt es doch so nah, sich ihrer anzunehmen und nicht den anstrengenden Weg zu gehen, nach Alternativen zu suchen und sich mit ihnen zu beschäftigen. Ich habe dafür kein großes Verständnis. Ich selbst stand doch vor diesen Herausforderungen und habe sie nur dank Mads und meinem Mut lösen können. Dabei verspüre ich fast so etwas wie Genugtuung. Denn endlich können sie eine Ahnung davon bekommen, wie es mir all die ganzen Jahre erging. Wie sehr ich still unter ihnen gelitten habe und für sie eine Maske aufsetzen musste, damit sie in ihrem standardisierten Leben nicht von mir belastet werden. Jetzt müssen auch sie nach diesen Mechanismen suchen, um diese negativen Gedanken zu bekämpfen.

Die meisten aus meiner Generation und vor allem in der Generation nach uns suchen wie Sam das Heil im Social-Media. Auch hier beobachte ich eine Transformation im Miteinander. Das Internet war dabei schon immer auch ein Ort für Trolle und Menschen, die einfach nur ihren Frust abladen wollen. Hier galt es seit jeher jede dieser Stimmen genau abzuwägen und sich diesen nicht allzu sehr anzunehmen. Daran hat sich auch heute nichts geändert. Doch aktuell werden die Variablen Frust und Einsamkeit in der Berechnung immer größer. Der Hass wird exponentiell, schneller und stärker. In ihm finden sich immer mehr Menschen zu einer Gemeinschaft zusammen. Hier fühlen sie sich stark und verstanden. Sie suchen sich gezielt für sie schwache Menschen aus und beginnen sofort, sie in ihr Fadenkreuz zu nehmen. Vor allem die sanftmütigen sind ein favorisiertes Ziel von ihnen. Diejenigen, die beispielsweise vielleicht einfach nur eine für sie interessante oder witzige Idee ausprobieren wollten und das ungeübt mit den Formaten seltsam herüberbringen. Oder noch schlimmer: Menschen, die mit ihrem Aussehen von der Norm abweichen und es trotzdem versuchen sich zu zeigen. Sie sind gern Ziel dieser Attacken. Einige von ihnen macht das fertig. Sie alle werden von dieser Wut attackiert und manch einer zerbricht unter ihr komplett. Es ist traurig, was in manchen Kommentarspalten abgeht. Oft habe ich Angst davor, sie zu öffnen, wenn ich ein Video von einem Menschen sehe, das einfach nicht zur Norm passt. Da weiß man schon ganz genau, was einem dort erwartet. Die Menschen sind in dieser Zeit ein Stück grausamer geworden. Ich hoffe nur, dass sich dieser Trend irgendwann einmal wieder umkehrt, wir wieder zu unseren Werten zurückkommen und unsere Menschlichkeit im Internet nicht komplett vergessen. Ich hoffe auch, dass Sam hier wirklich auf sich aufpasst und keinen Vorwand liefert, auch von dieser Wut getroffen zu werden. Wir sind uns sehr ähnlich, auch er kann seine Gedanken manchmal nicht kontrollieren. Das würde ihn sicherlich sehr belasten. Aktuell scheint er es aber gut im Griff zu haben. Für mich wäre das alles nichts. Ich sehe es nicht, mich vor die Kamera zu stellen und dieses Risiko einzugehen. Dafür bin ich weder stabil noch unterhaltsam genug.

Eine Gefahr birgt Social-Media für mich ebenfalls. Ich kann mich hier beim Durchscrollen von Stories oder Kurzvideos restlos verlieren. Meist gehen Stunden dabei unbemerkt ins Land, während ich ein Hunde- oder Katzenvideo nach dem nächsten anschaue. Immer weiter scrolle, bis ich ein anderes Bedürfnis in mir vernehme oder es nicht mehr weiter ignorieren kann. Dieses Verhalten kann ich auch besonders bei der Generation nach uns beobachten. Hier ist es allerdings noch schlimmer. Viele verbringen den ganzen Tag nur noch im Bett und scrollen sich durch unzählige Videos und Beiträge durch. Irgendwann erwachen sie dann daraus und haben für einen kurzen Moment die Erkenntnis, dass sie mit ihrem Leben nichts anzufangen wissen. Ihre Geister finden sich zunehmend in einer Leere wieder. Wie im Limbo verharren sie ohne Perspektive in dieser Phase. Sie sind auf der Suche nach einer Bedeutung in ihrem Leben oder nach einem Sinn. Depressionen und andere ernstzunehmende psychische Krankheiten werden von ihnen zunehmend verharmlost. Nach meinem Gefühl scheint es schon fast ‚woke' zu sein, dass einen alles nur noch belastet. Viele identifizieren sich plötzlich damit. Ich habe die Angst davor, dass mit dieser zunehmenden Dichte das Thema von den älteren Mitmenschen nicht mehr ernst genug genommen wird. Das finde ich gefährlich. Selbst meine Generation begegnet diesem Fakt mit wachsendem Unverständnis. Dabei habe ich das Gefühl, dass auch wir uns von ihnen zunehmend entfernen. Wir dürfen nicht riskieren, dass wir die Rufe nach Hilfe nicht mehr vernehmen wollen, weil wir das Thema nicht mehr hören wollen. Dabei brauchen sie doch unsere Unterstützung so sehr. Sie können mit sich eh schon wenig anfangen. Aber wir sind mit unseren eigenen Problemen beschäftigt. Hilflos identifizieren sie sich mit wahllosen Creatorn und suchen sich teilweise falsche Vorbilder im Internet. Es ist traurig. Davor bin ich einigermaßen bewahrt. Ich habe zum Glück mein Hobby und meine Arbeit als Ablenkung, die mich vollends einnehmen.

Auch der Ton im Berufsleben wird nach meinem Gefühl zunehmend angespannter. Die Umstellung auf die digitale Arbeit hat die bestehenden Werte unseres Arbeitsalltags massiv und augenblicklich verändert. Bei einigen Kolleginnen und Kollegen nimmt das schon solche Ausmaße an, dass sie nahezu über 10 Stunden am Tag nur an ihren Computern oder Laptops sitzen. Entgegen der ‚alten' Vorurteile beobachte ich, dass bei meinen Kollegen ein dringendes Bedürfnis wächst, digital präsent sein zu wollen. Als hätten sie die Befürchtung, dass die Arbeit von zuhause nicht ehrlich wäre, wenn sie nicht ‚überperformen'. Einige gehen dabei inzwischen so weit, dass sie direkt nach dem Aufstehen ihre Arbeitsplätze einnehmen, zwischendurch essen und dann direkt wieder an die Arbeit gehen, bis sie am Ende wieder in ihre Betten zurückkehren. Zeit für privates oder Spaziergänge an der frischen Luft bleibt dabei selten, denn am nächsten Tag wird dieses Verhalten gleich wiederholt.

Ich spüre, wie das an meinen Kollegen nagt. Sie sind inzwischen so sehr angespannt, dass die Hemmschwelle im Umgang miteinander in den vielen Calls oder im direkten Chat gesunken ist. Es wird sich vermehrt ins Wort gefallen, Chatnachrichten sind neutraler und das Verständnis für das Gegenüber fehlt komplett. Die Menschlichkeit geht zunehmend auch hier verloren. Es gilt einzig und allein schnellstmöglich zum Ergebnis zu kommen, damit man endlich zu dem nächsten Task übergehen kann. Ich versuche hiervon Abstand zu nehmen und mich nicht so sehr von dieser negativen Sphäre einnehmen zu lassen. Ändern könnte ich es sowieso nicht. Ich habe nichts zu sagen. Doch etwas Gutes hat dieser kollektive Stillstand in unserem Unternehmen. Zum ersten Mal seit langer Zeit bin ich von den lästigen Umstrukturierungen befreit. Endlich kann ich etwas durchatmen, ohne zu befürchten, dass sich wieder einmal alles ändert. Aktuell ist alles eingefroren in dieser Krise. Wer weiß, vielleicht bin ich sogar dazu bereit, mehr auf meine Kollegen einzugehen. Selbst Sharon wirkt in diesem neuen Umfeld plötzlich erträglich.

Doch an einem Tag im Herbst ändert sich schlagartig alles. Ich werde von meinem Chef darüber informiert, dass das Auswahlverfahren endlich weitergeht. Die abschließende Präsentation und Entscheidung werden in ein paar Tagen online stattfinden. Sie haben es tatsächlich nicht vergessen. Ich bin absolut verblüfft, dass sie mich wirklich noch für die Besetzung in Betracht ziehen. Nach all dieser Zeit! Ich bin in den Tagen davor so sehr aufgeregt, dass ich sogar die Lust am Traden nahezu verliere. Mads gefällt das ganz und gar nicht. Das setzt mich unter Druck. An einem Tag war er so wütend auf mich, dass er richtig ausfallend wurde. Extra ist er zu mir gekommen, um mich zu besuchen und mit mir zusammen zu traden. Und dann hatte ich ausgerechnet keine Zeit für ihn, weil ich mich mit den Vorbereitungen beschäftigen wollte. Das hat mich so sehr belastet, dass ich ihm versprochen habe, am Tag vor der Auswahl den Nachmittag mit ihm zu traden. Bis dahin hätte ich genug gelernt und ich wollte am Abend zuvor noch etwas entspannen. So kam er wie vereinbart am

Nachmittag bei mir vorbei. Es war zum Glück wieder alles in Ordnung zwischen uns. Wir haben die Zeit miteinander verbracht und den Kursen bei ihrem Tanz zugesehen. An diesem Tag haben wir zusammen besonders risikoreiche Geschäfte abgewickelt. Ich wollte ihm eine Freude nach der letzten Enttäuschung machen. Bei besonders diesen Geschäften funkeln ihm immer die Augen. Dann lächelt er mich immer so an, dass mir warm um mein Herz ist. Da fühle ich mich ihm besonders nah. Außerdem hatte ich es im Gefühl. Ich war bestärkt von dem morgigen Tag und der absoluten Sicherheit, ‚dass schon alles gut gehen werde'. Wir saßen bis spät am Abend zusammen, bis sich plötzlich Rasmus bei mir meldet. Wieder lief es wie ein kalter Schauer durch mich hindurch. Wieder einer dieser plötzlichen Anrufe, die mich zu einer Reaktion drängen. Ich hatte meinen Freunden zuvor von der Nachricht meines Chefs und dem wichtigen Tag morgen berichtet. Er wollte mir wohl, wie beim letzten Mal, viel Glück wünschen. Doch ich möchte nicht mit ihm sprechen. Denn ich weiß auch, was das letzte Mal passierte, als ich für ihn Mads allein gelassen habe. Das werde ich nicht noch einmal riskieren. Vor allem, nachdem mit ihm aktuell wieder alles gut ist. Schließlich habe ich seinen Anruf in die Leere laufen lassen. Lieber konzentriere ich mich vollkommen auf Mads und unsere Geschäfte.

Pünktlich um 22:00 Uhr lasse ich alle offenen Positionen abrechnen. Nachdem die Märkte geschlossen hatten, habe ich unseren heutigen Erfolg ermittelt. Wir haben mit unseren Geschäften tatsächlich Gewinne von mehreren Tausend erzielt. Ich bin absolut begeistert. Mich durchflutete ein Gefühl des Erfolgs. Am liebsten hätte ich mich Mads vor Freude um den Hals geworfen. Jetzt kann ich in Ruhe und voll des Glücks schlafen. Aufgeladen des Mutes und der Zuversicht, dass ich auch den morgigen Tag zu einem Erfolg bringen würde. Doch gerade, als ich mich von Mads verabschieden möchte, machte er mir einen besonderen Vorschlag:

„Liam, wie wäre es. Es war doch alles so erfolgreich heute. Wollen wir es nicht einmal auch auf den asiatischen Märkten versuchen? Komm schon, nur noch ein oder zwei Geschäfte". Dieser Vorschlag stieß bei mir im ersten Moment nicht auf offene Ohren. Der morgige Tag war für mich zu wichtig, als dass ich jetzt noch ein Schlafdefizit riskieren wolle. Ich versuchte Mads daraufhin meinen Standpunkt zu erklären und diese Idee auf einen anderen Abend zu verlegen. Aber er ließ sich nicht so einfach abschütteln. Erst reagierte er verständnisvoll, doch erinnerte er mich immer wieder mit seiner charmanten Art an die Chancen, die wir verpassen würden und wie viel wir doch noch verdienen könnten. Wir müssten nur noch ein paar Geschäfte mehr erledigen.

Nach einigem Hin und Her finde ich mich in absoluter Hilflosigkeit wieder, hierzu eine Entscheidung zu treffen. Wieder bin ich an dem Punkt angekommen, an dem ich nur noch eine Sache tun kann. Ich schaue Mads an und werfe gedanklich eine Münze. Nachdem sie gefallen ist und mein Schicksal besiegelt war, willigte ich ein. Wir beginnen sogleich die ersten Geschäfte abzusetzen. Meine Erfahrungen auf den asiatischen Märkten waren begrenzt, daher konzentrierten wir uns erst einmal auf Werte, die ich kannte. Ich bin aufgeregt. Doch macht sich in mir auch große Euphorie breit. Ich bin Mads dankbar, dass er mich hierzu überredet hat. Außerdem kann ich ihm so auch noch einige Zeit nahe sein. Das macht mich glücklich. Neben den Trades habe ich mich mit Mads in Analysen und weiteren Hintergrundberichten eingelesen, um nicht komplett blind zu agieren. Während wir in den für mich unbekannten Gewässern fischen, bestärkt mich Mads immer weiter in unseren Bemühungen. Er ist regelrecht stolz auf mich, dass ich seinem Vorschlag gefolgt und dieses Risiko eingegangen bin. Nach einer kurzen Durststrecke beginnen wir schließlich tatsächlich die ersten Gewinne zu generieren. Sie waren nicht annähernd in der Größe des Vortages, doch haben sie mir ein Gefühl der Sicherheit vermittelt. Sie haben mir nahezu ein Gefühl der Unbesiegbarkeit vermittelt. Es war ein grandioses Gefühl. Dafür bin ich Mads einfach nur dankbar.

Wie in einem Tunnel vergeht für uns die Zeit, während wir immer mutiger auf den asiatischen Märkten wurden. Schließlich konnte ich meine biologischen Bedürfnisse nach der Toilette nicht mehr ignorieren. Als ich im Badezimmer angekommen bin, verspürte ich einen kurzen Moment der Stille, als wäre ich für diesen Augenblick aus einem wilden Sturm entronnen, wo ich zuvor eine für mich unschätzbare Zeit in ihrem Auge verbracht hatte. Nervös schaue ich auf meine Uhr am Handgelenk. Mich trifft dabei der Schlag. 04:47 Uhr. In mir steigen sofort eine Vielzahl von Emotionen auf. Angst vermischt sich dabei mit Nervosität, garniert mit dem wieder beißenden Gefühl der Schuld. Mir wird bewusst, dass ich gerade alles aufs Spiel setze. Sofort stürme ich zu meinem Computer und stelle sämtliche Geschäfte glatt. Mads versuchte dabei auf mich einzuwirken, denn noch hatten wir ja kaum etwas verdient. Doch ich kann das alles jetzt nicht mehr weiter riskieren. Nachdem alles abgerechnet und geschlossen war und ich meinen Computer heruntergefahren hatte, lies Mads seiner Wut über das abrupte Ende freien Lauf. Er hatte sich nun schon so viel Zeit für mich genommen. Hatte sich mit mir doch in alles eingearbeitet. Er wollte, dass es unbedingt weiter geht.

Dieses Mal kann ich ihm nicht nachgeben. Der Tag wird zu wichtig für mich. Da habe ich viel zu lange drauf gewartet. Wutentbrannt verlässt Mads meine Wohnung und lässt mich geschockt allein. Ich falle daraufhin in ein tiefes Loch. Noch größer wird der Grad der Schuld, den ich nun verspüre. Ich habe nicht nur meine Zukunft, sondern auch mein Verhältnis mit Mads auf das Spiel gesetzt. Alles wegen diesem scheiß Trading. Es wäre doch alles ok gewesen, wenn ich vorhin einfach gestoppt hätte. Ich habe noch nicht einmal groß etwas bei diesen weiteren Stunden verdient. Ich bin enttäuscht von meinen Entscheidungen. Dieses Gedankenkarussell geht noch einige Zeit weiter, bis ich mich schließlich völlig erschöpft in mein Bett lege. Absolut sicher, dass dies eine fast unmögliche Aufgabe wird, versuche ich noch etwas Schlaf zu finden. Diese Situation habe ich mir nun selbst eingebrockt. Auf Mads darf ich dabei keine Wut empfinden. Es war schließlich meine Entscheidung. Mit drei verschiedenen Weckern in meinem Schlafzimmer mache ich das erste Mal für heute meine Augen zu. In der großen Hoffnung, dass wie immer für mich schon alles gut werden wird.

Ein Sturm zieht auf. Ich stehe an der Klippe und sehe ihn am Horizont aufsteigen. Mit wachsender Gewissheit sehe ich ihn direkt auf mich zukommen. Instinktiv möchte ich vor ihm fliehen und mir einen sicheren Ort suchen. Einen Unterschlupf, in dem ich mich vor ihm schützen kann und neue Kraft sammle. Mich auf die Zeit nach ihm vorbereite, nachdem er über die mir bekannte Welt gezogen und pure Verwüstung hinterlassen hat. Doch kann ich mich nicht bewegen. Ich versuche es mit aller Kraft, doch hält mich etwas auf dem Stand gefangen. Der Sturm immer näherkommend, verfalle ich zunehmend in Panik. Ich möchte aufschreien, doch kommt aus mir kein einziger Ton heraus. Etwas hält mir den Mund zu. Ich fange an unkontrolliert zu zittern, während der Wind beginnt mir aggressiv in mein Gesicht zu peitschen. Die schwarzen Wolken kommen mit unaufhaltsamer Geschwindigkeit auf mich zu und drohen mich auf der Stelle zu verschlingen. Das Schicksal scheint mich ungebremst mit der Abrechnung meiner Taten zu konfrontieren. Kurz bevor ich komplett von ihnen vollends umgeben werde, höre ich eine Stimme, die *mir vertraute Worte in mein Ohr flüstern.*

„Denk dran, egal, was passiert. Wenn du nicht weißt, was du machen sollst, wirf doch einfach eine Münze. Das Ganze wird schon schiefgehen“.

Willig akzeptiere ich daraufhin mein Schicksal und breite meine Arme weit aus. Sekunden später umschließt mich der Sturm und reißt mich spurlos aus dieser Welt hinaus.

Schweißgebadet wache ich daraufhin auf. Ich spüre, wie mein Herz rast. Einige Augenblicke dauerte es, bis ich die ersten Emotionen verarbeiten konnte. Hektisch schaue ich auf die Uhr. 06:14 Uhr. Erleichterung macht sich in mir breit. Ich habe nicht verschlafen. Aufgeladen von der Menge an Adrenalin in mir, bin ich auf der Stelle wach. Eine Stunde wäre es noch gewesen, bis der erste Wecker nach mir gerufen hätte. Nicht bereit, noch mehr riskieren zu wollen, stehe ich sofort auf. Ich begebe mich in meine Küche und setze mir den ersten Kaffee für heute auf. Während ich auf den Kaffee warte, lasse ich meinen Traum Revue passieren. Ich bin noch immer wie versteinert von den Erlebnissen. Meine Gedanken fangen augenblicklich an zu kreisen. Was wollte mir dieser Traum sagen? Warum konnte ich mich nicht bewegen, obwohl ich es so sehr wollte? Warum haben diese Worte mich in den Sturm reißen lassen? Ich kann mir zu diesem Zeitpunkt einfach keinen Reim darauf machen. So lasse ich es für den Moment gut sein und versuche mich die letzte Stunde noch so gut es geht zu beschäftigen. Während ich meinen Kaffee genieße, fällt mir wieder ein, dass ich noch einige offene Nachrichten auf dem Telefon hatte. Es lag noch immer bei meinem Computer. Als ich es in die Hand genommen hatte, sehe ich eine Flut an Nachrichten, die alle nach meiner Aufmerksamkeit schreien. Darunter sind diverse Nachrichten von meiner Familie, von meinen Freunden und auch von Clara. Die meisten wollten mir viel Erfolg für heute wünschen. Doch einer von ihnen war zunehmend besorgter. Da ich nicht geantwortet hatte, hat sich Rasmus solche Sorgen gemacht, dass er wohl sogar vor meiner Tür stand. Er hatte mich sogar mehrmals angerufen, weil ich nicht geöffnet hatte.

Ich war wie von einem massiven Schock getroffen. Das kann nicht sein. Ich hatte weder meine Türklingel gehört noch hatte mich Mads darauf aufmerksam gemacht. Ich muss so sehr in das Trading vertieft gewesen sein, dass ich meine Umwelt komplett vergessen habe. Das regte Angst in mir hervor. Vielleicht hat das alles hier eine gewisse Auswirkung auf mich. Werde ich jetzt diese Konsequenz erleben, vor der ich mich doch so viele Jahre erfolgreich verstecken konnte? Doch schnell begrabe ich diesen Gedanken wieder, denn das war ein einmaliges Ereignis gestern. Das mit den asiatischen Märkten war schließlich alles neu für mich und hat mich dann wohl etwas zu sehr begeistert. Es wird auch wieder anders werden, da bin ich mir sicher. Ich kümmere mich jetzt erst einmal um die wichtigere Sache: Ich melde mich sofort bei Rasmus. Ich entscheide mich sogar dazu, ihn direkt anzurufen. Dabei möchte ich ihm das Zeichen geben, dass ich noch lebe. Etwas in mir sagt mir, dass dies jetzt erforderlich sei. ‚Um diese Zeit ist er sicherlich noch nicht wach', denke ich mir dabei. Doch wie bei so vielen Dingen in letzter Zeit liege, ich auch hier mit meiner Einschätzung daneben. Rasmus nimmt ab:

„Liam? Alles ok bei dir?", bricht es sofort aus ihm heraus, als Rasmus den Anruf annahm.

„Hi, Rasmus, alles ok bei mir. Ich habe gestern etwas zu lange Computer gespielt, da ich so aufgeregt war. Ich habe mich etwas zu sehr hineinsteigert. Aber alles gut". Wie auf Knopfdruck kommen diese Lügen aus mir heraus. Die Wahrheit würde ihn jetzt nur noch mehr besorgen und in Rage bringen. Mit diesem Umstand würde ich heute nicht zurechtkommen. Nicht an einem so wichtigen Tag wie heute.

„Das klingt merkwürdig, Liam. Du hast nicht auf einen Anruf oder eine Nachricht von mir reagiert. Ich stand sogar vor deiner Tür und habe geklingelt. Hast du das nicht gehört?", Rasmus wird zunehmend angespannter.

„Du, ich hatte mein Telefon zur Seite gelegt, weil ich einfach von der Aufregung runterkommen wollte. Das mit der Klingel habe ich nicht gehört. Ich hatte aber auch neue Kopfhörer auf. Die sind wohl etwas sehr abschirmend. Tut mir sehr leid, dass du dir solche Sorgen gemacht hast". Ich spinne dabei mein Lügenkonstrukt weiter. Ich gebe die Hoffnung nicht auf, dass es stabil genug ist, ihn zu überzeugen.

„Wollen wir uns heute treffen, Liam? Wenn das alles erledigt ist? Ich würde mich gern mit dir unterhalten."

„Wie meinst du das denn?", frage ich Rasmus unter Schock.

„Ich möchte einfach wissen, was mit dir aktuell los ist, Liam. Ich mache mir große Sorgen um dich". Ich komme hier nicht raus. Diesem Gespräch werde ich nicht aus dem Weg gehen können, wenn ich mein Verhältnis mit Rasmus nicht langfristig beschädigen möchte. Ich sage ihm daraufhin zu und wir beenden kurz danach das Gespräch. Am Ende hat er mir noch einmal viel Erfolg für später gewünscht. Nach diesem Gespräch verspüre ich einen Geist in meinem Nacken. Er wird mich über den Tag begleiten, bis zu dem gemeinsamen Gespräch mit Rasmus. Das habe ich mir mit meinem Verhalten von gestern Abend selbst eingebrockt. Ich bin voller Angst und beginne mir große Sorgen zu machen. Wird mich das alles so sehr belasten, dass ich mich nicht auf die Präsentation konzentrieren kann? Wieso musste ich Rasmus auch eben zusagen? Was werde ich nur tun, wenn ich versage? Jetzt, wo ich doch wieder diese Hoffnung auf einen guten Ausgang in mir habe?

In einem rationalen Moment mache ich mir aber sehr schnell klar, dass ich keine andere Wahl hatte. Durch die Kette meiner Entscheidungen bin ich nun an dieser Stelle angelangt. Ich hätte Rasmus Vorschlag nicht ablehnen können. Dann wäre mein komplettes Kartenhaus zusammengebrochen. Das darf ich alles nicht verlieren. Noch möchte ich nicht, dass es vorbei ist. Ich bin noch nicht so weit, dass ich die für immer entscheidende Wahl treffen kann. In dieser Phase des heutigen Morgens beruhige ich mich wieder von dem Chaos, das in meinem Geiste herrscht. Ich entscheide, dass ich das alles für ein paar Stunden beiseitelegen muss. Ich schaue auf die Uhr, es ist so weit. Ich muss mich jetzt auf den Tag vorbereiten. Betäubt von den Ereignissen gehe ich in mein Badezimmer und nehme wieder eine kalte Dusche.

Der finale Schritt des Auswahlverfahrens. Endlich ist es so weit. Nach Monaten des Wartens und all der vielen Sorgen ist er eingetreten. Nur noch diese Abschlusspräsentation liegt vor mir. Ich habe mich in den letzten Tagen gut darauf vorbereitet. Clara hat mir auch noch einmal einige Ratschläge mitgegeben. Ich bin absolut begeistert von ihr. Sie hat dabei nämlich nie die eine Grenze übertreten, mir zu viel zu sagen. Da sie Mitglied des Projektteams ist, war sie direkt mit im Entscheidungsprozess beteiligt. Ihre Position war daher nie neutral. Dennoch hat sie es geschafft. Wirklich eine Glanzleistung. Ich verstehe nicht, warum sie nicht für die Führung im Betracht gezogen wurde. Meiner Meinung nach ist sie mit Abstand die Fähigste von allen Kandidaten. Noch habe ich sie aber nicht selbst danach gefragt. Das nehme ich mir vor, wenn ich dieses Verfahren hinter mich gebracht habe. Als die Vorbesprechung beginnt, merke ich, wie mich die Müdigkeit wieder verstärkt einnimmt. Das Adrenalin vom Morgen wird von meinem Körper immer mehr abgebaut. Ich hänge absolut in den Seilen. Auf irgendeine Art und Weise muss ich es schaffen, mich wieder zu konzentrieren. Es hängt jetzt alles von dieser einen Präsentation ab. Ich darf nicht versagen. Das würde ich mir niemals verzeihen. In den letzten Sätzen der Vorbereitung spricht mir mein Chef noch einmal Mut zu. Mir wird daraufhin für 20 Minuten eine Pause eingeräumt, um meine Präsentation noch einmal durchzugehen. Diese Zeit nutze ich intensiv damit, meine Müdigkeit zu bekämpfen. Für kurze Zeit kommt mir dabei sogar in den Sinn, ein oder zwei Geschäfte zu erledigen. ‚Da werde ich bestimmt ganz schnell wach', denke ich mir. Dieser Gedanke versetzt mich in einen absoluten Zwiespalt. Für und wider wäge ich ab, ohne zu einer Lösung zu kommen. Ich schaue währenddessen auf die Uhr, 10 Minuten sind bereits vergangen. Ich schrecke auf und reiße mich selbst dadurch aus diesem Gedanken. In Eile stürze ich einen weiteren Kaffee hinunter und gehe ziellos in meiner Wohnung auf und ab. Mehrere Stimmen in meinem Kopf kämpfen währenddessen um meine Aufmerksamkeit.

Neben diesem Kitzeln, doch einige Trades nebenbei zu machen, möchte ein anderer Teil von mir alles hinschmeißen. Wieder aus der Situation fliehen wie damals im Büro. Am eigentlichen Auswahltag, bevor ich das erste Mal vor der Eingangstür des Büros stand. Einfach nur alles hinwerfen und schlafen gehen. Meine mir bekannte Normalität weiterleben und mich in mein warmes Nest zurückziehen. Ein anderer Teil aber ist derjenige, der mich seit dem heutigen Morgen mit Panik erfüllt. Es ist das Gespenst des Gesprächs mit Rasmus nachher. Das wird für mich heute das Schlimmste. Ich empfinde dabei eine solche Anspannung, dass der Vortrag im Kontrast wie ein Spaziergang wirkt. Es ist ausgerechnet dieses Gespenst, was dafür sorgt, dass ich wieder wacher werde. Die Aufregung in mir hat wieder Platz gefunden, sich frei zu entfalten. Sie übernimmt schließlich und schiebt den Gedanken der Flucht und des Tradings bei Seite. Ich entscheide mich dazu, den Moment der Präsentation nun bewusst zu erleben. Sie wird mich von der nahenden Gefahr des Gesprächs mit

Rasmus für einige Zeit ablenken. Das ist mir jetzt wichtiger denn je. Für einen Moment könnte ich ihm tatsächlich dafür dankbar sein, dass er mich in eine solche Panik versetzt. Diesen Gedanken werde ich aber nicht zulassen. Müsste ich mich doch dann der Wahrheit stellen und einen Fehler in meinem Verhalten erkennen. Genau das möchte ich zu diesem Zeitpunkt noch nicht. Ich bin noch nicht bereit dafür. Ich nehme die Aufregung in mich auf und begebe mich zwar angespannt, aber dafür endlich wach wieder an meinen Computer. Ich atme tief durch und betrete den Call.

Die Präsentation verläuft einigermaßen problemlos. Die fachliche Vorstellung der Idee sowie die betriebswirtschaftlichen Abwägungen sind ohne Probleme präsentiert. Der retrospektive Teil der Zusammenarbeit aber ist durchaus kniffliger. Mir werden Fragen zu den Diskussionsverläufen gestellt und warum ich mich in einzelnen Situationen wie verhalten habe. Die Grundlage für die Fragen des Gremiums bieten dabei die Feedbackbögen der Teilnehmer. Hier fällt es mir an manchen Stellen schwerer zu argumentieren. Einige Rückmeldungen beziehen sich auf die Art der Diskussionsführung, dass ich dazu geneigt habe, Debatten zu früh zu beenden oder den Teilnehmern nicht ausreichend Anerkennung für ihre Beiträge gegeben hätte. Das ist mir damals schon an meinem Verhalten aufgefallen, dafür habe ich keine Entschuldigungen. Nur für einige Punkte habe ich gute Gegenargumente, doch bleiben durchaus einige Flecke auf meinem Hemd nach der Fragerunde zurück, die ich einfach nicht mehr loswerden konnte. Zum Glück werden noch positive Aspekte aus den Bögen von dem Gremium vorgetragen. Ich hoffe, dass mich diese über das Ziel bringen können. Am Ende wird mir Raum für eine finale Erklärung gegeben. Ich nutze diese Zeit, um mich noch einmal bei allen für die Chance und ganz besonders für die Wiederaufnahme des Verfahrens nach all den Monaten zu bedanken. Nach diesen Worten ist das Gespräch dann auch schon vorbei. Als sich alle aus dem Call verabschiedeten, fiel sämtliche Last von mir. Ich empfinde einen Moment des Friedens, der sich wie eine Wärme aus meiner Brust bis in meine Fingerspitzen ausbreitet.

Doch wie immer in meinem Leben ist dieser Moment leider nicht von Dauer. Schon kurze Zeit darauf nimmt das Gespenst in meinem Nacken die Überhand. Ich verfalle zunehmend in Panik, da mir das Gespräch mit Rasmus bevorsteht. Auch wenn ich wollte, kann ich nicht entfliehen. Selbst den Gedanken an Trading habe ich unter ihm begraben. Darauf könnte ich mich jetzt nicht konzentrieren. Ich wünsche mir so sehr, dass Mads mich jetzt besuchen würde, dann hätte ich einen Grund, mich davor zu drücken. Doch er kommt nicht. Mich schließlich dem Schicksal ergebend, beginne ich damit, mir gedanklich wieder sämtliche Szenarien zurechtzulegen, die gleich passieren könnten. Passende Antworten auf mögliche Fragen werden vorbereitet, Erklärungen für mein Verhalten gesponnen und peinlichst darauf geachtet, dass sich nichts davon mit meinen früheren Antworten widerspricht. Das muss jetzt alles genau vorbereitet sein. Rasmus ist nicht dumm und merkt es in der Regel sofort, wenn ich versuche, ihm auszuweichen. Jetzt kommt alles auf mich an. Ich wünschte so sehr, dass Mads jetzt wieder für mich da wäre. Noch einige Zeit bin ich in meinen Vorbereitungen gefangen, als es schließlich an meiner Tür klingelt. Ohne große Hoffnungen oder Bedenken mache ich sie sofort auf. Mein Gefühl sagt mir, dass es nur Rasmus sein kann. Die Töne im Treppenhaus geben mir sofort recht. Ich erkenne es an seinem Gang. An diesem Punkt verfalle ich wieder in den Panikzustand von vor ein paar Monaten, als ich mich auf der Toilette im Büro wiederfand. Ich kann mich kaum an meiner Tür halten, als ich Rasmus Kopf erblicke. Mir wird schwarz vor Augen, als er mich anschaut. Kurz darauf sehe ich ihn nur noch geschockt auf mich zustürzen. Dann wird es dunkel.

„Liam? Liam, kannst du mich hören?“ Ich komme langsam zu mir. Ich sehe Rasmus Gesicht über mir. Ich scheine irgendwo auf etwas Weichem zu liegen. Nur langsam kommt meine Wahrnehmung zurück. Rasmus hat mich wohl auf mein Sofa getragen. Als ich meine Gedanken endlich in Worte fassen kann, antworte ich ihm:

„Was ist los?“

„Was los ist? Das frage ich dich Liam!“, fast schon energisch reagiert Rasmus auf meine Frage. Er fährt fort:

„Irgendwas ist doch mit dir! Ich komme hoch und du stehst an der Tür und kippst einfach um. Du ziehst dich in den letzten Monaten total zurück. Oft hört man tagelang nichts von dir. Du reagierst nicht auf meine Anrufe oder Nachrichten und wenn wir uns sehen, redest du nur vom Trading. Was ist los mit dir?". Es platzt nun alles aus Rasmus heraus. Die volle Last seiner Sorgen entfaltet sich in den Fragen, vor denen ich mich so sehr gefürchtet habe. Die Wahrheit könnte nun alles zum Einsturz bringen. Es liegt jetzt an mir, das Konstrukt zu bewahren. Das zu schützen, was mir am wichtigsten ist.

„Rasmus, ich verstehe absolut, dass du dir Sorgen gemacht hast. Es tut mir wirklich leid, dass ich in den letzten Monaten so abwesend war. Die Vorbereitungen auf heute haben mich einfach so sehr unter Druck gesetzt. Erinnerst du dich, wie es war, nachdem sie die Entscheidung vertagt hatten? Ich konnte nicht mit euch sprechen, weil ich mich so geschämt habe. Erst als ich nicht mehr konnte. Ich wollte nicht, dass ich wieder so unglaublich enttäuscht bin, nur weil ich das heute vermassel". Mein erster Versuch ihn zu beruhigen. Es wird einer von vielen werden.

„Aber Liam, das mit der Präsentation weißt du doch erst seit ein paar Tagen. Du verhältst dich schon seit Monaten merkwürdig. Das passt nicht zusammen. Was verheimlichst du mir?", erwidert Rasmus unbeeindruckt.

„Du hattest doch die letzten Monate kaum Zeit für mich! Woher willst du das denn so genau wissen? Wir haben doch nicht groß miteinander gesprochen. Du weißt doch nicht was mich beschäftigt. Du warst doch mit deiner Doktorarbeit unterwegs!". Sofort gehe ich in den Gegenangriff über. Ich hoffe, dass ich ihn auf diese Art ablenken kann.

„Das ist jetzt nicht dein Ernst, oder?", ich merke, wie die Wut in Rasmus nun aufsteigt. Ich habe jetzt einen Prozess in den Ganz gesetzt, der sich nicht mehr aufhalten lässt. Er fährt fort:

„Ich komme mehrmals zu dir und stehe vor verschlossenen Türen. Ich schreibe dir eine Nachricht nach der anderen, versuche dich tagelang anzurufen und du blockst nur ab. Wie soll ich denn auch wissen, was mit dir los ist? Und jetzt wirfst du mir vor, dass ich keine Zeit für dich habe, nur weil ich zwei Mal wegen der Doktorarbeit nicht konnte? Das ist echt schäbig Liam!“. Diese Worte treffen mich mit voller Wucht. Ich habe Rasmus noch nie so verletzt gesehen. Doch ich kann mir keine Emotionen erlauben, ich muss weitermachen.

„Du warst doch nur mit dir beschäftigt! Die ganzen letzten Monate ging es euch doch immer nur um euch. Jeder hat sich nur um sein eigenes Projekt gekümmert. Es war euch doch total egal, was ich mache oder mit welchen Problemen ich zu kämpfen habe. Das war doch schon immer so! Du hast dich auch verändert, Rasmus. Früher warst du so warmherzig und verständnisvoll und jetzt setzt du mich ausgerechnet heute Morgen so sehr unter Druck! Das hätte Mads nie mit mir gemacht. Er nimmt sich sogar Zeit für mich!“, mein finaler Schlag. Den Tränen nahe, offenbare ich Rasmus nahezu meine komplette Gefühlswelt. Alles in der Hoffnung, ihn damit endlich zu überzeugen. Rasmus‘ Gesicht versteinert sich plötzlich in einer ausdruckslosen Mine.

„Was hast du da gesagt?“, fragt Rasmus ruhig.

„Dass Mads für mich wenigstens Zeit hat, Rasmus! Mit ihm kann ich mich über meine Sorgen unterhalten!“, erwidere ich. Rasmus verstummt für einige Augenblicke, als er schließlich fortfährt. Sein Ton wird nun ganz ruhig:

„Liam, Liam, es tut mir so leid. Du hast recht. Es tut mir so leid, dass ich nicht für dich da war. Dass ich mich nicht genug um dich gekümmert habe. Ich war die letzten Monate von der Doktorarbeit abgelenkt. Sie hat mich komplett eingenommen. Liam, kann ich jetzt etwas für dich tun? Ich möchte es wiedergutmachen“, Rasmus meint es ernst. Er sieht noch besorgter aus als vorher. Zumindest ist er jetzt nicht mehr sauer auf mich. Das Ziel habe ich schon einmal erreicht. Ich entspanne mich spürbar.

„Es ist jetzt alles gut, Rasmus. Lass uns bitte einfach das Ganze hinter uns lassen, ok? Könntest du bitte nur öfter mit mir reden oder dich mit mir treffen? Das würde mir schon reichen.“

„Ich verspreche es dir, Liam. Ich werde das wiedergutmachen.“. Rasmus greift nach meiner Hand. Er zeigt nun wieder die Seite, die ich an ihm kenne. Die wohlwollende und freundliche Art, die in mir diese Ruhe erzeugt.

In mir steigt ein Gefühl des Sieges auf. Ich konnte die Situation vollends meistern. Wieder ist alles für mich gut ausgegangen. Die negativen Emotionen verlassen meinen Körper zusehends, während wir uns noch etwas unterhalten. Wir reden über unsere Gedanken, die aktuellen Ereignisse und unsere Freunde. Diesen Teil des Gesprächs lasse ich nur noch über mich ergehen. Ein kitzelndes Gefühl kommt in mir auf. Schließlich kann ich es nicht mehr unterdrücken. Ich möchte jetzt unbedingt traden. Diesen Sieg möchte ich mit an den Kapitalmarkt nehmen. Ich habe da so ein Gefühl, heute wird es gut werden. Ich verabschiede mich wieder in den Sog. Mein Ziel für heute habe ich erreicht. Lieber möchte ich wieder an Mads und unser gemeinsames Hobby denken. Befreit von dem ganzen Druck, denke ich an all die Freude, die wir zusammen dabei erleben. Dann fasse ich einen Entschluss. Sobald Rasmus sich verabschiedet hat, werde ich sofort traden. Heute werde ich wieder etwas riskieren. Mit diesem Geld werde ich dann Mads fragen, ob wir zusammen verreisen wollen. Vielleicht trade ich auch wieder auf dem asiatischen Markt? Ich weiß jetzt, wie es über Nacht funktioniert. Ich sehne mich nahezu nach der Spannung. Ja, das werde ich gleich machen. Gleich, wenn Rasmus endlich verschwunden ist.

Kapitel 7

Konsequenz

Wie ein Pendel schlägt sie meist unvorhersehbar zu beiden Seiten aus. Unsere Entscheidungen und Taten treiben sie an. Um ihren Ausgang macht sie zumeist bis zum Ende ein Geheimnis. Ob von uns gewünscht oder gefürchtet, wir können ihr nicht entgehen. Sie besitzt von allen Dingen im Universum die größte Geduld. Bei denjenigen von uns, die sie zu ignorieren versuchen, schlägt sie mit unbarmherziger Härte zu. Selbst die raffiniertesten Wesen unter uns werden ihr eines Tages begegnen und ihr Schicksal durch sie bestimmen lassen. Die finale Abrechnung ist für jeden unvermeidbar.

2017

Ich mache mir schon seit einiger Zeit ziemliche Sorgen um Mads. Er verhält sich zunehmend verschlossener. Wir bekommen ihn zudem kaum noch zu sehen. Wenn wir uns dann mal wieder in unserer Freundesgruppe treffen, wirkt er meist abwesend. Als würde ihn irgendetwas beschäftigen. Ich würde ihn gern darauf ansprechen, doch traue ich mich nicht. Ich möchte ihn nicht mit solchen Fragen verärgern. Er reagierte diesbezüglich letztens schon sehr genervt auf eine Frage von Rasmus. Er hatte ihn auf die Veränderungen in seinem Verhalten in den vergangenen Wochen aufmerksam gemacht und nach dem Grund dafür gefragt. Ich bin mir sicher, dass er wohl einfach nur helfen wollte. Doch nach dieser Frage ist sofort eine ziemliche Diskussion entstanden, die im Verlauf immer weiter eskaliert ist. Ich glaube, dass dies der Moment war, in dem bei den beiden alles auf den Tisch kam, was sie sich schon immer einmal übereinander sagen wollten. Mads ist daraufhin nach diesem hitzigen Austausch rausgestürmt und ist an dem Abend auch nicht wieder zurückgekommen. Seit diesem Streit haben sich die beiden komplett voneinander entfernt. Auch mit den anderen hatte Mads ab diesem Zeitpunkt nicht mehr viel unternommen. Nur mit mir hatte er noch Kontakt. Meine Freunde haben diverse Theorien, was mit ihm nicht stimmt. Doch ich interessiere mich nicht allzu sehr für Theorien. An den Spekulationen möchte ich mich nicht beteiligen. Es ist doch meiner Meinung nach auch offensichtlich, dass es bestimmt etwas mit der kürzlichen Trennung von seinem Freund zu tun haben muss. Ich versuche nicht allzu sehr darüber nachzudenken. Diese ganze Entwicklung unter meinen Freunden ist für mich zunehmend belastend. Ich möchte mich nicht zwischen irgendwem entscheiden müssen. Hatte ich mich doch tief im Herzen wieder so sehr auf diese Zeit gefreut. Die Zeit, in der ich ihn ganz für mich haben kann. Ich werde noch etwas weiter auf ihn warten. Er wird sich sicherlich bald wieder fangen und dann kann ich diese magischen Momente endlich wieder mit ihm genießen. Er und Rasmus werden sich sicher schon wieder aussöhnen.

Ich könnte die gemeinsame Zeit mit ihm gerade auch echt gebrauchen. Auf der Arbeit steht wieder einmal eine Umstrukturierung an. Ich werde als Ergebnis wohl wieder einmal in eine andere Abteilung versetzt. Meine Kollegen sind voller Wut ob dieser Entwicklungen. Ich bleibe im Vergleich zu ihnen relativ entspannt. Ich erwarte diese konstanten Erschütterungen in meinem Leben inzwischen sogar. Mit meinem Umzug in die Stadt und dem Beginn der Ausbildung hatte ich mir damals etwas mehr Stabilität erhofft. Das hat sich am Ende leider nicht ergeben. Damit habe ich mich abgefunden. Da ist das nun einfach auch nichts Besonderes mehr. Dieses Mal habe ich sogar etwas Hoffnung. Vielleicht kann ich endlich Sharon loswerden. Sie wurde wohl für einen anderen Bereich angefragt. Das hatte sie uns letztens stolz verkündet, es soll sich um die Assistenz von einem höheren Chef handeln. Ich gönne es ihr, dann wäre sie endlich weg. Es wäre einfach so schön, wenn ich nicht mehr mit ihr zusammenarbeiten müsste. Da hätte ich großes Glück. Ich drücke mir selbst die Daumen. Etwas Gutes muss mir beruflich langsam auch mal passieren. Ich hätte das nach all dem Leid verdient.

So verging die Zeit ins Land, bis etwas Unerwartetes geschah. Denn einige Wochen nachdem wir uns alle das letzte Mal zusammengetroffen hatten, klingelte es an meiner Tür. Mads kam zu mir. Er war völlig aufgelöst und wirkte auf mich irgendwie verloren. So habe ich ihn noch nie gesehen. Ich habe ihn sogleich in die Wohnung gebeten und ihm erst einmal einen Tee gemacht. Auf meine Frage, was ich denn unternehmen kann, damit es ihm besser geht, antwortete er nur, dass er einfach nicht allein sein wollte. Ob ich ihm heute Abend Gesellschaft leisten könnte. Das habe ich natürlich gerne für ihn gemacht. Ist es doch das, was ich immer möchte. So saßen wir dann zusammen auf dem Sofa und haben ein paar Filme geschaut. Doch konnte ich im Verlauf des Abends meine Neugier fast nicht unter Kontrolle halten. Ich wollte ihn so gerne fragen, was denn mit ihm los war. Aber ich habe mich nicht getraut. Ich war zu sehr von meinen eigenen Vorschriften gefangen, die ich mir selbst auferlegt hatte. Um nichts in der Welt wollte ich irgendetwas ihm gegenüber riskieren. Im Laufe des Abends hatte sich Mads dann doch mir gegenüber etwas geöffnet. Er sprach davon, ‚dass er wohl einen großen Fehler gemacht habe', den er nicht wiedergutmachen könnte. Er würde wohl vor einer schwierigen Entscheidung stehen und dass er rastlos wäre, weil er sich nicht entscheiden könnte, was er machen soll. Ich kann seinen Schmerz nahezu spüren. Dieser Schlafzimmerblick, in den ich mich damals an dem Abend in der Bar so verliebt hatte, war gänzlich vor lauter Trauer in seinem Gesicht verloren. Ich war komplett hilflos in dem Augenblick. Ich wollte ihm nur noch mit irgendeinem Rat helfen und seinen Schmerz etwas lindern.

In dem Moment habe ich ihn dann an das erinnert, was er mir in der Vergangenheit so oft sagte. Ich drehte mich zu ihm um und legte ihm nahe, doch einfach gedanklich eine Münze zu werfen. Am Ende wird schon alles irgendwie gut gehen'. Mads hat daraufhin leicht gelächelt und wir haben weiter unsere Filme geschaut. Bis tief in die Nacht saßen wir da und ich habe ihm die Gesellschaft geleistet, nach der er sich so sehr sehnte. Nach einer weiteren Phase der Stille sprang er dann plötzlich auf. Er wirkte auf mich, als hätte er seine Entscheidung getroffen. Plötzlich sollte alles bei ihm sehr schnell gehen. Er hatte sich bei mir über meine Erinnerung an sein Motto bedankt und mir einen Kuss auf meine Stirn gegeben. Er hat mir da noch einmal für eine kurze Zeit mit diesem Blick in die Augen geschaut. In mir kam die Erinnerung an unser erstes Kennenlernen auf. Als ich seine Hand nie wieder loslassen wollte. Diesen Moment werde ich niemals vergessen. Ich wollte noch einmal nach seiner Hand greifen, doch er war bereits auf dem Weg zur Tür. Danach hat er sich bei mir endgültig verabschiedet und ist in die Nacht hinausgegangen. Ich saß daraufhin noch einige Zeit völlig perplex auf meinem Sofa. Nachdem sich meine Gedanken nicht beruhigen konnten, bin ich dann schließlich in mein Bett gegangen.

Nach dieser Nacht haben wir ihn einige Wochen nicht mehr wiedergesehen. Er hatte sich bei niemandem von uns gemeldet und auch bei mir ging er nicht mehr an das Telefon. Wir haben uns so große Sorgen gemacht, dass wir schon selbst auf die Suche nach ihm gehen wollten. Bis uns schließlich seine Eltern darüber informiert haben, dass er ins Krankenhaus eingeliefert wurde. Ich hatte ihn sofort besucht. Zu der Zeit wurde er bereits ins Koma versetzt. Während ich ihm ab der ersten Minute beistand, haben sich meine Freunde nahezu komplett von ihm getrennt. Ich war schockiert von dieser Kälte, die sie ihm gegenüber gebracht hatten. Das hatte Mads einfach nicht verdient, egal was zwischen ihnen passiert ist. Ab dem Moment habe ich es mir vorgenommen, ihn so oft wie möglich zu besuchen. Ich werde ihn in dieser Situation nicht wie die anderen so allein lassen. Niemals. Das verspreche ich ihm.

Spätsommer 2021. Über eineinhalb Jahre leben wir nun schon mit dieser Pandemie. Inzwischen haben wir uns auf merkwürdige Art und Weise ein Stück weit an sie gewöhnt. Manch einer wird dabei sogar schon fast leichtsinnig vor Langweile. Boris ist zum Beispiel einer davon. Hungrig nach der Ablenkung und Bestätigung treibt Boris sich seit einiger Zeit auf diversen Untergrundpartys herum. Das bekommen wir von Bekannten immer wieder zu hören. Dort soll er sich wohl Nächte- und Tagelang aufhalten. Die Wahrheit kennen wir allerdings nicht. Wir haben ihn schon sehr lange nicht mehr gesehen. Selbst seine Schwester hatte sich bei uns nach ihm erkundigt. Offenbar hat er sich wohl auch bei seiner Familie nicht mehr blicken lassen. Das hat uns nicht groß verwundert. Bereits letztes Jahr hatte es ziemlich zwischen ihnen gekriselt. Seine Eltern wollten ihm wohl seinen Erzählungen nach den Geldhahn zudrehen, weil er sich keinen Job gesucht hatte. Das hat ihn ziemlich unter Druck gesetzt. Vielleicht war das mit einer der Gründe für sein plötzliches Verschwinden. Wir wissen nicht, wie es ihm gerade geht. Etwas in mir sagt mir aber, dass er in Schwierigkeiten stecken könnte. Ich habe von Drogenexzessen gehört. Bekannte sollen ihn wohl letztens gesehen haben, wie er total drauf in einer Straßenecke lag. Auch gibt es Gerüchte darüber, dass er sich wohl für Geld regelmäßig mit älteren Männern trifft. Das würde nicht zu ihm passen. Natürlich hatte er schon immer einen Hang dazu, schnell mit Typen in die Kiste zu springen, das war, denke ich seinem Drang nach Bestätigung geschuldet. Aber sich zu verkaufen, darüber hatte er selbst in der Vergangenheit verächtlich gesprochen. Das würde jetzt absolut keinen Sinn ergeben. Das soll laut den Aussagen wohl schon seit einiger Zeit so gehen. Sie haben Profile und Videos von ihm gesehen. Falls das alles stimmen sollte, wäre das natürlich schrecklich. Wir wissen nicht, was wir machen sollen und ob das alles stimmt. Wir kommen auch nicht zu ihm durch. Aber es würde auch irgendwie zum Gesamtbild passen, denn es geht uns allen aktuell nicht gut.

Sam hat es ebenfalls schwer getroffen. Nachdem er sich in den ganzen Monaten eine Community im Social-Media-Business aufgebaut hatte, hat er in einer seiner letzten Videos etwas sehr Dummes gesagt. Ich denke, er war zu unvorsichtig geworden durch den ganzen Erfolg der letzten Monate. Es war leichtsinnig und eher aus dem Affekt des Spiels heraus. Es ging danach direkt mit der Kritik los. Er hatte noch versucht, das alles zu retten und sich direkt im Anschluss auch öffentlich dazu geäußert. Dabei hat er sich vom Herzen entschuldigt und versucht, sein Verhalten mit aller Ehrlichkeit und Demut zu erklären. Aber dafür war es längst zu spät. Der Hass im Internet konnte von ihm nicht mehr im Zaum gehalten werden und hat Sam mit voller Wucht und erbarmungsloser Härte erwischt. Sam hat innerhalb kürzester Zeit fast seine komplette Community verloren. Nur die wenigen harten Fans aus Minute Eins sind ihm geblieben. Selbst die eine Kooperation mit einem Gamingstudio, die er tatsächlich an Land ziehen konnte, hat er daraufhin verloren. Das hat ihn alles unfassbar mitgenommen. Ihm geht es seither zunehmend schlechter. Er kann diesen plötzlichen Niedergang und den Verlust seiner Community nicht ertragen. Er liegt nächtelang wach und kann seine Gedanken nicht mehr kontrollieren. Es tut mir so weh dies zu beobachten, da ich ihn in dieser Situation nur allzu gut verstehen kann. Wir besuchen ihn ab und zu, um ihn zu trösten und ihn davon abzuhalten, weitere Videos zu drehen. Zumindest so lange, bis sich der Sturm auch für ihn etwas gelegt hat. Doch er kann sich davon nicht entfernen. Etwas in ihm zwingt ihn weiterzumachen. Mit jedem weiteren Video und mit jedem Stream macht er es zum aktuellen Zeitpunkt nur noch schlimmer. Doch wir geben die Hoffnung nicht auf, wir versuchen es weiter, ihn davon abzuhalten und ihn zu retten.

Ich selbst hatte ebenfalls ziemlich zu kämpfen in den letzten Monaten. In dieser Zeit bin ich durch Phasen des süßen Glücks, aber auch durch bitte Phasen des Leids gegangen. Beruflich hatte ich schöne Momente erlebt. Ich kann es mir immer nicht so recht erklären, aber die Entscheidung über die Projektleitung ist am Ende tatsächlich auf mich gefallen. Ich war geschockt von dieser Entscheidung. Danach habe ich nur noch pures Glück empfunden. ‚Endlich habe ich es geschafft', dachte ich mir. Endlich konnte ich es ihnen allen beweisen. Meiner Familie und meinen Freunden hatte ich voller Stolz von dieser Entscheidung berichtet. Die meisten haben sich richtig für mich gefreut. Nur Sam und Boris waren so von ihren eigenen Themen umnebelt, dass sie es eher anerkennend zur Kenntnis genommen haben. Ausschlaggebend für die Chefs waren wohl die Bewertungen der Gruppe. Dies wurde mir nach der Verkündung von meinem Chef zugetragen. Das merke ich auch in unserer direkten Zusammenarbeit. Mir wird so ein großes Vertrauen von meinen Kollegen entgegengebracht, dass ich davon schon fast selbst überzeugt bin. Ich bekomme mit jeder Woche mehr das Gefühl, dass ich dieser Aufgabe tatsächlich gewachsen sein könnte. Clara ist noch immer Teil des Projekts, worüber ich ebenfalls sehr glücklich bin. Sie ist mein Fels in der Brandung. Auf sie und ihre unfassbare Ruhe kann ich vertrauen. Der Rest des Teams hat sich etwas gewandelt, seit der ursprünglichen Auswahl. Es ist jetzt eine Mischung aus Kollegen frisch von der Uni ohne Arbeitserfahrung und erfahrenen Kollegen mittleren Alters. Eine Mischung, die Konfliktpotenzial birgt. Mein Chef dachte wohl, dass ich hier gut, als eine Art Bindeglied wirken könnte. Auf der einen Seite die jungen Kollegen bei ihren ersten Schritten im Unternehmen zu begleiten und auf der anderen Seite die Erfahrung der älteren Kollegen mit ihren frischen Ideen zu verbinden. Durchaus ein herausforderndes Unterfangen. Die Arbeit in dem Projekt tut mir in Summe gut. Wir erzielen gute Ergebnisse und bekommen aktuell die Aussicht auf eine Erweiterung der ursprünglichen Aufgabe. Das würde uns mehr Bedeutung und auch mir genug Ablenkung für die nächsten Monate geben. Es wäre tatsächlich ein guter Zeitpunkt dafür, da ich dringend auf der Suche nach einem neuen Ausgleich bin. Denn während ich hier einen Erfolg verbuchen konnte, habe ich in meinem Privatleben einen für mich nach wie vor unverzeihlichen Fehler begangen.

Das Trading habe ich nämlich vor einiger Zeit aufgegeben. Vor einem halben Jahr habe ich ziemliche Scheiße damit gebaut. Verführt von dem Erfolg der vergangenen Geschäfte, habe ich mit der Zeit immer höhere Summen eingesetzt. Meine Risikobereitschaft stieg ins Unermessliche. Ich war absolut davon überzeugt, dass ich mit der Zeit unbesiegbar wäre. Dass alles, was ich anfasse, zu Gold wird. Ich war geblendet von meiner eignen Hybris und die vermeintlichen Versprechungen meiner Lust. Jeden Tag habe ich dieses Kitzeln in meinen Fingern gespürt. Diese Gedanken haben mich nicht mehr losgelassen. Ich habe davon geträumt. Der Sog hat sich nur noch darum gekümmert und die gemeinsame Zeit mit Mads wollte ich immer öfter erleben. Ich musste mich dieser Lust schließlich einfach ergeben. Selbst wenn ich einmal pausiert hatte, konnte ich nach einer Zeit diese Stimmen in mir nicht mehr ertragen. Die Stimmen, die mich wieder an den Computer riefen, um nur ein oder zwei Trades zu machen. Meist blieb es eben leider nicht nur bei diesen. Schnell wurde teilweise die ganze Nacht daraus. Hier saß ich dann bis zum nächsten Arbeitstag am Computer. Die Stunden rasten nur so an mir vorbei. In diesen Tagen hatte ich zum Glück Clara an meiner Seite, die dann für mich eingesprungen ist, wenn ich einen Durchhänger als Konsequenz meiner Taten hatte. Aber das durfte keine langfristige Lösung sein. Das ganze Leben funktioniert nicht, wenn man das Verlangen nach seiner Lust nicht unter Kontrolle hat. Das habe ich inzwischen schmerzhaft lernen müssen. Ich würde nicht so weit gehen und mich als danach süchtig bezeichnen. Ich kann jederzeit damit aufhören. Ich habe das so weit im Griff. Ich habe nur diesen Moment gebraucht, der mich wach macht, in dem ich etwas Abstand davon gewinnen kann und mein Verhalten genau analysieren kann.

Nach einer gewissen Zeit war es auch nicht mehr nur das Traden oder der wachsende Drang, die Verluste auszugleichen, von denen ich übrigens immer mehr angehäuft hatte. Nein, es war inzwischen der einzige Weg, Mads zu sehen. Er wollte sich nur noch mit mir treffen, wenn wir auch zusammen traden. Ich muss mir eingestehen, dass Mads mir in dieser Zeit nicht gutgetan hat. Mein Bedürfnis ihn zu sehen konnte ich nicht stillen, ohne dass wir nicht zusammen wieder zum Traden gekommen wären. Selbst als ich mir fest vorgenommen hatte, ihn ohne das, zu sehen, hat das nicht funktioniert. Ich versuche mir noch immer einzureden, dass dies keinen Zusammenhang hätte. Doch bald habe ich nur noch weitergemacht, um ihn glücklich zu machen. Der Vorgang an sich hat mich sogar inzwischen fast nicht mehr interessiert. Es zählte nur noch er. Jetzt im Nachhinein kann ich auch besser beschreiben, was in dieser Zeit mit mir geschehen ist. Wenn wir getradet haben und das ganze Geld im Risiko stand, fand ich mich jedes Mal wie in einem Sturm wieder. Ich hatte das Gefühl, von dem Schicksal wahllos durchgepeitscht zu werden. Fast schon wie in einem Delirium, habe ich die Ereignisse über mich ergehen lassen. Das Ergebnis war mir egal. Es hatte alles keine Bedeutung mehr für mich.

Einzig und allein zählte für mich nur noch der Rausch und die Zeit mit Mads. Ich wollte diesen Zustand so lange und so oft wie möglich wieder erleben. Denn in diesem Sturm habe ich mich frei gefühlt. Frei von allen Verpflichtungen und sämtlichen Sorgen. Frei von meinen Gedanken, die mich doch so häufig als Geisel nehmen. Im Nachhinein eine gefährliche und für mich absolut nachteilige Mischung mit ziemlichen Konsequenzen.

Das alles ging noch einige Zeit so weiter, bis ich schließlich am Rande meiner Existenz stand. Denn nachdem mein Verlust in die mittleren Zehntausende gestiegen war, hatte ich nicht nur mein komplettes Erspartes aufgebraucht, sondern auch dazu noch Kredite aufgenommen. Mads war schließlich schon immer davon überzeugt, dass man ‚einfach nur immer weitermachen müsste' und bei Durststrecken mehr Kapital einsetzten muss. Dann würde man das schon irgendwann wieder alles reinbekommen. Dies funktioniert vielleicht für ihn auf eine Art. Ich hingegen habe mir damit fast meine Existenz zerstört. Denn das Geld, das ich mir durch die Kredite beschafft hatte, habe ich am Ende auch noch eingesetzt. Ich musste einfach immer weitermachen, bis alles weg war. Erst dann wurde ich aus diesem Sturm hinausgeschleudert. Nur wenn ich nichts mehr hatte, war ich endlich frei von dieser Versuchung und konnte für den ersten Moment wieder klarsehen. Ich fühle mich in ihnen, als hätte ich zum ersten Mal das Licht der Welt erblickt. Ich habe sogar das Gefühl, dass ich mich in manchen Momenten danach gesehnt hatte, alles zu verlieren, damit ich endlich wieder aus dem Sturm und zur Ruhe kommen könne. Leider stand ich, als es schließlich passierte, einsam und allein da. Denn als bei mir nichts mehr ging, war auch der Anreiz für Mads verloren. Er konnte mit mir ohne das Traden nichts mehr anfangen. Wir hatten auch sonst keine Themen mehr, über die wir so viel gesprochen haben. So ist er dann schnell wieder aus meinem Leben verschwunden. Absolut aufgeschmissen und ohne Perspektive habe ich in meinem letzten Ausweg Rasmus angerufen. Voll der Schuld und der Trauer habe ich ihm die ganze Bürde meiner Fehler auf seine Schultern gelegt und ihn darum angefleht, mich zu retten. Das macht mich bis heute fertig. Bis heute nagt das Gefühl der

Schuld an mir. Ich werde mit ihr leben müssen. Aber verzeihen werde ich mir das nie. Zum Glück war er aber für mich da. So wie er es mir damals auch versprochen hatte. Auf ihn konnte ich mich noch immer verlassen.

Ich habe ihm in den darauffolgenden Tagen alles gestanden. Wie es zu dem Traden kam, über die Zeit vor dem Covid-Ausbruch und über das ganze letzte Jahr. Auch über meine hohen Schulden und meinen Drang, damit nicht aufhören zu können. Auch die vielen Treffen mit Mads waren ein Thema. Rasmus war zutiefst davon geschockt. Er war zeitweise von mir enttäuscht. Auch war er sauer, dass ich ihm über die Jahre ein solches Theater vorgespielt hatte. Doch er unterstützt mich und versucht alles dafür, mir eine stabile Basis zu geben. Einen sicheren Raum für mich, damit ich das alles verarbeiten kann. Er hatte mir sogar kurz nach meinem Hilferuf etwas Geld geliehen, damit ich wieder auf die Beine kam und mir in der Anfangszeit meiner Abstinenz überhaupt Essen kaufen und meine Miete bezahlen konnte. Er kommt sogar wöchentlich extra bei mir vorbei, damit wir uns unterhalten können. Das hilft mir ungemein. Wir reden dann immer über meine Gefühle, die Erlebnisse der letzten Woche und ob ich diesen Drang, das Kitzeln, verspüre. Falls ja, reden wir über die Gründe dafür und wie ich versuchen kann, ihnen nicht nachzugehen. Auch fragt er mich regelmäßig, ob ich Mads wieder sehe. Er macht sich da große Sorgen um mich, da er wohl mit ihm diese Eskalation so sehr verbindet. Da kann ich ihn aber beruhigen, Mads war seit meinem Untergang nicht mehr bei mir. Inzwischen habe ich sogar schon wieder etwas ansparen und seinen Kleinkredit abbezahlen können. Doch verbleiben die großen Kredite aus dieser Phase. Diese werde ich wohl noch einige Zeit abbezahlen müssen.

Das alles ist jetzt fast ein Dreivierteljahr her. Ungefähr so lange habe ich auch Mads nicht mehr gesehen. Das, was ich da gemacht habe, war nachhaltig so schlimm für mich, dass ich mich von dem Ganzen erst einmal komplett entfernt habe. Das hat, wie von mir immer befürchtet, mein Verhältnis mit Mads extrem belastet. Das macht mich bis heute fertig. Rasmus stellt mich immer wieder vor diese alles entscheidende Frage, die ich schon so lange vor mich hinschiebe. Aber ich kann diese

Wahl einfach noch immer nicht treffen. Auch wenn Rasmus mir immer wieder gute Gründe dafür gibt, mich in eine Richtung zu entscheiden. Ich weiß ganz genau, was ich mir tief im Innern eigentlich wünsche. Wenn es danach geht, würde ich sofort wieder so gerne mit Mads eine gemeinsame Zeit verbringen. Bei der ersten Gelegenheit würde ich schwach werden. Tief in mir schreit mein Verlangen, nach auch nur einer Sekunde mit ihm, weiter auf. Doch weiß ich ganz genau, dass ich ihn nicht bei mir haben kann, ohne dass die Lust nach dem traden dann nicht auch wieder aufkommen würde. Ich darf mich nicht wieder in diese Gefahr begeben. Aktuell fühle ich mich einfach so befreit. Da muss ich eben warten, bis ich Mads auf anderem Wege mal wieder sehen kann oder bis ich so stabil bin, dass ich nicht mehr traden möchte, wenn wir uns sehen. Ich möchte das Thema an sich aber für mich langsam abhaken. Denn nach diesen ganzen Wochen und Monaten der Gespräche und der Vorwürfe bin ich das Ganze allmählich leid. Ich möchte damit endlich abschließen und nur noch nach vorne schauen. Ich habe mich dazu entschieden, gedanklich wieder eine meterdicke Betondecke auf diese Gefühle zu gießen und zu hoffen, dass ich diese schmerzliche Zeit einfach vergessen werde. Ich werde Rasmus vorschlagen, die wöchentlichen Termine langsam auslaufen zu lassen. Ich habe die Zuversicht, dass ich das alles inzwischen gut im Griff habe. Diese Lust werde ich irgendwann sicher verlieren. Ich müsste nur lange genug warten. Im Aushalten bin ich inzwischen mehr als geübt, und genug Ablenkung habe ich durch meinen Job.

Seit knapp zwei Monaten ist die allgemeine Homeoffice-Pflicht in der Firma wieder aufgehoben. Die Chefs haben sich in der monatelangen Diskussion mit allen Beteiligten schließlich durchgesetzt. Wie erwartet, konnten sie sich wohl bis heute damit nicht vollends abfinden und wollten diese Veränderung so schnell wie möglich wieder zurückdrehen. So ganz hatten sie es allerdings nicht geschafft, denn den Mitarbeitern wurden einige Tage Homeoffice im Monat zur freien Verfügung eingeräumt. Ein Kompromiss in Reinform, waren doch die Kollegen und die Chefs gleichermaßen damit nicht zufrieden. Da kann ich nur ein Lob an die

Verhandlungspartner aussprechen. Ich kann den Ärger meiner Kollegen nicht nachvollziehen. Das ist eine gute Lösung, meiner Meinung nach. Wenn wir eines in dieser Isolation gemerkt haben, dann, dass es uns allen auf die eine oder andere Art nach Ablenkung dürstet. Diese Wege ins Büro, so nervig sie auch sein mögen, sind da durchaus willkommen. Schließlich sind wir früher doch alle auch ohne zu murren, fünf Tage die Woche im Büro erschienen. Da muss man sich halt wieder etwas strecken. Über die paar Tage im Monat, an denen ich zu Hause arbeiten kann, bin ich dennoch froh. Meist nehme ich diese Tage am Freitag. Endlich kann ich auch in den Genuss kommen, es an diesem Tag ruhig angehen zu lassen. Auch finden dort nun nicht mehr diese nervigen Meetings statt. Wirklich eine Verbesserung zu früher.

Heute ist mal wieder ein Bürotag, Donnerstag, um genau zu sein. Mein Chef hat das Abteilungsmeeting auf heute gelegt. Das passt sich gut, da ich direkt im Anschluss das wöchentliche Meeting mit meiner Projektgruppe terminiert habe. So können wir meistens die allgemeinen News meines Chefs noch einmal auf Projektebene präzisieren. Eine gute Lösung, die von meinen Kollegen als sehr positiv anerkannt wurde. Mein Morgen verläuft angenehm. Seit dem Vorfall habe ich während meiner Enthaltsamkeit nicht eine Nacht mit Schlafstörungen verbracht. Das ist eine Befreiung für mich. Ich schlafe sogar so gut, dass ich morgens nicht mehr so spät aufstehe. Selbst unter der Dusche vergeude ich nicht mehr so viel Zeit. Ich bin im Allgemeinen etwas entspannter geworden. Dabei haben auch die vielen Gespräche mit Rasmus geholfen. Morgens habe ich so viel Zeit, dass ich den Weg ins Büro oft sogar komplett gehe. Mir fallen plötzlich diese vielen Kleinigkeiten auf. Die vielen verschiedenen Gebäude auf meinem Weg mit ihren einzigartigen Fassaden haben es mir besonders angetan. Diese sind mir zuvor nie besonders aufgefallen. Manchmal stelle ich mir vor, wie wohl mein Haus eines Tages einmal aussehen könnte. Ich könnte mir nämlich durchaus vorstellen, auch einmal ein Haus zu bauen. Hier kommt wohl wieder mein Drang durch, etwas zu erschaffen. Vielleicht eines Tages mal, wenn ich meine Kredite abbezahlt habe. Das wird aber leider noch etwas dauern. Aber das werde ich schon aushalten können. Auch die Parks erlebe ich nun auf meinem Weg bewusster. Besonders morgens mag ich es gerne, durch sie hindurchzugehen. Im Sommer ist es hier sehr angenehm, vor allem wenn ein frischer Wind durch die Bäume fährt. Auch heute ist es wieder so. Auf meinem Weg durch einen der Parks bleibe ich für eine Zeit lang stehen und schaue dem Schauspiel zu, wie sich der Wind seine Bahn durch das Blattwerk der Bäume bahnt und dabei seinen beruhigenden Ruf verbreitet. Hier atme ich gern tief durch und sammle durch die frische Luft Kraft für den bevorstehenden Tag.

Nach einigen Augenblicken mache ich mich dann wieder auf den Weg in die Firma. Dabei lasse ich es aber in Summe weiterhin ruhiger angehen. Ich habe schließlich genug Zeit und muss mich nicht von der kollektiven Hektik meiner Mitmenschen am Morgen anstecken lassen. Diese bemerke ich besonders, sobald ich mich dem Businessviertel nähere. Hier treffe ich auf die vielen Menschen, die von den Bahnstationen oder Parkplätzen eifrig zu ihren Arbeitsplätzen wuseln. Da kann man sich schon einmal mit einer solchen Ruhe unter ihnen ein wenig wie ein Aussätziger fühlen. Manchmal erkenne ich mein damaliges Ich in ihren gestressten Gesichtern. In diesen Augenblicken empfinde ich so etwas wie Mitleid mit ihnen. Ich kann mir vorstellen, was in ihnen so vorgeht. Ich habe diesen Teil von mir begraben und schaue nach vorne.

Während meine Mitmenschen so eifrig an mir vorbeiziehen, denke ich auf den letzten Metern noch etwas über den bevorstehenden Tag nach. Ich hatte mir für heute vorgenommen, mit dem Projektteam über die mögliche Erweiterung unseres Themengebiets zu sprechen. Mir ist wichtig frühzeitig darüber zu informieren, damit die Arbeitslast nicht von einem auf den anderen Tag zu groß wird oder sie von den Veränderungen schlimmstenfalls noch über Gerüchte erfahren. Vor allem meine jüngeren Kollegen könnte das sonst zu sehr belasten. Es gab in der Vergangenheit schon einige Fälle von längeren Ausfallzeiten, wenn es zu besonders arbeitsintensiven Phasen kam. Dies musste dann größtenteils durch die anderen Kollegen oder durch mich abgefangen werden. Das war nicht besonders fördernd für die allgemeine Grundstimmung im Team. Wenn ich das im Vorfeld abfangen kann, wäre es umso besser. Weitere Fehlzeiten können wir uns nicht leisten. Das würde das Ziel des Projekts ziemlich unter Druck setzen. Das Schlimmste, was passieren könnte, wäre, dass die Kollegen sich sogar versetzen lassen oder schlimmstenfalls kündigen, weil ‚sie nicht mehr können'. Wir sehen diese Tendenz zum Burnout vor allem bei den jungen Kollegen häufiger. Da sind wir sehr sensibel geworden, was sich ebenfalls belastend auf das Miteinander auswirkt. Das Unternehmen hat aktuell auch Probleme, Nachwuchs zu finden. Mein Chef hatte mir letztens gesagt, dass die Erwartungen der neuen Generation wohl ziemlich hoch wären. Die Konkurrenz am Arbeitsmarkt wird eben immer härter und die geburtenschwachen Jahrgänge können halt sehr viel selbstbewusster agieren, als wir es noch hätten machen können. Wirklich eine interessante Entwicklung.

Während ich so über die aktuellen Herausforderungen am Arbeitsmarkt philosophiere, bin ich bereits vor unserem Büro angekommen. Als ich heute durch die Tür zum Großraumbüro gehe, kommt mir eine seltsame Atmosphäre entgegen. Ich kann es nicht genau beschreiben, aber es wirkt angespannt auf mich. Etwas liegt in der Luft, ich kann es regelrecht spüren. Zum jetzigen Zeitpunkt kann ich allerdings noch nicht genau sagen, was das sein möge. Ich bleibe wachsam und schaue durch den Raum, auf der Suche nach Anhaltspunkten. Langsam bewege ich mich zu meiner Box als mein Blick bei Clara hängen bleibt. Sie wirkt für mich etwas angespannt, wie sie an ihrem Platz am Fenster sitzt. Sie wackelt unruhig auf ihrem Stuhl hin und her und schaut ständig auf die Uhr. Ich frage mich, was sie so nervös macht. Ich entscheide mich, erst einmal meine Klamotten auf meinen Stuhl zu werfen und dann zu ihr zu gehen. Vielleicht bekomme ich etwas aus ihr heraus. Nachdem ich angekommen und alles an meinem Platz vorbereitet hatte, bin ich wie vorgenommen zu Claras Platz gegangen. Sie war in der Zwischenzeit wohl aufgestanden, jedenfalls befindet sie sich nicht mehr dort. Ich wartete etwas auf sie und habe dabei etwas aus dem Fenster geschaut. ‚Ach man, wieso kann ich nicht am Fenster sitzen?', frage ich mich ruhig. Ich bin es satt, mitten im Raum zu sitzen. Noch immer machen mich die vielen Kollegen nervös, die ständig hinter mir vorbeigehen. Das habe ich am Büroalltag nicht vermisst. Zu Hause war das angenehmer. So hat alles sein für und wider. Vielleicht habe ich irgendwann einmal Glück und werde auch so einen angenehmen Platz bekommen. Mal sehen, wenn das so weitergeht, könnte ich sogar in diesem Glaskasten in der Mitte landen. Wer weiß schon, was die Zukunft bringt.

Ich wartete noch einige Minuten, bis Clara endlich zu ihrem Platz zurückkam. Sie hatte mich kurz begrüßt, ihre Aufmerksamkeit hat sich dann allerdings schnell wieder ihrem Computer gewidmet. Noch immer neugierig, was mit ihr los sei, beginne ich ein kurzes Gespräch:

„Hey, Clara! Alles ok bei dir? Du wirkst angespannt", frage ich frei raus.

„Hi, Liam. Ne alles gut. Wieso?". Clara reagiert leicht ausweichend. Noch immer ist ihr Blick Richtung Bildschirm gerichtet. Ihre Reaktion löst in mir Unbehagen aus.

„Mh, irgendwie wirkst du auf mich, als wäre irgendetwas, was dich belastet. Kann ich dich bei etwas unterstützen?", ich mache mir bei dieser Frage zunehmend Sorgen. Ich kann jetzt nicht gebrauchen, dass Clara etwas belastet. Noch immer ist sie meine wichtigste Unterstützung hier im Büro und vor allem im Projektteam.

„Nein, es ist wirklich alles gut. Ich habe nur viel zu tun. Lass uns doch heute nach dem Teammeeting noch einmal kurz reden. Dann habe ich sicher den Kopf frei". Clara schaut dieses Mal kurz hoch, als sie diese Sätze von sich gibt. Sie schaut mir direkt in die Augen und macht ihren Standpunkt dadurch ziemlich klar.

„Ah, okay, ja gut, dann machen wir das so. Noch viel Erfolg! Bis später". Ich lasse mich für den Moment von ihr abwimmeln. Allzu sehr möchte ich sie jetzt auch nicht unter Druck setzen. Doch etwas in mir sagt mir, dass hier mit Clara etwas nicht stimmt. Ich habe diese Taktik, diese

Art zu reden auch schon öfter verwendet. Es ist dieses geschickte Vorschieben von Gründen, um einer unangenehmen Situation zu entgehen und solche Gespräche schnellstmöglich zu beenden. Meistens habe ich in diesen Momenten etwas verborgen. Tut sie das in diesem Moment auch? Auf meinem Weg zurück zu meiner Box beginnen meine Gedanken wieder zunehmend zu kreisen. ‚Hier stimmt doch etwas nicht', denke ich mir dabei ständig. Ich habe es schon beim Betreten des Raumes gemerkt, dass heute etwas anders ist. Ich merke, wie wieder diese Anspannung und leichte Panik in mir aufsteigt. Die Gefühle, die ich zuletzt vor über einem Jahr verspürte. Ich dachte, ich hätte sie für immer vergraben. Doch sie kommen in diesem Moment mit voller Intensität wieder hoch und versetzen mich nahezu in einen Schockzustand.

Die nächsten Stunden verbringe ich wieder im Sog. Wieder schaue ich gebannt in meinen Monitor und merke, wie die Zeit an mir vorbeirast. Meine Gedanken irren ziellos umher. Ich kann mich nicht auf das Hier und Jetzt konzentrieren. Mein Fokus ist mir wieder verloren gegangen. Wieder habe ich das Gefühl, von den Ereignissen unkontrolliert weggerissen worden zu sein. Ich suche wieder nach etwas, was mir Halt gibt. In meiner absoluten Verzweiflung stehe ich kurz auf und suche nach den einzigen zwei Menschen im Raum, mit denen ich jetzt noch sprechen könnte. Tim und Sharon. Beide sind nicht zu finden. Augenblicklich gerate ich immer mehr in Panik. Als ich merke, wie sie wieder Kontrolle über mich nimmt, greife ich nach meinem Telefon und stürze auf die Toilette. Der Gang ist wieder derselbe wie damals. Wieder fange ich an schneller zu atmen als ich mich ihr näherte. In ihr angekommen, gehe ich instinktiv in die exakt selbe Kabine von damals. Wieder lasse ich mich auf die Toilette fallen und mache alle Tore auf. Ich lasse meinen Gefühlen wieder freien Lauf.

Ich verharre für einige Momente in der Kabine, während ich versuche, mich zu beruhigen und von meiner Panik herunterzukommen. Als Hilferuf versuche ich Rasmus zu erreichen. Ich schreibe ihm Nachrichten und rufe ihn an. Doch sein Telefon scheint auf Flugmodus gestellt zu sein, oder er hat aktuell keinen Empfang. Das setzt mich weiter unter Druck. Wieder finde ich mich komplett allein in diesem Sturm. Ich bin absolut geschockt davon, dass ich offenbar noch nicht so stabil bin, wie ich es gedacht hatte. Dass mich so eine ‚Kleinigkeit' heute komplett aus der Bahn wirft. Ich beginne mir immer weiter Vorwürfe zu machen. Auf einmal ärgere ich mich über meine Fehler aus der frühen Vergangenheit: Über all das Geld, das ich verloren habe, über die Lügen, die ich meinen Freunden erzählt habe und dass ich Boris und Sam so mit ihren Sorgen allein gelassen habe. Obwohl ich mir wieder diese ganze Schuld auflaste, merke ich, wie es mir langsam dabei besser geht. Mit diesen Vorwürfen scheine ich mir tatsächlich einen Fixpunkt zu geben. Das Karussell meiner Gedanken beginnt sich langsam wieder zu beruhigen. Ich entspanne mich zusehends. Dies ist halt die eine Wahrheit, die ich kenne. Meine schlechten Taten identifizieren mich. In meinem Leid fühle ich die Stabilität, die ich gerade so dringend brauche. Noch einige Minuten verharre ich in dieser Phase, als die Panik schließlich vollends wieder von mir unter Kontrolle zu sein scheint.

Daraufhin stehe ich von der Toilette auf und verlasse die Kabine. Wieder stehe ich vor diesem Spiegel und versuche, die Spuren meines Anfalls zu verwischen. Heute habe ich nicht ganz so viel geschwitzt wie damals. Viel ist nicht von diesem Bild kaputtgegangen, das ich für den heutigen Tag vorbereitet hatte. Doch schaut mich wieder dieser Mensch im Spiegel an. Ich sehe erneut diese fragenden Augen, die sich nach all den Jahren endlich nach diesen Antworten sehnen, die ich ihm einfach nicht geben kann. Nach einem kurzen Moment der Trauer werde ich plötzlich wütend. Ich schreie auf, als ich mit meinen Fäusten auf das Waschbecken trommle. Ich kann diesen Blick nicht mehr ertragen. In diesem Moment würde ich am liebsten in Tränen aufgehen. Doch aus meiner Grimasse kommt keine einzelne Träne heraus. Wieder schaue ich mich mit diesem aus Trauer und Wut verzerrten Gesicht im Spiegel an. Plötzlich kann ich dieses Gesicht für einen Augenblick erkennen. ‚Du bist das!', denke ich mir auf einmal. Ich schrecke zurück. Absolut durcheinander höre ich sofort auf weinen zu wollen. Für einen Moment stehe ich perplex mitten im

Raum. Absolut unfähig meine Gedanken zu erkennen, schaue ich nur an die Wand und atme tief durch. In dem Moment geht die Tür auf. Mein Blick schreckt in ihre Richtung. Zwei Kollegen kommen herein. Sich unterhaltend stellen sie sich an das Pissoir. Sie bemerken mich nicht einmal bewusst. Noch immer absolut verwirrt, begebe ich mich sofort aus dem Raum. Noch auf dem Gang stehend, frage ich mich, was ich tun soll. Mein Kopf ist augenblicklich leer. Als wäre ich zum ersten Mal aus einem langen Traum erwacht, versuche ich noch immer meine Emotionen und Gedanken begreifen zu wollen.

Ich weiß nicht, wie lange ich auf diesem Gang schon stehe. Aber es muss eine Ewigkeit gewesen sein, da plötzlich Sharon aus dem Fahrstuhl kommt und mich erblickt. Sie kommt wohl von ihrer Mittagspause zurück.

„Liam, was ist denn mit dir los? Du stehst hier wie angewurzelt. Nichts zu tun?", fragt sie mit ihrem gewohnt unangenehmen Ton. Ich schaue sie an. Mein Blick fokussiert sich komplett auf sie, während ich noch immer nicht antworten kann.

„Liam? Alles ok bei dir?", Sharons Gesicht hat nun diesen selben Ausdruck wie damals. Der Ausdruck, der mich komplett schockiert hatte. Ein Ausdruck von Sorge? Ich kann es nicht beschreiben. Es verwirrt mich komplett. Noch immer in der Starre kommt Sharon auf mich zu.

„Liam?", Sharon fasst mir leicht an die Schulter. Ich schrecke sofort zurück.

„Sharon! Ich glaube mir geht es nicht gut", stammle ich vor mich hin.

„Das sehe ich! Was ist denn mit dir? Möchtest du dich nicht lieber hinsetzen oder eher zum Arzt gehen? Du siehst gut aus. Soll ich dir ein Wasser holen?". Diese plötzliche Güte von ihr. Die ernst gemeinte Sorge um mein Wohl. Es erwärmt mein Herz. Etwas in mir drängt danach, sie augenblicklich zu umarmen, zu weinen und mich für all die bösen Gedanken ihr gegenüber zu entschuldigen, ihr all die Jahre des Hasses zu beichten. Nichts kann ich in diesem Moment mehr verstehen. Ich mache es nicht. Vielmehr übernimmt wieder einmal mein Unterbewusstsein die Kontrolle über meinen Körper. Ich beginne, mich in meinen alten Routinen wiederzufinden.

„Schon gut, Sharon. Ich werde mich gleich etwas hinsetzen und dann wird es schon wieder“, sage ich nur kalt. Meine Wahrnehmung normalisiert sich wieder langsam.

„Bist du dir sicher, Liam?“,

„Ja. Ich gehe jetzt rein und setze mich etwas. Danke dir für deine Mühe. Wir sehen uns“, noch während ich meinen Satz beende, gehe ich auch schon hinein. Scharon lasse ich dabei wohl etwas planlos auf dem Gang stehen. Während ich zu meiner Box zurück gehe, bekomme ich Schuldgefühle für mein Verhalten von eben. Aber wenigstens funktioniere ich jetzt wieder. Das ist die Hauptsache.

Anschließend kann ich mich tatsächlich etwas auf meine Arbeit konzentrieren. Ich schaffe es sogar, einige Aufgaben zu erledigen und das Treffen der Projektgruppe nachher vorzubereiten. Die anderen Aufgaben verschiebe ich einfach auf morgen. ‚Das wird schon alles passen‘, denke ich mir . Dann ist es so weit. Es wird Zeit für das Teammeeting. Pünktlich begebe ich mich mit den anderen in die Meetingecke des Büros. Wieder sitzen wir hier alle im Kreis und warten auf unseren Chef, der sogar dieses Mal ebenfalls zeitig zu uns stößt. Das Meeting beginnt. Wie gewohnt gehen wir wieder reihum die Kollegen durch. Jeder berichtet von seinen aktuellen Herausforderungen und den erreichten Zielen. An sich ist alles wie immer. Nur Sharon verhält sich im Moment untypisch. Ich merke, wie sie mich besorgt anschaut. Immer wieder blickt sie zu mir. Darum muss ich mich später noch kümmern, sonst lässt sie mich gar nicht mehr in Ruhe. Ich muss versuchen, mich jetzt erst einmal auf die Runde zu konzentrieren. Mein Beitrag in diesen Runden ist durch die neue Position jetzt nämlich länger geworden, da ich im Namen der Projektgruppe über die Ergebnisse berichte. Daher muss ich jetzt leider mehr aufpassen und kann mich nicht allzu sehr mit anderen Dingen beschäftigen. So sehe ich im Augenwinkel auch nur, dass Rasmus versucht hat, mich anzurufen. In einer freien

Minute schreibe ich ihm zurück. Ich erzähle ihm von meiner erneuten Panikattacke und meinen Gedanken dazu. Das versetzt ihn in eine solche Sorge, dass er nach der Arbeit sofort vorbeikommen möchte. ‚Das muss ich nachher mit dir klären, ich bin jetzt erst einmal im Teammeeting', schreibe ich ihm kurz angebunden. Ich habe jetzt keine Zeit mehr für ihn. Ich muss mich wieder auf die Runde konzentrieren und bin gleich dran.

Während sich die letzten Kollegen nach und nach zu Wort melden, sehe ich, wie Clara plötzlich wieder so unruhig auf ihrem Stuhl hin und her rutscht. Es ist dasselbe Verhalten, dass ich heute Morgen bei ihr beobachten konnte. Erneut macht sich diese Aufregung in mir breit. Ich ahne etwas Schlimmes. Sie wollte genau nach dieser Runde mit mir sprechen. Warum ausgerechnet dann? Warum ist sie jetzt wieder so nervös? Wird hier gleich etwas passieren? Wieder beginnen meine Gedanken sich zu drehen. Die Anspannung in mir droht mich zu zerreißen. Meinen Blick fokussiere ich nur noch auf Clara. Ich kann mich auf nichts anderes mehr konzentrieren als auf sie. Dann passiert tatsächlich etwas:

„So, bevor wir dann das Meeting für heute beenden, wollten wir noch etwas verkünden", mein Chef lächelt dabei leicht. In diesem Moment bin ich kurz davor, laut zu brüllen. Ich stehe vor diesem Punkt, ab dem bei mir alles zu zerbersten droht. Er fährt fort:

„Clara wird uns zum nächsten Monat verlassen. Wir sind froh... neue Stelle im... Herausforderung... etwas sagen?"

Ich stehe wieder an der Klippe. Ich sehe wieder diesen Sturm am Horizont aufsteigen. Er sieht dieses Mal bedrohlicher aus. Größer und mit zuckenden Blitzen baut er sich vor mir auf. Ich versuche ihn weiter in Ruhe zu erkennen, doch dieses Mal kommt er mit einer rasenden Geschwindigkeit auf mich zu. Dieses Mal habe ich keine Zeit, mich auf ihn vorzubereiten. Ich ergebe mich willig dem Schicksal, das unausweichlich auf mich zurast. Als ich beginne meine Arme daraufhin begrüßend weit auszustrecken, höre ich wieder eine Stimme. Es ist dieses Mal allerdings eine Stimme der Warnung, die mich mit ihrer Güte anfleht, zu fliehen. Ich vernehme sie laut und deutlich. Ich bewege meinen Kopf zu ihrer Quelle und fange an, leicht zu lächeln. Wir beide wissen, dass ich jetzt keine Wahl habe. Mir läuft eine Träne runter, als ich noch einen Moment der Stille habe, bevor es vorbei ist. In dem Moment sage ich etwas zu ihm:

„Denk dran, egal, was passiert. Wenn du nicht weißt, was du machen sollst, wirf doch einfach eine Münze. Das Ganze wird schon schief gehen“. Augenblicklich umschließt mich der Sturm und reißt mich spurlos aus dieser Welt hinaus.

Kapitel 8

Hoffnung

Von allen Kräften des Universums ist sie die stärkste. Sie kann uns zugleich zu unseren größten Leistungen antreiben als auch unseren bitteren Niedergang besiegeln. Wir klammern uns besonders in den Momenten an sie fest, deren vorhersehbaren Ausgang wir einfach nicht akzeptieren wollen. Wir suchen uns Beispiele aus der Vergangenheit, in denen sie uns zu einem guten Ausgang verschafft haben. Nutzen diese, um den Glauben an sie nicht vollends zu verlieren. Doch spielt sie meist mit uns ein gemeines Spiel. Kann sie unsere Wahrnehmung doch schließlich so verblenden, dass wir in ihrem Namen willig die Wahrheit ignorieren.

Ich liege einfach so da. Meine Augen weit geöffnet, blicke ich schon seit Stunden nur auf diesen einen Punkt an meiner Decke. Langsam wird es draußen wieder etwas heller. Die Vögel beginnen bereits, ihre Lieder zu singen. Ich habe die ganze Nacht wach gelegen und über die einzig noch wichtige Frage nachgedacht, deren Beantwortung ich seit so langer Zeit vor mich herschiebe. Es ist der Zeitpunkt gekommen, hier endlich eine Wahl zu treffen. Die ganze Nacht war ich damit beschäftigt. Ich wollte nicht schon wieder ‚eine Münze werfen'. Nicht bei dieser Entscheidung. Alles habe ich miteinander abgewägt. Alle Aspekte fein säuberlich auseinandergenommen und alle Szenarien durchdacht. Dieses Mal werde ich ehrlich zu mir sein. Ich habe sie getroffen.

Zwei Tage zuvor

Donnerstag, 15:56 Uhr.

Ich sitze nur da. Ich habe meinen Körper komplett verlassen und lasse alles nur noch geschehen. Ich beobachte, wie Clara voller Stolz von ihrer neuen Aufgabe berichtet. Wie aufgeregt sie ist, es endlich allen sagen zu können. Den ganzen Tag über wollte sie es uns schon mitteilen, unser

Chef hatte mit ihr allerdings vereinbart, dies erst heute im Meeting zu machen. Sie wird ein größeres Team in einer Nachbarabteilung übernehmen, und das bereits zum Monatswechsel. Alle Kollegen freuen sich für sie und applaudieren. Worte der Gratulation und Anerkennung werden ihr entgegengebracht. Doch ich sitze nur da. Still und artig ertrage ich diese Situation. Dann stehe ich auf.

Ich sehe, wie ich zu meinem Chef gehe und mich bei ihm für den Rest des Tages abmelde und eventuell morgen nicht zur Arbeit erscheine, weil ich mich nicht wohlfühle. Etwas verwirrt, aber verständnisvoll nimmt er meine Ausführungen zur Kenntnis und verabschiedet mich für den Tag. Ohne noch einen Blick oder ein Wort mit den anderen zu wechseln, gehe ich zu meinem Platz zurück, sage alle Termine für den heutigen und morgigen Tag ab und verlasse sofort das Büro. Mit niemandem möchte ich jetzt mehr reden. Ich habe nur noch ein Ziel. Ich möchte nur noch nach Hause. Nur noch eine Person kann mir jetzt wieder etwas Frieden geben. Ich bin mir sicher, dass ich ihn heute wiedersehen werde. In mir ist es auf dem Weg nach Hause komplett still. Dieses Mal habe ich mir ein Taxi genommen, um schnellstmöglich nach Hause zu kommen. Wie benebelt schaue ich aus dem Fenster, während das Taxi durch die Straßen jagt. Ich habe nur noch einen Gedanken, ‚Ich werde ihn gleich wiedersehen, da bin ich mir sicher'. Zu Hause angekommen, gehe ich sofort in meine Wohnung. Meine Wahrnehmung ist geradezu betäubt. Mein Gesicht kribbelt, meine Ohren werden warm. Ich fange leicht an zu zittern, als ich mich an meinen Computer setze. Ich habe ihm Bescheid gegeben. Ich bin bereit. Ich bin bereit, ihn wiederzusehen und mit ihm diese wertvolle Zeit zu erleben. Ich kann es kaum erwarten.

Donnerstag, 17:04 Uhr.

Kurze Zeit darauf hat er meinen Ruf endlich vernommen. Mads kam zu mir. Er hatte wieder dieses unfassbar wunderschöne Lächeln. Er hat sich so sehr gefreut, mich zu sehen. Mir war sofort warm um mein Herz. Endlich konnte ich ihn wiedersehen. Nach all der Zeit der

Entbehrung. Mein ganzer Körper kribbelte. Ich war voll des Glücks. Mads machte mich alsbald darauf aufmerksam, dass wir ja nun anfangen könnten. Ich wusste genau, was er damit meint. Schließlich hatte ich ihn dazu eingeladen. Ich öffne die entsprechenden Masken. Noch hatte ich die Programme und die Zugänge nicht gelöscht. Ich begann sofort damit, das Geld auf das Depot zu laden. Es war augenblicklich verfügbar. Mads nahm sanft meine Hand und sprach mir Mut zu. Noch einen Moment habe ich tief Luft geholt. Ich habe dabei kurz an Rasmus gedacht und daraufhin gezögert. Doch als ich Mads wieder in die Augen sah, war es komplett um mich geschehen. Ich tippte die ersten Werte ein, das Angebot kam sofort. Ich drückte drauf. Der erste Trade war erfolgreich abgesetzt. Es ging wieder los. Ich war so glücklich. Sofort entfachten diese Anspannung und dieses pure Glück ein Feuerwerk in meinem Körper. Endlich bin ich wieder hier, wonach ich mich doch so lange gesehnt habe.

Donnerstag, 21:47 Uhr.

Dieser Tag verlief so erfolgreich, wie ich es noch nie erlebt hatte. Wie in einer Trance haben wir Geschäft für Geschäft nacheinander abgeschlossen. Ich habe mein komplettes Kapital in das Depot geladen. Fast 8000 an eigenem Kapital waren es in der Spitze. Wir wurden immer risikoreicher, haben die Werte immer weiter gereizt, Positionen aufgebaut und sie nach kurzer Zeit wieder veräußert, sind jedes Mal bis ans Äußerste gegangen. Mads hat mich dabei so bestätigt, dass ich absolut sicher in meinen Entscheidungen war. Er war so glücklich, dass wir endlich wieder diese Zeit miteinander verbracht hatten. Es war alles so wunderschön. Als ich schließlich kurz vor 22:00 Uhr auf mein Depot sah, konnte ich es kaum glauben. Wir haben mit unseren Geschäften einen Bestand von fast 47 000 erreicht. Das ist mehr, als ich es in meinen Krediten aufgenommen hatte! Ich kann jetzt mit einem Schlag alles abbezahlen und dann habe ich sogar noch etwas für mich! Ich bin überglücklich und würde Mads am liebsten sofort küssen. Ich entschließe mich dazu, noch schnell den Auszahlungsauftrag auf mein Konto einzustellen. Ich wollte nur noch das

Geld retten, meine Kredite abbezahlen und erschöpft, aber glücklich in mein Bett gehen. Vielleicht würde Mads nach diesen ganzen Erfolgen heute das erste Mal seit langem wieder bei mir übernachten. Das würde mich so sehr freuen. Doch als ich Mads von meinen Plänen berichtete, wurde es plötzlich kälter. Mads Gesicht veränderte sich schlagartig von dieser puren Freude und der Bestärkung zu einer wütenden und enttäuschten Fratze. Er regte sich sofort darüber auf, dass wir doch jetzt noch nicht aufhören können. Er machte mir klar, dass wir mit diesem Erfolg in den nächsten Stunden noch viel mehr erreichen können. Dass wir, wenn wir einfach so weiter machen würden, in Dimensionen gelangen würden, dass ich mir eventuell sogar eine Anzahlung für ein Haus leisten könnte! Ich war daraufhin restlos geschockt. Nicht nur das Verhalten von Mads fand ich absolut fragwürdig. Woher wusste er das mit meinen Gedanken über das Haus? Da hatte ich doch heute Morgen erst wieder drüber nachgedacht und in der Zwischenzeit mit niemandem darüber gesprochen? In diesem Moment machte Mads mir etwas Angst. Er schien dies zu bemerken.

Mads Tonlage und sein Gesicht veränderte sich augenblicklich wieder zu einem eher freundlicheren Ton. ‚Wie kann er nur so schnell umschalten?‘, dachte ich mir dabei. Ich bekam ein immer stärkeres Gefühl der Unruhe und der Angst, als ich ihn so sah. Mads versuchte weiter auf mich einzureden und mich von den vielen Möglichkeiten und Chancen, die noch vor uns standen zu überzeugen. Doch er bewirkte dabei nur das Gegenteil. Die Angst in mir wurde immer stärker. Nicht nur war mir Mads Verhalten zusehends unangenehm, auch einen möglichen Verlust dieses hohen Gewinns verursachte nahezu Panik in mir. Ich brauche doch nur auf diesen Knopf zu drücken und alle meine Kredite wären abbezahlt. Die ganzen Vorwürfe der letzten Monate, die ganze schwere Zeit – alles könnte ich mit nur einem Knopfdruck hinter mir lassen. Ich möchte das nicht mehr riskieren. Ich stelle mich zum ersten Mal in meinem Leben gegen Mads und sage ihm, dass ich seinem Vorschlag nicht folgen und nun das Geld auf mein Konto auszahlen lassen werde. In diesem Moment springt Mads wütend von seinem Stuhl auf und beginnt mich wie verrückt zu beschuldigen. Ich hätte ihn ja schließlich eingeladen. Es war meine Entscheidung wieder nach ihm zu rufen und mit ihm diese Zeit zu verbringen. Dass es doch meine Schuld ist, dass ich ihn einfach nicht in Ruhe lassen kann. Dass ich es bin, der sich immer so sehr nach ihm sehnt, dass ich alles dafür in Kauf nehme, diese Zeit mit ihm zu verbringen. Daraufhin bin ich vollends geschockt. Ich wusste nicht, dass diese Zeit für ihn eine solche Belastung war. Ich dachte, dass er gerne mit mir zusammen sei und die Zeit mit mir genauso genießen würde, wie ich mit ihm. Absolut hilflos beginne ich in dem Moment in Tränen aufzugehen.

Mads sieht das und schaltet sofort wieder seine Stimmung um. Auf einmal ist er wieder so zutraulich. Er kommt zu mir und tröstet mich. Nimmt mich in seinen Arm und versichert mir, dass ich ihn nur falsch verstanden hätte. Ich weiß daraufhin nicht mehr, was ich machen soll. Mit meiner letzten Kraft greife ich zu meinem Telefon und möchte nur noch Rasmus anrufen. Mads sieht das und beginnt mir kühl zu drohen:

„Liam, wenn du das tust, wenn du ihn jetzt anrufst, werde ich nie mehr wiederkommen. Hörst du? Ich werde nie wieder zu dir kommen".

Diese Worte treffen mich wie ein Schlag. Sofort sind alle Vorgänge in mir unterbrochen. Sämtliche Emotionen kaltgestellt. Die Worte von Mads entsprechen der Wahrheit. Das weiß ich. Ich kann jetzt noch nicht loslassen. Ich möchte weiter bei ihm sein. Nach einem kurzen Moment lege ich das Telefon beiseite und willige ein. Wir werden noch ein paar Geschäfte erledigen. Dann möchte ich aber das Geld auf mein Konto sichern. Mads willigte schließlich dankbar und freudig ein. ‚Nur noch ein paar Geschäfte', versprach er mir, als er sich wieder neben mich setzte. Zittrig begann ich, sogleich die Masken wieder aufzurufen. Es wird Zeit für ein paar Geschäfte auf dem asiatischen Markt. Das wird schon klappen. Ich darf meine Hoffnung nicht verlieren.

Freitag, 03:21 Uhr.

Es ist eine Qual. Stundenlang haben wir ein Fehltrade nach dem nächsten erledigt. Wir haben eine Zeit lang nur noch Geld verloren. Die ersten beiden versprochenen Trades waren beides Verluste von ca. 1000. Das hat mich so sehr geärgert, dass ich dieses Geld unbedingt wieder reinholen wollte. Mads hatte mich darin bestärkt, sodass ich wieder damit begann, meine Einsätze zu erhöhen und die Geschäfte wieder in einem schnelleren Takt abzuschließen. Doch der Markt war mir nicht wohl gesonnen. Eine Zeit lang ging es immer weiter nach unten, bis es sich aktuell seit einer Stunde kaum mehr bewegt. Ich habe inzwischen ca. 20 000 wieder verloren. Noch bleiben mir knapp 27 000. Mit diesem Geld könnte ich wenigstens einen der Kredite abbezahlen. Noch immer ein großer Erfolg. Absolut geschlagen von den Ereignissen und der Müdigkeit, nicht weiter bereit zu entfliehen, mache ich Mads klar, dass ich heute nicht mehr weitermachen möchte. Mads versteht das und bedankt sich bei mir, dass ich es weiter versucht hätte. Er wäre stolz auf mich und froh, dass ich mich für ihn entschieden habe. Er lässt mir am Ende die Wahl. Er wird mich glücklich und zufrieden in die Nacht verabschieden oder ich entscheide mich weiterzumachen und das ganze Geld noch auf einen einzelnen Trade zu setzen. Ein einziges Geschäft, das das Potenzial hat, nicht nur die Verluste reinzuholen, sondern auch den versprochenen Mehrgewinnn zu erzielen. Er macht mir diese Wahl bewusst. Er überlässt mir die Entscheidung. Er schaut mich dabei mit seinem Lächeln so erwartungsvoll an. Auch er ist sich scheinbar nicht sicher, wofür ich mich gleich entscheide. Ich weiß es selbst nicht. Ich entschuldige mich kurz und gehe in mein Badezimmer.

Komplett taub von den ganzen Ereignissen stehe ich nur da und schaue in meinen Spiegel. Ich stehe wieder im Auge des Sturms. Das Schicksal peitscht mich umher und mir fehlt sämtlicher Halt. Ich kralle mich an meinem Waschbecken fest und versuche für mich einen Punkt zu finden, auf den ich mich konzentrieren kann. Wieder erblicke ich diesen Menschen. Wieder schaue ich in seine Augen. Doch in diesem Moment fühle ich nichts. Als wenn ich nur einen Fremden sehe. Noch einige Zeit verharre ich in dieser Position. Bis ich letztendlich das tue, was ich doch schon so oft getan habe. Ich werfe gedanklich eine Münze und hoffe auf einen positiven Ausgang. Denn am Ende, am Ende wird schon alles irgendwie gutgehen.

Freitag, 04:47 Uhr.

Das wars. Es ist alles weg. Ich habe wieder komplette Scheiße gebaut. Ich bin einfach nur schlecht. Nichts habe ich gelernt. Ich bin zu nichts zu gebrauchen. Ich habe wieder alle enttäuscht. Ich muss schlafen.

Freitag, 12:47 Uhr.

Ich erwache mit einem solchen Kater, wie ich ihn noch nie in meinem Leben gespürt habe. Noch immer kann ich nicht glauben, was in der Nacht passiert ist. Ich hatte einen Rückfall. Es war wieder wie in einem anderen Film. Ich war komplett im Sturm gefangen. Nun wurde ich wieder komplett bis zum Letzten von ihm ausgesogen. Ich habe kein Geld mehr. Ich stehe wieder vor der Situation von vor ein paar Wochen. Wieder kann ich mir heute nichts mehr zu Essen kaufen. Doch wie konnte es nur dazu kommen? Der Verlust hatte mich so sehr mitgenommen, dass ich komplett von dem Drang zur Kompensation eingenommen wurde. Dieser Druck war wieder da, den ich doch so viele Monate erfolgreich unterdrücken konnte. Ich hatte insgeheim wohl wieder den Wunsch, alles zu verlieren, diese Ruhe zu erreichen, in der ich mich gerade befinde. In diesem Moment fühle ich mich wieder, als hätte ich gerade zum ersten Mal das Licht der Welt erblickt. Ich fühle mich auf eine für mich nicht zu erklärende Art und Weise befreit. Als wäre all die Last der Welt von meinem Rücken gefallen. In diesem Augenblick kann ich leben. Doch jetzt ist alles weg. Sofort nimmt die Schuld in mir die Überhand. Wie erkläre ich das denn jetzt der Bank? Ich kann nicht anrufen und wieder sagen, dass alles weg ist, wo ich doch die letzten Monate alles so fein säuberlich wieder angespart hatte. Wenn ich ihnen sage, dass ich es verzockt habe, werden sie mir doch nicht noch mehr geben. Ich bin absolut verloren. Was soll ich nur tun? Die Schuld nagt weiter an mir, bis es unerträglich wird. Am Ende bleibt mir nur noch ein Ausweg. Nur noch eine Chance, die ich wieder ergreifen muss. Ich muss Rasmus erneut um seine Unterstützung bitten. Erneut muss ich ihm meine ganze Schuld auf seine Schultern laden. Ich kann nicht anders, ich würde sonst auf der Stelle untergehen. Ich greife nach meinem Telefon und versuche ihn anzurufen. Er nimmt tatsächlich ab. Als ich beginne, die ersten Sätze zu sagen, gehe ich sofort in Tränen auf. Ich lasse alles raus.

Freitag, 18:00 Uhr.

Ich warte nervös vor der Wohnung von Rasmus. Noch stehe ich vor seiner Tür und traue mich nicht, seine Klingel zu betätigen. Ich habe ihm vorhin alles gebeichtet. Ruhig und gefasst hat er sich alles angehört. Er würde mir auch dieses Mal helfen, hatte er versprochen. Doch würde das seinen Preis haben. Er hat von mir zwei Dinge verlangt. Das Erste war, dieses Mal zu ihm zu kommen. Das ist für mich kein Problem. Bei dem zweiten Punkt hat er sich noch in Schweigen gehüllt. Das würde er mir dann hier sagen, hatte er mir nur gesagt. Ich bin absolut nervös. Was genau meint er damit? Die ganze Schuld und meine Trauer sind für einen Augenblick ausgesetzt. Die Angst vor dieser einen Sache hat mich komplett eingenommen. Ich kann mir nicht vorstellen, was er damit meinen könnte. Noch einige Momente verharre ich vor seiner Tür, als ich schließlich den Druck nicht mehr aushalten kann und die Klingel betätige.

In seiner Wohnung angekommen, werde ich von einer kühlen Atmosphäre begrüßt. Was habe ich auch anderes zu erwarten. Schließlich bin ich es, der den Fehler begangen hat. Ich wurde schließlich wieder schwach und muss ihn erneut um seine Hilfe und um Geld bitten. Meinen Eltern könnte ich diese Scham gegenüber niemals eingestehen. Ich kann ihnen das alles nicht offenbaren. Das würde ihr Bild von mir vollends in die Schieflage bringen. Mein Vater ist doch so stolz auf mich. Das würde er doch niemals verarbeiten können. Nein, nur Rasmus ist meine einzige Chance, diese Situation zu überstehen. In seinem Wohnzimmer angekommen, setzen wir uns auf sein Sofa und beginnen sogleich das Gespräch. Ich erzähle ihm noch einmal von den Ereignissen am Donnerstag. Wie sehr sich seit Beginn des Arbeitstags der Druck in mir aufbaute, er sich mit der Panikattacke auf der Toilette zuspitzte und schließlich mit der Verkündung von Clara vollumfänglich entlud. Wie ich mich daraufhin fast wie in einem Tunnel verhalten hatte, mich sofort krankmeldete und nach Hause eilte. Ich hatte wohl in der Situation schon aufgegeben und mich bewusst für die nachfolgenden Schritte entschieden. Wie ich mich nach Mads sehnte und mit ihm zusammen das Traden wieder anfing. Wie grandios es lief, nur um alsbald darauf wieder alles unfassbar schiefzugehen. Rasmus hörte sich das alles ruhig an. Dann begann er seine Punkte zu machen:

„Liam, das muss aufhören. Du kannst nicht mehr so weiterleben, hörst du?", sagte Rasmus in seiner gewohnt fürsorglichen Art.

„Ich weiß".

„Ja, weißt du das wirklich, Liam? Das wage ich nämlich zu bezweifeln.",

„Wie meinst du das?", fragte ich Rasmus daraufhin zögerlich. Bekommt er denn nicht mit, wie fertig und aufgelöst ich hier vor ihm sitze? Wie ich mich zusammenreißen musste, ihn überhaupt um Hilfe zu bitten? Ich sitze doch völlig fertig und aufgelöst vor ihm. Wie kann er das denn nicht erkennen? Rasmus fährt fort:

„Wie ich das meine? Du fängst schon wieder mit diesem Scheiß an, obwohl du doch deine Lektion damals schon gelernt hattest? Wieder fängst du von Mads an, obwohl wir doch beide so oft darüber gesprochen haben, dass dies nicht der richtige Weg für dich ist, Liam. Ich frage mich wirklich, was ich noch tun soll".

„Was du tun sollst? Ich habe doch das Problem, von dir würde ich doch nichts verlangen", sage ich daraufhin mit Unverständnis über seine Antwort.

„DU verlangst nichts?", Rasmus wird zunehmend wütender. Er fährt fort:

„Ich mache mir solche Sorgen, Liam. Ich nehme mir so viel Zeit, mache alles für dich. Ich versuche, dir eine sichere Basis zu geben, in der du wieder gesund werden kannst. Du rufst mich an, wenn es dir schlecht geht oder wenn ich dich mal wieder retten soll. Natürlich verlangst du etwas von mir. Ich kann irgendwann auch nicht mehr, Liam. Dieses Verhalten muss aufhören!". Ich sehe bei Rasmus langsam die Tränen in die Augen steigen. Ich habe ihn noch nie an diesem Punkt gesehen. Ich möchte nicht, dass es ihm so geht. Meine Schuldgefühle wachsen immer mehr.

„Rasmus, ich möchte nicht, dass es dir so schlecht geht. Wirklich nicht. Ich werde dich dann in Zukunft nicht mehr damit belasten. Das verspreche ich dir.",

„Nein Liam, das ist es NICHT, was ich will. Liam, du bedeutest mir zu viel, als dass ich es mit ansehen kann, dass du dich selbst so zerstörst. Hörst du? Das zerreißt mir das Herz. Ich kann das nicht mehr länger beobachten".

Wir beide gehen nun völlig in Tränen auf. Wir liegen uns in den Armen und lassen beide unseren Gefühlen nur noch freien Lauf. Nach einer gewissen Zeit nehme ich wieder etwas Kraft zusammen und fahre fort:

„Ich weiß einfach nicht, was ich machen soll", sagte ich in einer absoluten Ehrlichkeit. In dem Moment lässt mich Rasmus los, nimmt meine Hände und schaut mir direkt in meine Augen. Diesen Moment kenne ich noch von damals. Ein Gefühl von Vertrauen steigt in mir auf.

„Liam, du musst ihn loslassen, hörst du? Du musst ihn endlich loslassen. Ich bin mir sicher, dass es dann einfacher für dich wird. Alles hängt mit ihm zusammen. Einfach alles". Nach einer kurzen Pause fährt er fort, während ich weiter in Tränen aufgehe.

„Hör mir bitte zu, Liam, es wird nicht besser, wenn du diese Entscheidung nicht endlich triffst. Ich weiß, dass das schwer für dich ist. Aber ich kann das nicht mehr länger mittragen. Du musst ihn bitte endlich gehen lassen."

Ich weine noch immer bitterlich, als ich Rasmus antworte: „Aber ich kann das noch nicht. Ich möchte ihn einfach noch nicht gehen lassen“. Rasmus drückt daraufhin meine Hände etwas fester als er mir noch einmal mit Nachdruck in mein Gewissen redet:

„Das weiß ich. Das weiß ich doch, Liam. Aber du hast keine andere Chance. Ich bitte dich vom ganzen Herzen. Bitte versprich mir, dass du ihn gehen lässt. Bitte“.

Gefühlt geht eine Ewigkeit vorbei als ich in diesem Moment vor der Entscheidung stehe, die ich so lange vor mich hingeschoben hatte. Nun wird es Zeit. Ich verspreche Rasmus, dass ich diese Nacht eine Entscheidung treffen werde. Ich brauche Ruhe mit mir selbst, um alles für und wider miteinander abzuwägen. Ich habe ihm versprochen, meine Entscheidung, wie auch immer sie ausgehen mag, sowohl ihm als auch Mads persönlich mitzuteilen. Rasmus gab sich damit für den Moment zufrieden. Ich habe Rasmus noch darum gebeten, dass ich den Abend noch mit ihm zusammen verbringe. Ich hätte in diesem Zustand nicht schon nach Hause gekonnt. Dafür war ich zu instabil. Ich konnte jetzt nicht allein sein. Für Rasmus war das überhaupt kein Problem. Wir haben uns noch einige Serien angeschaut und noch etwas Essen bestellt. Er hat sich die ganze Zeit für mich genommen, die ich in dem Moment gebraucht habe. Ich bin glücklich, ihn in meinem Leben zu haben. Ohne ihn weiß ich nicht, was ich sonst in dieser Lage gemacht hätte. Zu Mads hätte ich damit schließlich nicht gehen können. Bis in den späten Abend haben wir zusammen dort gelegen, bis ich mich nach Hause verabschiedet habe. Es war an der Zeit für mich, nun eine Entscheidung zu treffen.

Freitag, 23:17 Uhr.

Als ich bei mir zu Hause ankam, war alles ganz still. Die Gedanken und Stimmen in meinem Kopf waren vollends zur Ruhe gekommen. Alles drehte sich jetzt nur noch um die eine einzige Frage. Als ich mich im Badezimmer für die Nacht bereit machte, schaute ich beim Zähneputzen wieder in meinen Spiegel. Mein Gegenüber lächelte mich an. Ich habe vollends verstanden, was mir diese Person mit ihrem Blick sagen möchte.

Ein Gefühl der Wärme breitet sich in mir aus. Ich verspreche ihr, dass ich das Richtige machen werde. So begebe ich mich auch kurz darauf in mein Bett. Voll des Wissens, dass dies nun eine lange Nacht für mich werden wird.

Kurz nach dem Aufstehen habe ich in mir nur noch ein Gefühl des Glücks empfunden. Voll der Zuversicht, dass ich die richtige Entscheidung für mich getroffen habe, begebe ich mich in mein Badezimmer. Hier begrüßt mich wieder diese Person in meinem Spiegel. Doch nun ist alles völlig anders. Das erste Mal in meinem Leben erkenne ich sie. Ich strecke meine Hand zu ihr aus und sehe, dass sie das ebenfalls tut. Ich fange an zu lachen, sie tut es ebenfalls.

„Du bist das!", lache ich laut auf.

„Endlich. Hey du!", sage ich mir selbst in meinem Spiegelbild. In mir breitet sich eine mir zuvor unvorstellbare Freude auf. Zum ersten Mal in meinem Leben habe ich die Antworten auf meine Fragen. Zum ersten Mal in meinem Leben erkenne ich mich selbst.

Wie zwischen meinem Chef und mir vereinbart, gehe ich noch zu meinem Arzt. Den Vormittag verbringe ich damit, im Wartezimmer zu sitzen und endlich auf die Untersuchung zu warten. Das ging dann alles problemlos. Mein Arzt kennt mich schon seit Jahren und weiß, dass es mir manchmal ‚nicht so gut geht'. Er schreibt mich daraufhin für den heutigen Tag und die nächste Woche krank. Das wird mir guttun. Ich brauche jetzt von allem etwas Abstand. Wenn ich diesen Tag hinter mich gebracht habe, werde ich ja vielleicht sogar zu meinen Eltern fahren und die Woche dort verbringen. Ich glaube, es ist an der Zeit, mich auch ihnen gegenüber zu öffnen. Es ist nur fair und ich glaube, dass ich so meiner Entscheidung etwas mehr Verbindlichkeit geben kann. Während sich meine Gedanken und Vorstellungen um die nächste Woche drehen, wird mir bewusst, dass ich mich nun zu dem Ort begeben muss, wo ich meine Entscheidung auch zum ersten Mal laut aussprechen muss. Sobald ich das getan habe, ist sie gültig. Dann ist sie nicht mehr nur ein Gespenst in meinem Kopf. Dann wird es vorbei sein. Ich fasse mir für ein letztes Mal an mein Herz und nehme meinen gesamten Mut zusammen. Denn dieses Mal werde ich zu Mads gehen. Dieses Mal werde ich IHN besuchen kommen. Rasmus hat mir verraten, wo ich ihn treffen kann. Jetzt liegt es an mir, für mein Leben endlich das Richtige zu tun.

Als ich bei Mads angekommen bin, schaut er mich verblüfft an. Er hat absolut nicht damit gerechnet, dass ich bei ihm vorbeikomme. Er wollte mich sofort wegschicken, als er mich sah. Aber ich hatte meinen Entschluss gefasst. Ich stehe ihm Gegenüber, als ich wieder allen meinen Mut zusammennehme und es ihm mitteile:

„Mads, du wirst für immer die Liebe meines Lebens sein. Ich werde niemals vergessen, wie wir uns kennengelernt haben. Welche Gefühle du in mir ausgelöst hast. Wie lange ich auf dich gewartet habe und immer im Geheimen auf den Moment gehofft hatte, dich endlich wieder ganz für mich zu haben. Wie du mir diese Erinnerungen geschenkt hattest und wie du all die Jahre die Konstante in meinem Leben warst. Doch ich kann so nicht mehr weiterleben, hörst du? So wie sich das die letzte Zeit entwickelt hat, macht es mich fertig, Mads. Ich kann das nicht mehr“. Ich gehe komplett in Tränen auf als ich Mads von meinen Gefühlen und meinen Gedanken erzähle. Ich habe nun eine Kette in den Gang gesetzt, die ich nicht mehr aufhalten kann. Das weiß ich.

„Liam, was meinst du damit? Wirst du mich verlassen?“ Mads beginnt bitterlich zu weinen.

„Mads, ich kann das alles nicht mehr, hörst du? Ich muss dich gehen lassen. Ich muss wieder gesund werden“

„Liam, du wirst mich nie wieder sehen. Ist dir das bewusst? Du wirst mich niemals wieder spüren können! Willst du das?“, Mads beginnt wütend zu werden. Er fährt fort:

„WILLST DU MICH VERLIEREN?“, Mads brüllt mich an. Er beginnt immer mehr zu zittern.

„Mads, ich liebe dich. Ich brauche dich. Du wirst für immer in meinem Herzen sein. Aber ich kann das nicht mehr. Ich muss dich gehen lassen. Es ist zu meinem Wohle“. Nachdem ich diese Sätze beendet habe, verändert Mads wieder plötzlich seine Mimik. Er verstummt sofort und schaut mich einfach nur noch an. Nichts regt sich mehr bei ihm. Keine Emotion, kein Gefühl. Er ist zum ersten Mal seit langer Zeit nur noch stumm. Ich gebe ihm zum Abschied noch einen Kuss auf seine Stirn. Ich sehe ihn das letzte Mal an und drehe mich um. Es ist Zeit, mein Leben in den Griff zu nehmen. Ich muss Rasmus anrufen.

Als Liam sich immer weiter von Mads entfernt, starrt Mads ihm nur noch stumm hinterher. Liam dreht sich auf seinem Weg nicht mehr um. Das erste Mal in seinem Leben hat er das Gefühl, eine Antwort auf eine der Fragen zu kennen, die ihn schon so lange quälen. Der Wind weht sanft durch die Blätter der Bäume. Leichte Sonnenstrahlen umhüllen diesen Ort, der zum ersten Mal seit einer so langen Zeit endlich friedlich ist. Auch Mads hat endlich seinen Frieden gefunden. Als sich die Blätter etwas im Wind bewegen, landen schließlich einige Strahlen sanft auf seinem Antlitz. Die Blumen sind wunderschön.

Mads Eriksson, Gestorben 30.10.2019

DANK

Der Autor bedankt sich bei: Benjamin Hanelt, Marvin Thom, Dennis Brandt, Sebastian Thomas, Till Gabrysiak, Nico Julian Lange sowie Cornelia Plattner und Claudia Bode.

Ganz besonderer Dank gilt allen Leserinnen und Lesern.

Printed in Poland
by Amazon Fulfillment
Poland Sp. z o.o., Wrocław

31509249R00124